离离原上草
青青子衿心

姚益心——著

天津出版传媒集团
百花文艺出版社

图书在版编目（CIP）数据

离离原上草　青青子衿心/姚益心著．—天津：百花文艺出版社，2023.3

ISBN 978－7－5306－7954－8

Ⅰ.①离…　Ⅱ.①姚…　Ⅲ.①散文集—中国—当代　Ⅳ.①I267

中国版本图书馆 CIP 数据核字（2022）第 207046 号

离离原上草　青青子衿心

LILI YUAN SHANG CAO　QINGQING ZIJIN XIN

姚益心　著

出 版 人：薛印胜
责任编辑：赵世鑫
装帧设计：彭明军
出版发行：百花文艺出版社
地址：天津市和平区西康路 35 号　　**邮编：**300051
电话传真：＋86－22－23332651（发行部）
＋86－22－23332656（总编室）
＋86－22－23332478（邮购部）
网址：http：//www.baihuawenyi.com
印刷：三河市龙大印装有限公司
开本：787 毫米×1092 毫米　1/16
字数：253 千字
印张：15.5
版次：2023 年 3 月第 1 版
印次：2023 年 3 月第 1 次印刷
定价：58.00 元

如有印装质量问题，请与三河市龙大印装有限公司联系调换
地址：河北省三河市泃阳镇兰各庄村
电话：（0316）3655788
邮编：065299

目 录

故乡（上）

孩提时，读李白的《静夜思》；少年时，读贺知章的《回乡偶书》；青年时，读普希金描写俄罗斯乡村题材的诗；晚年时，读描写台湾众多老兵垂暮之年隔海遥望故乡的诗文。无论何时，读到这些关于故乡的诗文，一种强烈的无法摆脱的思乡情愫都会冲撞我的心。但每当我思及自己的故乡，一种遥远、陌生的感情，却始终吞噬着我的心，是我不爱故乡、不思故乡？否！我思、我爱，但这个故乡绝不是我进入青年以后“拥有”的故乡，而是哺育、滋润了我整个童年和少年时代的那个“准故乡”——我母亲的出生地、外祖父的家园。

在我还被母亲抱在怀中，刚能辨认牛马的时候，日寇占领了我的故乡①。日寇燃起的大火把我家几乎焚烧殆尽，仅剩的一间半灶披屋②，被叔父一家住进去了，母亲就此携我们长期寄居在外祖父的家乡。

这是一个带给我无限亲情、乡情、童真、童趣、神思、冥想的世界！

这个村宅有一个至今仍令我无法破解的奇怪名称——八士尖③。这是一个在当地有相当名气的村宅，它那方方正正的、数百米长的山石大围墙，突兀地耸立在黄土泥墙中，实在有一种虎踞龙盘的威严感和神秘感。因此周遭的人们，往往用“圈墙里”来代替它的大名“八士尖”。

---

① 我的故乡是在江苏省无锡县蠡溷区陈墅乡（镇），外祖父的故乡在江苏省江阴县陸家桥八士尖（陸家桥现改名为陸桥镇），两地相距五千多米。

② 灶披屋，是有别于正屋的供炊饮、盥洗、沐浴等的房屋，一般处于正屋之侧，也有叫侧屋的，但家乡都叫这种屋为“灶披屋”或“灶披间”。

③ 关于八士尖的由来，我至今没有读到正式的文件性质的记载。文中所述，只是儿时母亲的叙说，带有浓厚的传奇色彩。八士尖的孙氏家族正在整修宗谱，宗谱面世后，八士尖的由来，应会有确凿的说法。

圈墙是由清一色的原块山石垒砌而成，墙面保留了山石嶙峋的原貌，既给圈墙增加了威严感，又在周围村民的心头增添了无数神秘的色彩。给我带来无限乡情、亲情、童真、童趣和冥想、神思的，就是这圈墙和圈墙内的几个“大小场地”构成的世界。

嶙峋山石堆砌成的圈墙（摄于1958年，作者外甥女鲍明伟收藏）

圈墙以三块场地为界，住着同宗同族的几个叔伯兄弟。临东场地（时称东仓房）的那面住着我外祖父、明舅公、若平舅婆、金华舅婆和两家外来的租赁户；北面场地（时称西仓房）那头住着新祖叔公、瑞瑜舅公等几家；西南场地的后面住着昶佑舅公、银佑姑婆两家。圈墙基本完好，唯西南角破损坍塌，用黄土修补，重筑了一段土围墙，沿土围墙盖了两排平房，建成了一所村学，两排房子中间有一个供学生们操练的小土场。我幼时的主要活动天地是东场地和这个小土场。

圈场坐北朝南，东面围墙不仅得天时之美——日照充足，且地理位置好，紧邻南北大道，周围村民去南北小镇粜米卖菜、走亲访友，都要沿东南围墙走过。拂晓启明星起，临晚东君息驾，住在东圈墙边的我们，透过山石小小的缝隙，会清晰地听到车轮的吱呀声，挑担人的喘息声，轻快的、匆忙的、沉重的、拖沓蹒跚的脚步声，偶尔也有马蹄经过的哒哒声。不知祖上哪个好心人，在圈墙东南转角处，放了两块大青石，上下小镇的村民，累了坐下来，扇几下凉帽，喝几口凉水，闲谈着种种见闻，一路风尘的疲劳消去了很多。

留下无数回忆的东园（作者表妹孙辰收藏）

紧临东南圈墙的这片场地，本是一色儿的青灰砖铺砌成的，不知哪个年代，这砖场南北两端的砖块被它的主人挖去，分割成几块菜园地，但剩下的砖场仍然满满地伸展开去，占了整个东面围墙的二分之一。冬天过去了，马兰草、狗尾巴会探头探脑地从青灰砖的缝隙中伸出头来，待到紫色纤瘦的马兰花、白色毛茸茸的狗尾巴草，随着温暖的春风、炎夏的热风摇曳起来，其婀娜之姿，犹如无数紫衣女郎、白雪公主翩翩起舞，可爱极了。秋收时节，孩子们放了忙假，在砖场上跳来跳去。这时大人们的呼喊声、孩子们的欢笑声、轧稻机的轰鸣声交织在一起，整个圈墙内是一片欢乐的海洋。不久“柴垛”堆起来了，东一座，西一座，就像蓦地从里面耸起的“小山垛”，这些“小山垛”伴着孩子们斗严寒、战风霜。只要不下雨，不管寒风多猛烈，在这些“小山垛”前，总有一圈圈的孩子在捉迷藏、抓坏人、造房子、踢毽子、跳绳。而夏天，这砖场才真正是孩子们的极乐世界。

长大后，每当读鲁迅的《风波》，我总会想起外祖父家门前的砖场。每当午后的阳光沿着砖场，渐次斜照到圈墙内壁的时候，孩子们一天最欢乐的时刻也就到了。我们争着端起水盆，在还散发着热量的砖地上泼上凉水之后，两块“桌台板”就被扛了出来。在外祖父的家乡，几乎家家户户都有两块五尺长两尺半宽的桌台板。平时它们是妈妈翻制一年四季全家衣着的工作台，夏天就成了一家数口晚餐和乘凉的饭桌和卧榻。桌台板搁好了，孩子们自动分了工。晚饭烧好了，洗澡水热了，一家人先鱼贯着洗澡，然后围着桌台板吃晚饭。我家晚饭的看家菜，一个是妈妈腌的雪里蕻，一个是妈妈炒的油盐蚕豆。其余轮番出现的客菜有炒长豇豆、油焖茄子、丝瓜炒毛豆、小毛菜，偶尔也有妈妈亲手制作的盐黄豆和梅干菜烧肉。雪里蕻，妈妈总是腌得咸咸的，一则可以存放久一点；二则也可让我们这些孩子夹菜时存些戒心。油盐炒的蚕豆，虽香喷喷的，但夹时滑溜，嚼时又费劲，它们都不像炒豇豆、炒丝瓜那样五六双筷子一夹，碗底的脸就露了出来，所以能在桌面上始终安然无恙的就是雪里蕻、油盐炒蚕豆了。扒拉完晚饭，收拾好碗筷，抹擦净桌子，一天中最欢快、最放松的时刻也就到了。爸爸呢，躺在几十年祖传的躺椅上，隔着五六米远，和躺在另一张祖传躺椅上的明舅公，谈着他们总也谈不完的“山海经”；妈妈呢，和明舅婆各搬了一个小椅子唠家常；我们呢，都躺在“卧塌”上数星星，盼着月亮婆婆爬到自己的头顶上。等到月亮婆婆在当头张开了眼，就像军营中吹起了哨子、号角那样，我们一骨碌跳起来。我们左手握着小瓶，右手拿着蒲扇，跟着月亮婆婆奔出了圈墙。圈墙外大片大片的水稻田里，躲藏着很多一闪一闪的萤火姑娘。我们手中的蒲扇一刮，萤火姑娘就害怕得乱飞起来。当它们慌不择路地飞到大路上、小道边时，我们就冲过去，晃动着蒲扇追捕它们。萤火姑娘身上虽然都挂着闪闪发光的萤灯，但是碰到我们这些孩子，就总是败下阵来，束手就擒。一个晚上我们总能在小小的玻璃瓶内装上几十个“俘虏”。但是，当我们满载胜利的喜悦，回到圈墙边，又躺到“卧塌”上的时候，妈妈就会说：“露水下来了，该回家睡了。”摸摸“桌台板”，真的湿乎乎的，于是我们只好挪着步子，拖着双腿，跟着父母回家。但在夜里，看着瓶子里一闪一闪的小东西，快乐的梦也就跟着来了。在梦中，我见到芰荷花开了，菱角香飘了，我的嘴也就吧嗒起来了。

孙氏是个大族，不只是圈墙里的住户姓孙，周遭也有很多孙姓的村庄，因此，孙氏就有了共有的祠堂和一条大河浜。大河浜里夏天长满了芰荷，结满了菱角。每当菱角熟了，族里就通知孙氏子孙到河浜边分菱角。我家沾了外祖父的光，年年以外祖父的名义到大河浜边分菱角。分到菱角那天的傍晚，圈墙里家家户户都煮起菱角来，晚风一吹，满圈墙内都散发着菱角的香味。长辈们吃着菱角，谈着年成，盼着丰收。孩子们呢，数着自己分到的菱角，慢慢地回味着菱角的香味。不过菱角再丰收，孙氏子孙都能分享到，一年也不过一两次，而我们却能享受到三四次，甚至五六次。这就要说到明舅公家的河塘了。明舅公自家有个河塘，虽然不大，但河水清澈，河床很深，明舅公在河塘里种满了芰荷。待到荷叶布满河塘，我们就会围着河塘打转，盼着开花，盼着结果，盼着明舅公家那两只采菱用的木盆快快出大门：只要明舅公家两只木盆出了大门，我们就知道晚上有菱角吃了。这不，“桌台板”刚安置好，荣芬姑姑就端着大碗的熟菱角过来了。

外祖父的家乡有这样的习俗：凡包馄饨、做团子、煮菱角、烧南瓜，都要互相分送，且家家都得有份。我们每年要分享明舅公家很多菱角，作为回报，妈妈做烧南瓜。我一生吃过很多南瓜，最甜、最有情趣的是儿时妈妈做的烧南瓜。南瓜是自家园子种的，每当南瓜的肤色泛黄，又由青黄到布满似盐末似霜花那样的粉末时，南瓜就算熟了。这时用剪子把它剪下来。妈妈烧南瓜选上等的、熟透的、甜且粉的，而且要大，起码四五千克，要两个。烧南瓜，必须在家家早炊之前。所以妈妈总是在天色微明就起床了。近十千克的南瓜，妈妈用铜勺子刮得不留一点皮痕，然后清洗、切成小块，放在大锅里煮。煮到南瓜尚未熟透的时候，放进糯米或面条，或面疙瘩，然后盖上锅盖焖。这时南瓜的香味就顺着锅盖的缝隙，冲出灶房门，弥漫在砖场上空。待到红日泛起，户户飘起炊烟的时候，妈妈揭开锅盖，一大锅金色的又稠又黏的烧南瓜跳进眼帘，我们的涎水就流了出来。但这时我们还不能吃，必须先帮妈妈把东邻居、西隔壁的那几份分送过去。妈妈取出家中最大的碗，一碗碗分装好，由我们几个孩子分送。分送南瓜是乐事也是苦事。当听到明舅公、金华舅婆吮着烧南瓜连声夸好时，我们心里甜甜的，这是乐事；但妈妈把碗盛得实在太满，又是刚刚出的锅，端着唯恐失手，这又是苦事。南瓜分送完，轮到我们享用了。一般说来，我们每个孩子总能分到两小汤碗。第一碗我们总是狼吞虎咽，哪怕被烫得直哈气，也呼噜噜倒了下去；第二碗就完全不同了，我们慢慢地吮，细细地品。这不是饱得吃不下，而是因为吃完这碗，就得盼下回了。一口口地吮，也终于吮完了，我们还要用舌头去舔碗的边沿。每次吃烧南瓜，碗比洗得还要光亮，每次舔得没有一丝黄色的影子了，我们还舍不得放下。

啊，儿时外祖父家门前的这片砖场地，就像个阳光女孩，浑身散发着甜美的回忆。

八士尖白色北圈墙外是大片绿色的水稻田（作者舅孙运昌摄，作者表妹孙辰收藏）

铺展在西圈墙和邻村间的是一望无际的农田（孙运昌摄，孙辰收藏）

如果说外祖父家前面的砖场是一个充满朝气的、乐观开朗的、浑身散发着青春气息的阳光女孩，那么北圈墙边的那片青灰砖场，就是充满愁怨的老妪，她历尽沧桑，衰老枯败，又威严神秘，让我们这些孩子总是退避三舍。因此，她也更为破败、寥落、空荡、肃杀和凄凉。其实，在孙氏家族昌盛的时候，这北砖场是这个家族真正的粮仓。正对粮仓的是守着北大门的一对威严的石狮子。每当小麦熟了，稻子收了，由北大门到大河埠，由大河埠到北大门，一路上肩挑的车推的，都是孙氏的谷粮。随着这个家族的败落，北砖场的粮仓没了，谷粮进出的北大门封了。砖场上没有了稻谷米粱，灰色砖块的缝隙中长满了青葛和野草的藤蔓，时间一长，砖块被拱开了，杂树也探出头来。虽然，春天这些野草、杂树也会开出不少诱人的花朵，惹来了蝴蝶和蜜蜂，但在孩子们的心中，它仍然阴森、空旷、可怕，似乎《聊斋》里的狐鬼不时跳出来，因此这些野草、杂树也只是自开自落，很少有孩子在它们周围追逐、嬉戏。偶尔有几个大胆的，蹲着腿、蹩着脚试探着，侧着身子进去，只要外边的孩子喊“狐狸精来了”，大家就没命地逃了出来。因此，在童年、少年时代，陪伴、守护这砖场的，几乎就只是那对石狮子。但是，当时的我们，又怎能知晓，真正经历、知晓这孙氏家族兴败聚散的，就是这片空荡、荒芜破败的北砖场！至于西南的那块场地，我们更是很少过去，所以记忆中是一片空白！

步入少女时代，西南墙角的那块土场却成了启蒙我情思情韵的地方。它犹如一个“养在深闺人未识”的少女，一旦展现出她的魅力，就深深地吸引了我这个情韵朦胧的女孩的心。其实这只是个很小很小的土场，介于一排两间的教室和一个教师办公室、一个体育活动室之间，每当天公下雨，穿着钉鞋、光着脚丫的孩子们，偏爱在雨中穿过积满雨水的土场，啪嗒啪嗒地走进教室。雨过天晴，土场就像光洁的脸蛋上突然长出了坑坑洼洼的斑点。

我之所以偏爱这不起眼且粗陋的小土场，是因为这土场西边的不知何年何月何人栽植的两棵梧桐，在我能挎着书包走进学堂的时候，它具有“参天古木”的气概。夏天，浓密的梧桐叶把土场覆盖，非常凉爽，稠密的梧桐枝上开满了一小串一小串白色的梧桐花，待到梧桐花洒满土场，梧桐枝也布满了一串串的梧桐籽。秋风刮过，秋雨打过，青色的梧桐籽变成了棕色，梧桐籽也就成熟了。孩子们或爬树上，或在地上寻找，直到小兜兜、小口袋都装满这棕色的桐籽时，他们才吹着口哨，哼着小曲，蹦跳着回家。我虽然也很喜欢这采梧桐籽的乐趣，但更爱的是在秋雨的午后，一个人溜进那永远开放的体育活动室里，趴在乒乓球桌上，耳朵紧贴桌面，倾听秋雨打在高大的梧桐上，听雨点透过层层梧桐叶，滴滴答答地打在小土场上。秋风吹过，梧桐枝摇曳，梧桐叶沙沙，梧桐籽簌簌地飘落下来，一种朦胧的、诉不清说不尽的忧愁就会像雨点似的洒落在心头。虽然，辛弃疾曾自嘲自己少年时“为赋新诗强说愁”，但我却实实在在地在那时就产生类似情愫。

扛着“桌台板”的年代过去了，窃窥北园狮子的年代过去了，听秋雨打梧桐的年代也早已过去了。我已从梳着双丫角的童稚女孩，变成个斑白满头的老妇。每当思及故乡，这些画面就会蓦地跳上心头，让我重温当时的欢乐。

2006 年仲秋

故乡（下）

一河相隔，东西两街；一桥贯通，两岸人家。东街是小镇商务、金融的中心，聚居着小镇的望族大姓、富庶人家；西街是东街的附庸，除仓储、堆栈[①]外，聚居着大姓富户的远亲、小工商主、佃农和诸多杂姓人家。他们或与望族富户关系特殊，或因土地邻近小镇，地位、身份高于边远乡村住户，且往往亦农亦工，既在土地上劳作，又开手工作坊。大河是小镇的主动脉，它的南北两端，连接着的往往是该省的主县城，河道两岸连缀着的是坐落于广袤田野里的无数小镇和村落，呜呜叫的小火轮，终年按时按班在河道南北奔驰，有篷的、无篷的、水泥的、舢板式的船只，川流不息地奔波在河道里。它们吞进两岸村民生产的粮米、果蔬、土布、蚕丝，又吐出从城市带来的食盐、糖醋、洋油、洋布。在汽车还无法随意通达村镇，河道还是运输主渠道的社会里，这小镇的大河道，就是沟通城乡经济的主动脉。而河流两岸的这些几乎模式统一、格局相似的小镇，就是周边数十里人家的心脏，是城乡物资的聚散地。它把大量血液供给远近不同的各个支脉、毛细血管，又海纳百川似的把微小血管和各个支脉的血流，汇聚到心脏。如此不断吞吐，不断循环，既促进小镇商业经济的繁华，又维系着广袤大地上无数淳朴、勤劳人民的生活，当然也使半封建半殖民地的旧中国，有了苟延残喘的基础。父亲就出生在这样的一个小镇上。不过这小镇正处于南北两个县城的中间，无论从哪个方位看，它都处于这两个县城的边缘地带，因此经济、文化比周边小镇闭塞些，且大姓富户在县城的名谱上排列较靠后，所以小镇的规模、名望也比周边的要小些、低些。但是，据说这个

① 堆栈，本是仓储的别称，在作者家乡，为了有别于有屋顶的仓储房，把几条横木或竹竿简单围起来的堆货物的地方叫“堆栈”。

小镇在历史上，曾有过一段繁荣昌盛期，甚至还曾独领风骚。可是，在我记忆中，这个小镇是灰暗、破败和萧索的。

古老的街道

（鲍明伟　摄）

贯穿古镇南北的应天河，现名澄虞运河

（鲍明伟　摄）

虽然父亲出生的这个小镇，没有周边小镇的气派和规模，但经济、文化活动，比我母亲的孙氏宅院热闹得多，可是它却始终没有留给我一丝温馨、明丽的感觉，有的只是灰暗、阴沉和忧伤，我与它之间，似乎永远隔着一堵打不通、穿不透的墙。

我第一次知道我有这样一个故乡，还是小学一年级的时候。那是陶氏祖母病危、逝世的那年。陶氏祖母是父亲的嗣母，她的夫君是个邑庠生，曾两次参加乡试，均获“房考”推荐。她自己是秀才的女儿，所以婚后对自己的家庭颇有“构想”。谁知人过中年，却无子息，因此，听了同族好心人的劝说，收了两个嗣子。大的，早已成家生子，且有了份安稳的教职，还是一校之长，故只能盼望他安安稳稳守好家业，培养好孙辈；小的，尚在求学阶段，读的又是当时颇有名的省立常州第五中学，所以她一心希望他毕业后能出国游学，光耀门楣，结果却因种种原因，不仅游学未成，而且早早成婚生子，守着祖业，过起闲散的生活来。而刚跨进天命的夫君，未过五旬就撒手人寰，陶祖母一气之下卖了田宅，在离小镇二里许的一个村宅旁造起了一座小庙，白天接待四方香客，晨昏焚香诵经拜佛，连八月中秋、春节年关也不同两个养子团圆。所以我虽然已经入了小学，但还从未见过嗣祖母。这次她病危，父母带着我匆匆赶到嗣祖母居住的小庙。小庙坐落在村子的东端，虽说是个小庙，却也有两进的格局：进门是个长方形的小园子，东端是口小井，中间及西端都种满了各色蔬菜；院子后是六开间的正厅，正中供着观音菩萨，西侧是普贤菩萨，东侧是文殊菩萨，西侧横端是五路财神，正中后背是韦陀菩萨，正厅一侧是厨房、餐室，一侧是祖母的卧室；正厅后又是个院子，铺着鱼鳞似的小青砖，青砖的缝隙中，探头探脑地钻出各种杂草；小院的后进，正中是三茅老爷，东西两侧供的菩萨已不记得了，反正都巍峨而威严，后厅两侧是柴房，有一门通往村子。

记得当时父母带着我，雇了小舟，顶着夜色赶到小村时，东方天空刚透出鱼肚白。下了小舟，父母直奔嗣祖母卧室。卧室内早就挤满了人：有嗣祖母的庙界朋友，有关心嗣祖母的村民农妇，有近亲远戚，当然二伯父、二伯母——祖母的嗣长子一家早就到了。这时我才知道我的故乡，即父亲的出生地，原来在离嗣祖母所住庙宇二里许的一个小镇上，二伯父、二伯母就是从这个小镇上赶来的。大家围着我父母，七嘴八舌地说着嗣祖母突然病倒，又很快病危昏迷的经过。也有好事者在我母亲耳畔絮叨，说嗣祖母的好家什，已被二伯家陆续搬走了，连祖母枕下藏的银圆，也被他们掏走了。但母亲只是向郎中询问嗣祖母的病情，打听还有何方神医能挽救嗣祖母的生命。但回天乏力，父母同二伯父、二伯母奔走了几天，嗣祖母还是离开了人间。接着就是守灵、吊唁、号哭、送葬、落葬、做佛事超度。对于我来说，祖母的离开，让我懂得了死是悲痛的，而看着小庙正厅中弥漫着的袅袅香烟，听着叮当有序的钟磬鼓声，看着围成圈的披着袈裟喃喃吟哦的和尚，和成排虔诚地跪拜着的人，幼小的我，开始对死亡产生恐惧和敬畏。在嗣祖母临终时，我曾努力钻进人群，挤到嗣祖母床头，端详这个陌生而又如此希望了解的老人，见到的是一张干瘪而爬满皱纹的脸，脸上双唇紧闭，深蹙的眼窝内噙着泪水。不知为什么，这脸蛋，这泪水，此后竟然一直停留在我的脑海中。待我长大懂事，开始品尝人生五味的时候，我才明白，这泪水中藏着一个女人一生的失望、痛苦和悲哀。

流水潺潺，小船载着沉默的父母和我，离开了嗣祖母所在的小村，来到了父亲出生的小镇，但我没有走进小镇。

我实实在在回到故乡，走进故乡，大约是在两年后的夏天。

父亲6岁丧父，17岁丧母，子女成群后，又失去了嗣母，但因稍有家产，就一直靠着这些家产过着虽不丰足却也不愁衣食的悠闲生活。由于祖业在出生地，所以，每年总有两次，他要从寄住的外祖父家，回到自己的出生地去收自种田上的粮食和出租田上的租米。由于小弟3岁患病致右足残疾，需要人照顾，母亲很难脱身同往，故凡值暑寒假，母亲总令一二子女随父亲同往，一来可照顾父亲衣食，二来希望对父亲有些牵制，不致整日沉溺酒楼书场。这次正值学校放暑假，母亲让大姐和我随父亲同往。

由于祖宅在抗日战争中被日寇放火毁了，仅剩的一间半灶披屋又被叔父用着，所以父亲就在一园之隔的四好婆家，租了间屋子暂住下来。四好婆家的房子坐落在小镇东端尽头。四好婆的儿子是个国学生，民国二年（1913）出任市议会议员，为乡邑献计献策，做了不少好事。不幸的是四好婆的丈夫年寿短，儿子也去世甚早，她的儿媳妇，我们叫她长大娘的，哭坏了双眼，守着三个一字排开的女孩儿，生活的艰难可见一斑。我们住进去的时候，四好婆早已去世，只有长大娘和彤芬、菊芬、英芬的三姐妹。三姐妹中，二姐菊芬是个美人，且性格坚强，甚有主见。但她不像我的大姐，我的大姐也是美人，性格温柔，就像一缕春风；而她却美得冷峻，特别生气时，噘嘴瞪眼让人害怕。彤芬和我大姐年龄相仿，但眉头紧蹙，给人的感觉是焦虑而不冷峻。唯有英芬比我大不了几岁，常常笑，让人感到可亲。为了支撑这个家庭，长大娘破了自家沿街的门墙，让两个大的姐妹开了一个粜籴米粮的“踏头”（小本经营的米粮店）。每天上午，两姐妹忙着经营踏头上的生意。下午两姐妹盘点货什，计算账面盈亏，也得一两个小时。在这种情况下，突然加入一个温柔、和顺的大姐和活泼爱动的我，还有颇为潇洒脱俗的我的父亲，一时间，这里不一样了。晚上两家人坐在园子里（这里没有外祖父家的竹台板，我们都坐在木凳、竹椅上），两姐妹汇报着上午踏头的盈亏，长大娘吩咐着明天该买的蔬菜，唠叨着菊芬应该去婆家走走了，熟了的蟠桃该采摘了……

长大娘家的园子里，种有三棵蟠桃树，花开得红红火火的，每年给她们带来不少令人垂涎的果子。这些果子，她们自己舍不得吃，特别是那些大的、好的、饱满的，姐妹们小心翼翼地采摘下来，用申报纸[①]包裹好，按个儿排在果篮中，待到果篮排满了，就由二姐菊芬，送到她未过门的婆家去。菊芬的婆家是这小镇上有名的富户，在小镇中心的热闹地段，经营着一爿布庄。这是长大娘家唯一的骄傲和希望。据说对方之所以同意这门亲事，全因菊芬的美貌。这家富户倒也很懂人情往来，每次菊芬送蟠桃回来，篮子里总装满各种回头货[②]，这时三姐妹和长大娘都会舒心地笑起来。

但我对她们的这些谈话，并不感兴趣，也不像大姐，明明不感兴趣，但总温顺地听着，随和地点着头。我只有在父亲讲小镇新闻、说书场趣事时，才瞪大双眼、竖起耳朵听（父亲很少参加我们的乘凉，总爱在书场听书、喝茶，消磨漫长的夏夜），其他时间就只是静坐着，数天上的星星，或是倾听从西头飘来的时而凄厉时而忧伤的胡琴声。这胡琴声越过西园墙头，钻进我的耳中，我知道拉胡琴的，是父亲的亲弟弟、我的亲叔叔。他面对着残破的院落，夜夜拉着他那把不离手的破胡琴。听着那忧伤的琴声，我真想直奔过去，扑在他的怀中，动情地问他：为何把琴声奏得如此忧伤？但我却没有勇气，我怕见到他那双深沉、忧伤的眼睛。

这次我虽走进了故乡，也住进了小镇，但我实在不了解故乡。平日里，除了帮助大姐提水、淘米、洗菜、洗碗、涮锅，我就很少出门。间或，大姐嘱咐我去买瓶酱油，打斤酒，或者到书场叫父亲回家，我也只走到这小镇热闹的东街面，至于西边，则从来没有去过。

我第二次回故乡，住进小镇，是一年后的冬天。这次我是随父母回的故乡。

我们没有再租住在四好婆家，而是在桥西的一户人家租了间灶披屋。这户人家也有一个长方形的院子，但规模很小，只能说是屋边的过道，因为西南两面都围了瓦墙，所以就成了个狭长的小院子。房屋面西坐东，户主住在北端，南端这间灶披屋，父母就把它租了下来。一堵薄薄的砖墙，把这间屋子一分为二，南端是灶间，北端是卧室。卧室只有船舱那样大小，摆开父母的床后，就只能容下两块榻榻米大小的空间，一块榻榻米上放了张桌子，一块就用两条长

① 当时的报纸，人们都称为“申报纸”。
② “回头货”是方言，专指被探慰人给探慰者还礼的食品。

凳架几块木板，作为我的安乐窝。上午我主要帮母亲提水、淘米、买油盐；下午大多数时间我陪母亲下乡，讨取租粮。冬日的寒风刮过田野，越过田埂，钻进人的袖管、脖颈，人会突然像筛子似的抖起来，嘴巴会不由得吐出一阵阵凉气。

到了租户家，主人夫妇客客气气地让座，母亲客客气气地嘘寒问暖，气氛是和谐融洽的。但切入正题，气氛陡然改变，主人夫妇是一脸愁容，不断诉苦；母亲则不断诉说：家中六张嘴，靠的就是一年两季的租粮，希望无论如何要给点。对方则再三申述：不是不给，而是收成实在太少。拉锯到最后，对方或答应给一点，或始终咬定给不了。最后，母亲只能无奈地站起来，还是客客气气地请求：能给的早点给，年关到了，拖不起了！不能给的，希望他们看在六张吃饭的嘴的份上，再合计合计，多少给点。

回家路上，母亲的步子又沉又缓，我呢，满肚子气：我气父亲为什么不能像舅父那样外出闯荡，用自己的才智养活全家，而不是整天泡在酒店、书场！我无限同情母亲，她终年辛劳，操持着六张嘴的吃喝，还要忍受父亲无理的指责和酒后的胡闹。

因为是跟着母亲回乡，母亲又是个受传统教育熏陶很深的女子，所以来去她总要带着我去拜见同族的叔伯长辈。先是父亲的胞弟，被当地称为“二少”的叔父。婶母见到母亲后总是嘀咕，什么丈夫不争气，整天不是窝在家里，就是泡在酒店、书场，一年生计不少要靠她娘家的接济。虽然我的父亲也是这样，但母亲还是尽量劝慰她。父亲的嗣兄住在老房子①里。他们有亲兄弟六人，分成了大房、二房、三房、四房、五房、六房。这座老房子，从闹市坐南的街面开始，其纵深一直贯通到北面的街底。走进这老房子，先看到的是一个很气派的百货铺子；穿过百货铺子，是一座同族人共有的大厅堂（务本堂，现已成为无锡市文物保护单位）。厅堂威严而空荡，当年的我，最怕进的就是这个厅堂，转过大厅，是一个铺满青砖的天井，天井被拱形园洞门分隔为二，住着我二伯父和祥哥姐姐两家；穿过二伯父的家，是一间黑乎乎②的过道式侧

① 这所“老房子”现在似乎已成为一个特定的专有名词。我祖上陈墅姚氏为有别于后来在南横头新造的那个“宅园”，就称原来街中的那所居宅为“老房子”。新园子被烧了，旧的还在，由于它建于清中晚期，现已被无锡市文物局当作文物保护了起来，名称就是“陈墅姚氏老房子”。

② 因两边房间均无窗户，故白天也黑乎乎的。

厅，侧厅旁是两层的楼房，住着三伯父一家；穿过侧厅，又是个天井，围绕天井，住着大伯父一家（至于四伯父、五伯父住在哪里，我至今都没有搞清）。大伯父家房前是片砖场，走过砖场就是通向乡间的小道，沿着这条小道就可以走到我嗣祖母筑造的庙宇。母亲带着我，总是从店面进去，穿过大厅，按着二伯父、三伯父、大伯父家的顺序，一一向他们请安问候。虽然家家桌上都摆着点心，手里也捧着热茶，母亲恭恭敬敬地请安问好，对方客客气气地还礼请茶，但不知为什么，我感到的只是空气中弥漫着的疏远和冷漠。这时我就非常喜欢闲云野鹤、我行我素的父亲：他从不让我受这种罪。

田野刺骨的寒风、母亲忧伤的脸庞、亲戚冷漠的眼神，让童稚未脱的我，对故乡产生了畏惧，我只想回到外祖父家那无拘无束的大园子，和荣芬姐、三毛姐，还有惠珍、根生，跳绳、造房子、踢毽子、筑帖子。

在这压抑而令人畏惧的环境中，也有一抹亮色，那就是每天在大河中呜呜叫的小火轮。凡是有阳光的日子，只要看到日头照到西山墙顶了，我就会借故奔上桥头，耸着耳朵，凝视远方。果然机帆船的声音从远处传来了，脚底平静的水面晃动了，涟漪泛起来了，它不断后退后退，忽的化成水泡了，水泡又变成了水沫。这时长笛声起，这些水沫，在我的前方，顿时堆涌成两道壮美的翻滚着的雪浪。鸣着长笛、拥着雪浪，小火轮神气威严地驰进了码头。这时船头上人群簇拥，码头上喊声不绝，水手们大声吆喝，一场上上下下的忙乱开始了：跳板搭上岸了，肩挑的、手提的，长衫的、短打的，男的、女的，老的、少的，都踏上跳板，跨上码头；紧接着，又有一批肩挑、手提，长衫、短打的男女老少，踏上跳板，跨上火轮，钻进船舱。这种忙乱，是以最快的速度结束的，当水手拉起跳板，点起竹篙，小火轮又鸣叫起来的时候，码头霎时又恢复了平静。

但是，当我怀着这片刻的兴奋和满足，跨下桥墩，举步回家的时候，另一道风景却往往把这亮色抹得一干二净，那就是桥墩下三个一字排开的老人，两个是挑担叫卖的农夫，一个是手提竹篮的卖花生、茴香豆的农妇。由于小镇由一河相隔的东西两街构成，所以这大桥就成了贯通东西的咽喉要道。每天东来西去的人们必须从它的身上跨过，所以桥墩两旁，就有不少手提肩挑的小贩，拿着农田的出产、女人机织手绣的物品吆喝买卖。他们大多早市一过，就抬腿回家，唯有这三个老人，无论天晴天阴，整天坐在西桥墩的阳面。那两个挑担的，一个是卖豆腐花的老人，一个是挑糖担的老人，每天学生娃放学回家，总有几个娃子，拥着他们，买碗热腾腾的豆腐花，或者递过几分钱，换得几片薄如纸衣的糖片。而手提竹篮的老妇人，就寂寞得多，她总是仰起一张包着头巾的干橘皮一样的脸，睁着祈盼的眼睛，望着这些孩子。这时我很想扮个填空的角色，使她眼睛露出一丝希望，但口袋总是干瘪的。有一天我终于得了父亲的奖赏，不顾一切地冲出家门，走到她的面前，摊开紧握的手掌。她嘴唇微张，发出喃喃的声音，簌簌发抖的手，从青布盖着的竹篮里，拿出一个申报纸包成的小小的三角包，递到我的手中，枯干的眼里透出了一丝慈祥亲切的目光。这种情景发生过两次。也许因为我曾先后两次做了她的顾客，所以每当我走上桥墩，她就会用分外灼热的眼神瞧着我，惹得我非常害怕走上大桥。每当必须过桥时，我总是侧着身子，仰着或斜着眼睛，飞快地跑过她的身边：我害怕碰上她那灼热期盼的眼神。这眼神，以后让我懂得了穷苦的农工翻身闹革命的道理。

我第三次回故乡，是20世纪50年代初。这次是举家搬迁，与以往几次回乡比，不仅人数多，而且携带了很多家什。照理说应该是热热闹闹的，但并非如此。那是中华人民共和国成立之初，各村各镇稽核户数的年代，我家是高成分，必须返乡接受稽核。母亲在返乡的前几天就开始分门别类地收拾家什。凡属外祖父、外祖母家的，就置放一边；凡是自家带来或添置的，就收拾在箱笼中。虽然时间紧，但母亲还是收拾得很有章法。母亲是很讲礼数的女子，在收拾家什的空隙，就东家叔公、西家舅婆地道谢、告别。

装物载人的船只订下了，返乡的日子选定了，终于要告别朝夕相处了十多年的养我、教我、亲我、爱我的故乡，返乡的前一个晚上，我的鼻子里似乎灌满了醋。母亲不停地翻身，父亲也没有他平时沉稳而节奏清晰的鼾声。窗外晨曦初现，就像谁吹了哨子，全家人翻身起床，七手八脚拆床架、捆被子、烧早饭、吃早饭、打扫清理，检查边边角角，看是否还有漏网的可用的家什。船工敲门了，搬运的村夫也来了，打开大门，一股刺骨的寒风直扑心窝。在刺骨的寒风中，一件件家什，被搬出了住了多年的熟悉的屋子。母亲、二姐和我，最后留恋地看了一眼这护养我们的屋子，走向河埠。父亲和弟弟早早地坐进船里了，当母亲、二姐和我也坐进船舱，回乡的所有人员也齐全了。船工举篙了，没有一个送别的亲友，河岸上，孤零零地站着小妹一人。小妹自小勤快能干，这次之所以没随我们回乡，一则外婆年高，膝下少人，需要有个孩子呼唤呼唤①；二来呢，我与二姐已进了一所县立师范学校，弟弟又是个只能添乱的人，所以只能留下小妹了。小妹是个懂事的孩子，当父母将这个决定告诉她时，她没哭没闹，只是噙着泪点头不吱声。当我看着小妹，举着双手，孤零零一人站在寒风中，不断向我们挥手时，我的泪水流了下来。我不能想象，当船只远去，连影子也看不见的时候，小妹是如何挂着泪水，只身一人，默默地走在刺骨的寒风中。后来，每当我回想起这次的返乡，首先在脑海出现的，就是一个10岁刚冒出头的小女孩，使劲地举着双手，在寒风中抽泣。

回到故乡，叔父已把那一间半灶披屋让了出来。屋子虽小，妈妈还是请人用断砖破瓦，在临二叔家的北窗下，砌了个曲尺形的围墙，开了个门堂。这样，屋子就被分割为卧室和灶间。卧室只能铺两张床，是父母和小弟的住室。小妹留在外祖母处；大姐在区政府工作；我同二姐已进了一所师范学校，但寒暑假还是要回家的，这时，母亲就用两条长凳，搁上儿时留下那么多快乐回忆的两块桌台板，铺上被褥，灶间顿时变成了卧室。可惜的是不能睡懒觉，雄鸡一叫非得起身，否则母亲就出不了卧室了。

母亲是个勤劳乐观的女子，外界的风雨，摧垮不了她乐呵呵的性格。不久，母亲又在院子靠西的墙根旁，搭了一间两平方米多的洗澡间；又把通往叔父家厨房的过道，改成了有屋盖的走廊。她在走廊里搁上了一块桌台板，这样，我们回家不仅有了固定的做功课的场所，平时母亲缝补、洗涮也有了个活动的地方。母亲又带领我们在被烧剩的宅基地上，开出了一片小菜园，种上小毛菜、大青菜、黑油菜、豇豆、茄子、丝瓜、西红柿……一年四季，小园子都是红橙黄绿，郁郁葱葱，伴随我们度过那段艰难的岁月。夏日的傍晚，我们照样在小天井里，搁上桌台板，全家围着它吃晚饭。等收拾好碗筷，洗好澡，晾洗完衣服，我喜欢独自一人，搬过小凳，坐到小园子的空隙处，数着星星，看着月亮，沐浴着越过四好婆家墙垣轻拂而来的晚风，沉浸在长大工作后的幻想中：我幻想着怎样使白花花的大米堆满米缸，怎样使父母的口袋里永远都有养家糊口的银钱……想着想着有时竟会扑哧笑出声来。

---

① “呼唤呼唤”在作者家乡的意思是方便随时招唤，协助做些事情。这里是说需要个孩子帮忙干活儿。

我终于拿到了毕业文凭，被分配做了一名小学教师，后来又读了大学，做了中专教师，以后又重返母校做了一名高等学校的教师。我的学历越来越高，教的学生年龄也越来越大，但我回家的次数却越来越少。本来一年至少暑寒假回家两次，后来改为一年一次了。这时大姐被下放到苏北农村，小妹远在东海之滨，家中只有柔弱的二姐、垂老的父母、永远处于病中的弟弟，全家都盼着我年关前回家。我虽然准时在父母的企盼中归乡，但这时的我，年轻时率真乐观的性格，早就变得孤僻忧郁、冷漠而不合群了。每当想到成分，沉重的负罪感就压得我透不过气来。我害怕回家，害怕周围冰冷的空气和一道道刺人心扉的目光。那时，我回乡必须乘小火轮，而且在小火轮中度过整整一天一夜。一般人在嘈杂拥挤的小火轮中，熬过了漫长寒冷的一个冬夜后，是盼望着能够尽快回到温暖的家，我却希望小火轮永远在茫茫的雾水中转。距家乡越来越近了，前方隐隐约约出现了大桥的影子，不久，码头上攒动的人头，也扑进了我的眼帘。汽笛拉起来，人群骚动起来，一些人顶着呵斥声，从船尾直往船头钻，只有我岿然不动。小火轮逼近码头了，来客与接客已对上眼神，发出了快乐的呼喊声。我万般无奈地站起身，但还是趔趄着往后退。一双焦急的眼睛、一个熟悉的小小的身影、一根多节的赭色的手杖，跳进了我的眼帘，我的心早就跳出胸膛，冲出船舱，冲到那个小小身影的旁边了，但双腿又像灌满了铅似的。跳板上人少了，船头上人稀了，水手吆喝：“还有没有下船的客哪！”我才猛一低头，跨出船舱，走过跳板。“啊，三儿，终于看到你了！慢走啊，当心脚下的板啊！”话音未落，小小的身影早就扑向跳板，接过我的包裹，高兴得直抖。啊，这响亮欢快的声音，竟然是从这样一个背弯如弓、额发如蓬的小个儿老妇人口中发出，惹得周围投来了各色的目光！但她全然不顾，她只知道：女儿平平安安回家了。走在前面的母亲，是这样喜悦安详；跟在后面的我，却忐忑慌乱。我感到街道两旁，射来了一道道如刀光如剑影的目光！也许这仅仅是我的幻想，但我却清清楚楚地感到了宋江脸上的金印、胸前红字的力量！

我家成分不好，当然是被戴上了帽子的，只因为后来父亲做了教师，这帽子就让母亲一人戴了。后来没戴帽子的父亲走了，他走的那年，是祖国又一次翻天覆地的1976年；戴着帽子的母亲，比父亲整整迟走了十三个年头。家乡没有人给她摘过帽子，但她的帽子却的的确确摘了。她享受了不少宽松平和的

曾经的应天河陈墅镇码头（鲍明伟　摄）

生活。可惜的是，这宽松平和的生活，她只能躺在床上享受。不幸的她，摔断了腿，而乡村庸医的误诊误治，又使她在病床上整整躺了六个年头。母亲走后的这些年，家里的生活是一天天丰足了：二姐几乎年年涨工资；残疾的弟弟得到了政府给予的照顾和补助。家乡，凡是勤劳有头脑的农户，都盖起了新瓦房；马路修到了四好婆家的屋端；南来北去的人们，几乎不再乘坐小火轮，公共汽车整日在城乡间穿梭，我从上海回家乡，再也用不着蹲坐一天一夜的小火轮了。但几十年心中的结，却怎么也解不开，我仍然害怕回乡。只有回到母亲留下的，堆满各色各样的破纸箱，连插足都让人喘气的那个陋屋中，我才会分外感到亲情的温暖。近年来，随着我先生病情的加重，我离这点亲情也遥远了。

故乡是明丽了，温馨了，但那堵打不通、穿不透的高墙，却仍然隔在我同故乡之间。

2006年仲秋

父　亲

拖着沉重的脚步，艰难地、蹒跚地往外走着，羸弱、单薄的身子在秋风中显得分外瘦削。腰板似乎已经难以支撑他原本高大的身躯。他的背佝偻着，不时停下手中拄的拐杖，右手抚摸着前胸，蹒跚地往前走着。终于他艰难地跨过这座院子篱笆墙的那个缺口，又缓慢地转身向右，消失在我那被篱笆围墙遮拦的视线下。

老人从家走到院子，又从院子篱笆的缺口走到那条两边种满法国梧桐的宽敞幽静的马路，足足有三十米，但他始终磕磕绊绊地往前走，没有回头。

老人身后，一扇透亮的玻璃窗前，一个中年女子，僵硬地伫立着，凝视着老人的背影，任由泪水在苍白的脸上流淌。篱笆遮住了她的视线，老人的身影瞧不见了，终于，她泪水如泉，喷涌而下。这个中年女子是我，背影是我的父亲。

看到的这个背影，是1976年10月中旬的一个下午。之后，它竟然如影随形，时时刻刻会跳到我的眼前，如针如锥，扎痛着我的心。当我读到他那封用悲愤、无奈、幽怨的语气诉说“我就要到地下去了”的信时，泪水犹如无数条鞭子，抽打着我的心。这是父亲留给我的最后一封信。不久，噩耗传来，距我从窗户中看到他那沉重、艰难、蹒跚地拖着脚步的背影，仅仅一个多月！

面对着那具无声息地平躺在帐幔内的躯壳，我哽噎抽泣；在送父亲去常熟火化的平板小船上，我紧靠着他，坐在他的身旁。秋风不时吹起白色的布盖，呈现在我面前的父亲的脸，是那样的瘦削、清癯、白净和安详，可是他的嘴巴却总是微微地张着，我感到他是要向他的亲人诉说些什么。在泪眼蒙胧中，我执着地紧握布盖，轻轻地按住他的脸庞。回家的路上，我捧着骨灰盒，泪落如线。我想写写父亲，但我没有动笔！

21 世纪初，我先生顽疾日深，生活日艰，看着他日益弯曲的背影，我想到父亲，几次动笔准备写父亲，但还是搁下了笔。

2014 年，我先生走了，在翻拣他留下的物件时，我看到了儿子幼时的练笔。儿子说："在这段时期里，给我留下最深刻影响的是我的外公，一个慈祥可爱的老人！"回忆我先生当年被借调去北京的那些事情时，我想到了当时来上海帮助我们照顾儿子的父亲。万般滋味涌上心头，我反思、我痛苦、我忏悔，我决定要写父亲，但又深感我没有资格写父亲。

2019 年，故乡的妹夫给我寄来了一箱整十册的《姚氏宗谱》。我认真反复地读着陈墅姚氏十三代祖孙的本传、世图、世系，当我读到《姚氏宗谱·世系》评述我父亲的"抗战时坚拒为日伪服务，忠节可嘉"十四个字时，我震撼了，它告诉我：父亲是个顶天立地的男子汉，是个大写的人，是对得起祖宗、对得起国家、对得起人民的华夏子孙，虽然这个子孙身上有不少旧习，但大节不愧，气节可嘉，这个大节和气节恰恰衬托出作为他女儿的我的浅薄、无知、幼稚。是到了应该深刻追悔、反思、审视自己的时候了。终于，我提起了沉重的笔杆，写下了这篇《父亲》。

生活中，我是一个容易被芝麻绿豆的事情纠缠的小女人；性格上，我又相当偏执，只要冲撞了我的感情神经，我就很难再从全局去分析、评判一件事、一个人，所以，一叶障目就成了我一生的主要缺点。在同父亲的相处中，我的这一缺点，表现得特别鲜明。生活中，老人们常说"女儿是父亲前世的情人"，父女一般会比母女相处得更亲密、融洽，而我恰恰相反，自我懂事以后，我对父亲的感情，一直是淡淡的，既缺少思想上的沟通，也没有感情上的交流，在父亲不注意的时候，我甚至还对他投以冷冷审视的目光。

这种感情的形成，倒并非因为成分，当然，出生在这样家庭的子女，思想上背着沉重的包袱，心理上产生了沉重的痛苦，也是正常的。但从心底说，我没有因为出身而怨恨父亲，我理智地认识到"出身是无法选择的""责怪是毫无道理的"，而且，我们全家都没有责怪、埋怨过这个成分。相反，我感谢这种翻天覆地的变化，它终于使我们从不劳而获的剥削者成了自食其力的劳动者，而且这种社会剧变更能锤炼一个人坚强的毅力，因此我无怨无悔，坦然地接受了。不仅我这样，我的姐妹、父母也都这样。我对父亲的淡然，完全是因为父亲身上那些旧式士绅家庭子弟身上的旧习。

父亲姚汝英（字熙源，又名纪如，陈墅姚氏第十世孙，1904—1976）

母亲辛辛苦苦操持七口之家的一日三餐、衣食住行；而父亲，却整日一杯酒、一壶茶、一把水烟筒，优哉游哉。平日，父亲白天拎着一个竹篮上街，中午总不会按时回家，不是蹭茶馆酒楼，就是耽于书场赌馆，直到日头西斜，才想起回家。他进门后，篮子一扔，二郎腿一跷，拿起水烟筒呼噜呼噜吸起烟来。如果哪天赌桌上赢了，父亲就会笑嘻嘻地给我们一两个橘子或两三颗小糖果；如果输了，则扔筷摔碗，呵妻责子，弄得鸡飞狗跳。家业虽然不大，但仔细盘算，勤俭过活，一家七口，应该衣食无愁，可我家总是借贷举债。人人夸他天资聪颖、温文儒雅，甚至老师把女儿许配给了他，结果是“聪明才子”出洋未成，由此沉沦于家，消磨了青春，侵蚀了才气，成了个靠祖上遗产度日的无业子孙！如此日积一日，我就从心眼儿里怕他，从骨子里怨他、恨他，虽然嘴上还叫着父亲，但冷漠的感情却越积越烈，最后一叶障目，让我再也看不到父亲那可亲可爱、可尊可敬的一面！

1974年，我先生被借调北京，我独自带着一个刚入学的儿子。我的工作地点离家较远，而我又是个带班教师，每天必须6时起身，从徐汇区湖南路到虹口区周家嘴路的学校，几乎要横跨整个上海市区。7岁的儿子早晨随我同时起来，快到上课时间，他才背上书包，关锁门窗，出门赶去学校；中午自个儿跑食堂；傍晚，总是像只小猴子那样，蹲在100弄右侧那个由石板垒得如小丘的石堆上等我，孩子眼尖，只要我一转弯，从淮海路折入湖南路，他就会高声嚷嚷着，奔跑过来，一头扑到我的怀中，再牵着我快步回家。开门、进屋，我是放下包，开锅、煮饭；孩子则是带着他的哼哈二将——两个同龄的小女孩，跳橡皮筋、唱歌、演戏。他是当仁不让的导演，两个女孩乖乖当他手下的演员。吃饭的时候，看着儿子像饥饿的小羊，大口吞咽着食物时，我的心总是揪得很紧。无奈之下，我同先生商量，请孩子的外公来帮忙。但我们也担心，父亲已是71岁的老人了，又有气喘病，他的身子骨能承担带孩子这样的劳动吗？而且，当年我们住的是华东局的机关宿舍，邻居们都是华东局的干部，这院子离先生在康平路的工作单位又很近，父亲这样的身份，住在这里行吗？但是，盘来算去，只有父亲尚能脱身，母亲有个精神不正常的儿子，一日三餐、平时生活都离不开，而让他们三口都过来，我们17平方米的小屋显然难以容下。只有父亲，还能脱身，伸一伸相助之臂。

就这样，我们父女就有了一年多的时间同住一屋。我是每周6天，两点一线，奔走在徐汇和虹口之间，6天的工作日，照顾儿子的责任，全落在71岁的父亲肩上，但父亲都乐呵呵地承担了下来。对门的阿姨是在市管教部门工作的，平时自律甚严，要求他人甚苛，却屡屡夸我父亲，说很希望我父亲能长住下来。管院子大门的马大①，是兼着管理整个院子音讯往来、人员出入的老人，爽直、热心，爱管闲事。每当我进出院门，他就会拦住我说：“你父亲一个人待在家里，太寂寞了，让他出来走走。”

邻居的夸奖、马大的关怀，让我这个女儿惭愧起来，我开始注意我的父亲。

父亲早饭只吃一根油条，有时还留半根给他外孙；父亲下午总是牵着他外孙的手，到湖南路淮海路交口左边的那爿食品店，买一个5分钱的饼，祖孙俩一人一半，边吃边说笑，然后手牵手地回家；父亲辛辛苦苦地照料着母亲让他带来的鸡，鸡每天下一个蛋，傍晚我回家时，父亲就会高兴得像孩子一样告诉我，他养的鸡又生了一个蛋！第二天儿子就会开心地对我说：“外公又给我煮

① 这是一个老人家，当时局里让他住在这个院子大门口的边房里看管大门，收收信件，并没有专门的职务。“马大”是院子里的住户对他的爱称。

蛋了。”说起鸡蛋，近日整理旧书，看到儿子当年记的日记，里面记着祖孙俩的一段对话。一天父亲终于存了两个鸡蛋，对我儿子说“这里是两个鸡蛋，你自己挑，挑好了，我教你煮蛋”。我儿子说他挑了个大的。父亲问：“挑定了？”我儿子说：“挑定了。”父亲问：“不后悔？”我儿子说：“不后悔。”后来，父亲就教我儿子煮蛋，结果煮出来的蛋，父亲的比我儿子的大，我儿子就反悔了，要吃大的那个，父亲可不给他，说：“已经说好了的，选定就不能悔，规矩是不能改的。”

父亲是一张报纸、一本书，坐在椅子里就可以消磨一天的老人。他静静地坐着，平静地读着，时而微笑，有时还会笑出声来，把我吓一跳。父亲一个字母一个字母地教我儿子英语音标。父亲的英语很好，发音很纯正，他说是当年在省常中时，被那个外籍英语老师训练出来的。儿子常说他的英语是外公给他打下的基础。每天我从学校回来，父亲总是端上热腾腾的晚饭，不管回来多晚，祖孙俩一听见我的脚步声，就抢着把热菜热饭端上台面。夏天，父亲总是自己洗衣服。他就只有两件汗衫，洗时轻轻地揉搓，然后仔细地晾晒，唯恐不小心会弄断汗衫上的棉线。从我有记忆起，不曾看到父亲有过毛衣，他都只是穿件棉背心，后来我给他编了件蓝色的毛衣，父亲没有说句客气话，但当我看到他穿着时那种喜悦的目光，我的心中也充满了快乐。父亲的西装裤已很陈旧了，我给他做了条灰色卡其布的裤子，但我的裁剪功夫太差，把裤腰做小了，父亲要扣上裤纽非常困难，但他还是开开心心地穿上了，而且似乎特别喜欢它，总是穿着它，我只能趁他晚上睡下了给他洗，但不久，我看见他又换上了这条裤子。有一天，父亲竟然在院子的大树干上系了条绳子，把家中的被子都晾了。被子太沉，父亲抱着它，走下台阶，被被角缠住，摔了一跤。这一跤摔得父亲左眼肿得像个大核桃，我推门回家，看到父亲这个模样，吓得直哆嗦，但父亲却像没事人一样，只说不小心摔了一跤，对于为什么会摔，他怎么也不肯说，最后还是隔壁一对双胞胎姐妹告诉我的。1976 年 9 月 9 日，主席逝世，那天我很晚才拖着疲惫的身子回家，一进门，就看到父亲连讲话都哆嗦、激动的神态，原来是居委会的同志专门到家，请他去参加主席的追悼会，而且还让他坐在正中的位置。

但是，我却在同父亲相处的半年多中，很少主动和父亲沟通。客观上是因为早出晚归（那段时期，我对工作特别认真，对学生特别上心），无暇沟通，但主要还是主观上的原因，因为过去留在脑海中的那些“淡然”“漠然”的情结。有一次，不知怎的，父亲在报纸上读到报道史良女士的一篇文章，晚饭后，父亲突然对我说，他认识史良。我瞪大了眼睛。父亲解释说，当年，他在省常中时，史良是常州女师学生中的活跃分子，是省常中和常州南师、常州女师三个学校学生联合会的副会长。他听过她的演说。我没有接话，态度十分冷淡，父亲顿时默然。可我的心中，那股对父亲不满的潮水被翻动起来：一个女子尚且如此，可你呢，不也是个热血青年？当我这样埋怨的时候，我忘了父亲当时还是个15岁的毛头小子，估计刚进省常中不久吧。现在想来，父亲应该是看透了我的感情的，他的默然，该包含了多大的痛苦！

有一次，不知因何触发，我把积压了多年的感情对他宣泄了出来，还说现在母亲一人操持繁重的家务劳动，70岁的人了，在河边颤颤巍巍地洗擦淘涮。父亲先是一声不响，最后终于大声说出一句：“你知道些啥？”我惊呆了，看着他。“你知道些啥？”这句话，留在我脑中一辈子了，我真的对父亲知道些啥？我只知道父亲被划为地主，但这个地主到底有多少产业，我丝毫不知；我只知道读完省常中，父亲本是要游学日本的，为何最后没有去成，我不知；我只知道父亲本有大志，头脑聪颖、气质儒雅，为何最后坐守祖上遗产，做了个无业浪子，我不知；我只知道新中国成立后，我对父亲更是淡然、漠然、埋怨、指责，但父亲的内心怎样，我不知！

但是，父亲还是一如既往地守护着我的儿子，一直到1976年10月6日，我先生的单位被卷入了旋涡的中心。父亲的背影就在这特定的时刻烙进我的心中。

父亲匆促突然地离沪返家，是因我们而起。但作为女儿，我既没有送他，也没有宽慰他，更没有告诉他让他如此匆促、突然回家的真实原因。父亲是怀着满腹狐疑返回故乡的。我之所以没有亲自送父亲登轮，虽有些隐情，但根本原因是我的自私、胆怯和懦弱！

我的行为使父亲非常难过，也让他百思不解。当时，父亲是乘火轮回家的，火轮从上海中山北路桥墩下起航，要历半天一夜才到江阴，凌晨再转乘另一班火轮到故乡陈墅。入秋的天气，白天炎热，晚上微凉，父亲怎样抵挡火轮深夜在河中行驶时，窗隙中钻入的这些透凉的秋风？应该是穿了秋衣的吧？父亲坐在火轮中，从乘客七嘴八舌的谈话里，应该是知晓了女儿、女婿让他匆匆回乡的原因了吧？若不知，是怀疑、悲伤；若知道，是绝望、无助。因此，就是穿了再暖和的秋衣，也是无法抵挡这绝望的悲凉的。虽然我们父女的关系不佳，但是在父亲的心目中，我是他最坚实的一根支柱，现在支柱倒了，他彻底垮了。所以，回家仅一个月，他就走了！临终，他留下的唯一遗物是一只三四寸长的小皮夹。丧事完毕，我带走的就是这只黑色的小皮夹。

皮夹是双层的，是粗陋的黑色塑料压成的，像小本子那样，可折可开。左面透过白色塑料的那面，映入眼帘的是一张三两粮票；右面的夹层里，是两个孩子的两寸左右的小照片。照片是 1970 年大姐从苏北盐城来沪时，我先生用相机给我儿子和大姐的女儿照的。先生当时的摄影水平很差，底片质量和他的技术也很般配，加上当天时阴时晴的天气，所以照得相当模糊。但父亲把它珍藏了起来，白天护在口袋里，晚上干脆伴在头底下，一藏就是五年。

父亲的遗物，我一直珍藏着。从徐汇区的湖南路到普陀区的师大一村，从师大一村的 477 室到师大一村的 185 号。白天，我东奔西跑，晚上我常常会把小皮夹捧出来，凝视着它。但不知怎的，2004 年，从师大的 185 号迁至今天的锦绿新居，小皮夹却怎么也找不到了。

我只找到了几张不同时期的合影。

20 世纪 30 年代，摄于常熟照相馆

20世纪50年代，小妹如心自渝返乡，与父母、二姐合影

20世纪60年代，小妹夫妇自京回乡，
在鼋头渚同两家父母和小弟合影

20世纪70年代初，父亲来沪小住，大姐
来探亲，相聚于朝阳（曹杨）我家

父亲的外孙辈

每当我想起它，悔恨、愧疚之情就如芒在背，这些悔恨和愧疚都发生在父亲为我守护儿子的那一年多的时光中。

父亲来沪后不久的一个星期天，我携祖孙俩去淮海路的一家饭店，吃了顿中饭。饭菜都只是中档，但祖孙俩吃得都乐开了花。我看着也很高兴，乘兴说了句："待子英来，我们一家四口，再来大吃一顿。"子英是父亲长孙、我大姐的长子，那时在苏北盐城大丰。父亲是非常喜欢这个长孙的，不仅因为当年大姐把两个儿女托请父母养育，更主要的是这孩子憨厚老实，父母都非常喜欢他。但子英来了，我却食了言。父亲虽然没有提醒，但我知道他很期待。

父亲在我家一年多，从不给我添麻烦，心里的想法和要求也很少吐露。在这一年多的时间里，他真正开口的只有三件事。这三件事中的两件我用沉默拒绝了，另一件，虽然答应了，却办得令我羞愧难言。

一次，父亲软声细语地对我说："这个星期日，想请龙弟来家聚聚，和他杀盘围棋。"父亲早年精于棋艺，虽然不是周边方圆几里的无敌手，但在外祖所在的这一方，还真的难觅对手呢！父亲这里提到的"龙弟"，是母亲大姑母的小儿子。当年他随他母亲来看他舅舅，常同我父亲对垒，杀得酣劲十足，难分高下。现在"龙弟"早就随他母亲住到了上海的姐姐家，他姐姐家离我住的湖南路近在咫尺，父亲几十年不碰棋盘的手痒了，极盼望能再和"龙弟"在棋盘上鏖战一场。但我却默然不语。父亲又补了句"花费不多的"。我仍然沉默，心中嘀咕，好容易一个星期天，安静一下，还操劳什么呢？后来父亲再未说话。

一天回家，已过晚上 7 点，饭后，父亲嗫嚅着说，母亲来信了，希望我能再寄些钱回家。我又默然，心想，月月准时足额寄钱，怎么又用完了！父亲也默然。第二天周日，我帮父亲收拾被褥时，发现被褥底下藏着一封信，信上诉说家中需要的急用，还夹着一张 10 元的回执！

哪家没有个急事？当这种事发生的时候，旁人也会伸出相助之手，而他的亲生女儿，却在他求助时缄默了！让一个年过七十的有着喘病的老人，颤颤巍巍地无数次扶杖去邮局寄钱！这钱是北京舅父寄给他的，当舅父知道父亲到了上海就寄来了 20 元钱，我交给了他。舅父的本意是希望内兄手头活络些，而他在看到向亲生女儿求助无望时，把这"活络钱"分了一半给母亲！

所谓我答应父亲的又是怎样的一件事呢？我又是怎样帮助他实现那个愿望的呢？

父亲向我念叨，他想去看个远房亲戚。父亲说，要不是这次来上海，此生就不会有再相见的机会。我同意了，说下个星期天就去。

星期天到了，祖孙仨决定去探访这个远房亲戚。但老天爷却和我们较起劲来，本来就是大暑的天，这天更是暑气蒸腾。吃了早饭，走出大门，一个火烫火烫的日头，就顶到了我们的头上！当年还没有出租车，只能迈着双腿赶车，路远还得转车。那时我们住的是徐汇区，亲戚住的是长宁区，而且是长宁区最偏僻的地方。我很有些内疚，父亲倒兴高采烈，儿子更是高兴得一路蹦蹦跳跳！但是，父亲终究是个老人了，又有病，所以，虽然他心中高兴，但没迈开几步，我的耳边就传来呼哧呼哧的喘息声。虽然，我不时拉住儿子，停下脚步，但是，作为父亲至亲至近的亲人，我没有扶着老人慢慢地往前走，只是拉住儿子，让他停下蹦跳的脚步。

当我看到一辆从身边驰过的车正是我们要换乘的车时，竟不顾一切去追赶，我心中想的只是此处偏僻，车辆班次不多，错过后要等很长时间，全然没想到年老有病的父亲赶车的艰难。冲上了车，我连声恳求："帮帮忙，还有老人和孩子。"司机不客气地呵责着。当我把喘着气的父亲扶上车，只感到满车的人都瞪着眼盯着我：

> 真不要脸，竟然把孩子和老人都丢下了，只管自己一个人赶车！
>
> 你看老人喘得多厉害，肯定是有病的！
>
> 去作死啊！等不及，不是还有下班车嘛！
>
> 快腾个位子出来，让老人坐下！

父亲坐了下来，但气喘却很难平静下来。我感到满车人的目光中充斥着的都是批评、指斥、愤怒和鄙视。现在想来，我很后悔！

还有一件后悔的事。1976 年季夏的一天，学校党政两位负责人告诉我，这个周末，他们准备来我家走访。就他们本意来说，估计是因为我先生被借调去了北京，想了解我一个人带着孩子有什么困难。我大吃一惊，因为我并没有把父亲来上海的事向他们汇报，一旦他们发现我把成分不好的父亲接到了家中，后果呢？为了避免父亲被发现，那天我一直在南窗下坐着，看到负责人走进院子，就搬了张竹椅，让父亲坐在总门口通院子的过道上——总门口的左侧是个大园子，通园子处有个很空旷的通道，坐在这通道处，谁也不会注意一个乘凉的老人。这样，我既糊弄了两位领导，也极大地损伤了父亲的尊严。晚上，我把白天发生的事告诉了回沪办事的先生。先生大为震怒，还代我向父亲致歉，父亲只淡然地说了句："这，没什么。"

此后两年，先生和我的处境都很糟，但在如此压力下，每到夜深人静，挥之不去的还是父亲的背影，我决定要了解父亲，写一写父亲。

但是，那时我和先生，都先后换了个虽心仪却必须从头拾起的工作——高校中文古典文学的教学。生活担子的艰辛、业务压力的沉重，使我每年寒暑两假总是来去匆匆，虽然我很想利用这短暂的回家时间，请母亲讲讲父亲的往事，但是，白天看着母亲忙忙碌碌的身影，晚上听着母亲疲惫地拖着双腿的脚步声，我无法打扰，也不忍心搅动父亲走了这么多年压在她心头的悲情。直到1985年，母亲摔断了腿骨，卧了床，我才抓到了一些和母亲“闲谈”的机会。

母亲的父亲，在清末江苏省立高等学堂毕业后，做了个传经讲道的教师。但他不顽固，既反对女子裹足，也反对女子不读书求学，所以我母亲知书识字，头脑清晰，且极重礼仪。

母亲告诉我，我父亲6岁就没有了父亲，是他母亲一个人抚养他长大的。父亲聪颖异常，算盘打得又快又准。教语文的老师，是母亲的父亲，因为父亲字好、文章好，背书功夫是班上顶尖的，老师才把女儿许配给父亲。父亲有两个母亲，亲生母亲是东海巷秀才的女儿，嗣母陶氏是国学生的千金，所以年关祭祀，是要摆两个祭桌的，同时祭亲生母亲和嗣母。嗣母陶氏是个好强的女子，她有两个嗣子，一个是大伯伯家的二儿子，一个就是父亲。陶氏祖母对父亲期望很高，一心想送他出国，卖掉了八亩嫁妆田。父亲也希望能出国，他选的国家是日本，专业是法政。谁知临到考场，他发现忘了带毕业文凭![1] 第二年准备去考，但放在孙氏义庄的那笔出国资金被挪用了，又没考成。之后就结婚成家、生儿育女，把出国心思放下了。陶氏祖母为此伤心得在西湖塘造了座小庙，皈依了佛门。

父亲后来没有出去读书，也没有出去工作，也是有原因的。他6岁失去了父亲，17岁又失去了生母，留下一个小他6岁的弟弟，他得管理这个家。后来他的嗣父在他31岁时也走了，抛下嗣母一人，这期间三个孩子相继出生，大家、小家他都得照顾。父亲喜欢坐茶楼酒馆，下围棋听书，还有搓搓麻将，但从不寻花问柳。父亲虽然算盘打得好，但打理家产实在差劲，又不会做生

① 父亲在省常中是否毕业一事有两说：一是母亲所说，父亲就读并毕业于省常中，有毕业文凭；二是这次《姚氏宗谱·总表》所述，“江苏省立第五中学校肄业”。惜当事人已亡故，未及求证，待考。

意，也不喜欢做生意，常说做生意要有门槛，他连个生意朋友也不肯交，就靠祖上几亩租田过日子。后来老家的房子又被烧了，连个立脚点也没有，本来想常住在外婆的八士尖——那里房子容易租，但后来说要叶落归根，哪里来哪里去，就回来了。

我问母亲："房子被烧，是怎么回事？"

母亲说，1938年，日本军从江阴方向扑来，当时父亲正一个人坐在厅堂里。这房子是爷爷辈造的，敞亮光鲜，惹人眼目。这些日本兵从河北界冲过大桥，扑进河南界来到这南横头，看到这样一所大宅子却敞着门，跨进门去，又见一个三十出头的男人，独坐在空荡荡的厅堂里悠悠地喝着茶，就以为有诈。日本兵反复盘查、反复威吓，父亲一口咬定："经商，商人。"日本兵掰开他的双手，看到他的手白皙无茧痕；看他的身架，桑条似的，毫无功架，就要拉他去当账房，父亲死活不去，一个日本兵把他推向东墙，举枪就射，父亲竟然无恙！日本兵就满屋子点起火来。房子被烧了，父亲精神受到了极大的刺激，整整半年，一直在八士尖的大河边走来走去，谁也劝不住，大家以为这个人废了，哪知半年后，父亲恢复了。但是他从此不提此事，大家也不再提这件事，似乎都忘了。

其实大家都没有忘，特别是他的那把算盘，很多人都想占有。当时地方上各种势力都有，土匪、伪军，都想找父亲去管账，他们先是请，后是逼，最后是抓。全靠父亲人缘好，总有赌徒酒友来报信，有一次还全亏大庙的主持高僧，否则就真的被抓了。

我追问经过。

母亲说，一天，时过傍晚，天已黑了，一个酒友来告：某土匪部队抓父亲的人已上路了，快逃！父亲拔脚就跑，一跑就跑到大庙。大庙的主持和陶氏祖母是庙友，见父亲慌慌张张冲进门，就惊讶地问："这不是妙善家的少爷吗？匆匆赶来，为啥事啊？"父亲说了缘由，就想往施主们停放在庙里的寿棺里钻，主持一把挡着，告诉他寿棺最吸引人目，是最不安全的地方，他把父亲拉到自己的禅室里，把他揿在床上。禅床又大又深，主持又加盖了几条被子，自己也钻到了被子里，警告父亲紧靠着他，不管发生什么，别出声。刚安排妥当，几个土匪就冲进禅室，厉声追问："姚熙源，熙源，来过吗？"当时禅室中，一灯如豆，光线昏暗，主持困难地咳着，断断续续地说："我病了，好像听到有人进来，往后门走了。”三个土匪掀起帐幔，只见主持裹着厚重的被子，身子还在发抖，三个土匪扔下帐幔，冲向后院。凌晨，主持雇一小舟，嘱父亲赶快往八士尖走。

听了母亲的回忆，我震撼、我惭愧，同时也还保留些许怀疑和猜测：父亲是母亲一生的至爱，而爱总是会在现实面前撒下一层或轻或重或疏或密的纱幕，母亲是否也被这或重或轻或密或疏的纱幕模糊了眼睛？直到这次读《姚氏宗谱》，看到里面对父亲的评价，才知晓这一切全是父亲真实的经历。

> 姚熙源幼丧父，少亡母，父缺教，母亏爱。身嗣二伯，成家早，家责重。遭日难，家被毁，脑遭伤，能无亏大节，坚拒日伪胁逼，虽有旧习旧行，但无亏于国，无亏于族，无亏于诗书世泽之家！

人间给父亲的温暖不多，但他仍然执着牵挂，无限留恋，希望能获得人世间的理解和原宥！但弥留之际，连自己的女儿也没有向他说一声理解，道一声原宥！他走得无奈、失望和悲伤！现在，我终于理解了他，原宥了他，三次握笔，写了这篇忏悔的文章。但他早已走了。如有天国，我最怕面对的，就是父亲，如此被我冷漠、误解，又让我如此渴望向他倾诉和忏悔的父亲。

> 心儿已弹起，泪落满天飞。
> 笔在纸上走，难尽锦瑟意！

2019 年孟春

母　亲

桃之夭夭，灼灼其华。

之子于归，宜其室家。

《诗经·国风·周南·桃夭》

每当想起母亲，我的眼前总会浮现出一条在风雨中挣扎的破旧小舟。巨浪裹挟着小舟，小舟在浪花中挣扎翻滚，虽屡历艰险，却总能平安地浮出水面。在这船头苦苦支撑的，是个柔弱的女子。

这柔弱的女子，是我的母亲。这破旧的小舟，是故乡那两间经历了半个世纪的相当破旧的灶披屋。它坐落在故乡南街末梢，南北东西十字通道的转角处。我之所以用"坐落"两字来点明这灶披屋的位置，是因为它曾光鲜过。它本是小镇上一户大姓新建宅院中的一间侧屋，这户人家一日三餐的肴馔、每日的盥洗、四季的沐浴都是由它承担，所以它还是相当宽敞和明亮的。但是，几十年前一场大火后，它周身都残留了被大火焚烧的伤疤，裸露的屋脊和墙柱也都是乌黑一片，在周边的房屋中，它就显得分外陈旧和破败。但是，这灶披屋，却是当时我父母的最后一笔财产，使颠沛中漂泊的父母，终于有了个安身立命之所，也使我们这些漂泊在外的儿女，有了一个可以回归探望的"家"。

我回故乡，住进这个"家"，是20世纪50年代初。在此前，我一直以为我的家在江阴陆家桥八士尖那宽敞的房子里。直到20世纪40年代，嗣祖母归天，随父母奔丧，我才知我的家在无锡市陈墅乡陈墅镇南横头的南北东西交汇点的两间破旧的灶披屋中。

说是两间，其实只是空空荡荡的一大间。当年母亲带着我去拜见父亲的亲弟弟，即我的亲叔叔时，我见到了它。那时是叔叔使用着它，它也仍然承担着为叔叔一家遮风避雨的职责。后来我们一家要住进这灶披屋中，还有锅碗瓢盆、饮食起居的一应什物。离开八士尖的那个晚上，我辗转反侧，虽然也有惆怅和忧伤，但更多的是对这房子如何装进一家人的烦恼和苦闷。船夫起锚了，船只离开了码头，在汩汩的水声中，我依然深陷苦恼之中。

终于到了目的地，母亲嘱咐我留守船中，护好弟弟，她同父亲、二姐指挥船夫们搬家具什物。在船中煎熬苦守的时间似乎不长，我远远地看到二姐扬手招呼我们。我搀扶弟弟上了岸，快步向“家”奔去。想象中家门口堆满杂物，屋子里寸步难行。但展现在眼前的竟然是一个拥有一大间两小间的紧凑整齐、井井有条的“新家”。疑窦产生了，是谁改变了这个破旧的“家”？

母亲，只有母亲！

母亲在搬迁前，就周密推敲，反复筹划。

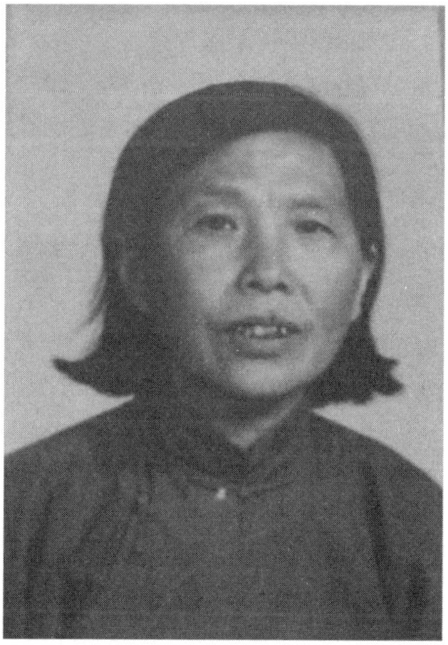

母亲孙惠芬（1906—1991）

作为“家”的这间灶披屋坐北朝南。南头那扇门，本是这个家宅的后门，现在成了一家七口出入的主门。门外是成片成片的绿色的水稻田。北头的那扇门，本是通向主屋的腰门，走出腰门是个界分父亲和叔叔居宅的院子，院子东侧是兄弟两家的主屋。两家主屋都已被日本人焚烧殆尽，剩下的残垣颓壁、碎砖破瓦。

母亲推敲筹划的方案是从腰门西端门框始，由北向南拉直线，直线走至中端，折而向西，形成一条L形的直角折线，匠人按折线砌成界墙，屋子就一分为二，成了两居室。母亲又请匠人在外边的居室砌了堵矮墙，这样原来的一居室，就成了一大间两小间的三居室。大间放了大小两张床，母亲安顿了儿子、丈夫和她自己；外室的里间做了厨房，外间为多功能活动室：平时是全家一日三餐的餐厅，来客时是接待室，晚间是女儿们活动的闺房。凡家具什物，一一置于三个居室的墙沿屋角，整个房间虽逼仄却并不乱。母亲又在院子西端临自己卧室的转角处搭了一个两平方米左右的洗澡间；在东侧主屋的断垣上架起了有屋盖有靠壁的廊庑，一年四季只要无雨无雪，两块竹台板一搁，就成了子女们读书、游戏和自己做针线活儿的场所。就这样，母亲把“家”安排得有模有样，虽逼仄简陋，却温馨。

安顿好了一家七口，母亲就把小妹接回了家。小妹自小心灵手巧，更可贵的是能吃苦耐劳，小小年纪浑身上下有使不完的劲儿。母亲多了一个这样的帮手，一个新的计划又在她脑海中形成了。

当时二姐和我还在求学读书；大姐虽然在政府部门工作，但是当时国家对公务员实行的是供给制，每月只发很少的零花钱；父亲虽然谋得了一个教职，但微薄的工资要负担一大家子人，还是相当艰难。多亏舅父舅母、姨父姨母不时相助，才能勉强糊口。母亲决心改变这种日子。她想到了一个“变废为宝”的计划。

母亲带着小妹，几乎整日在东院被火烧过的地基上折腾。地基上层层叠叠着残砖破瓦，岁月的风霜又把不少碎砖瓦砾埋进了坚硬的泥土中，母女俩手抠刀掘，终于清理出两个屋基的地面。废弃的屋基上布满了松松软软的灰土泥。

母亲告诉小妹，翻出的灰土只是“生土”，必须把它们调理成能生果蔬的“熟土”。母亲嘱小妹每天把灶膛中的柴草灰倒在这些生土上。不久，生土被盖上了一层层的“草灰被”。淅淅沥沥的春雨让草灰渗入了生土里，母亲拿起锄头和小妹一起在这样的土地上捣鼓。到了牧童吹笛、春雨纷纷的时候，母亲买了很多蔬菜苗，把它们种在这些灰土泥里，又一瓢瓢给这些刚种下的菜苗加上“护根水”[1]。

那年暑假回家，迎接我们的是满桌的菜肴。饭后，小妹把我牵到了东院。我的双眼模糊了，模糊中，晃动着的全是五彩缤纷的蔬菜。

那年暑假，我过得非常开心，似乎又回到了八士尖，又有了园子。那时候，叔叔在外地找到了一份教职，就把一家人都迁到了他教职的所在地，兄弟俩合用的那个院子，就由我家独用了。每当劳累了一天，母亲把院子的大门一关，两块竹台板一搁，晚饭就开始了。虽然饭菜简陋，但几乎全是母亲和小妹自力更生的果实，吃在嘴里，那种惬意，远胜过山珍海味。仍然是鱼贯着排队洗澡，只是父亲没有了明舅公这个讲话对象，母亲也少了和明舅婆的唠家常。再说这时父母的精力也大不如前了，收拾完碗筷，他俩就早早回房休息了，只有小妹仍执拗地帮着我们揉洗漂晾全家换下的衣衫。活儿干完了，星星早已爬上了天空，小妹和二姐也陆续走向她们的“闺房”。我则总爱默默地坐在通向东院的门框边，闻着飘来的各种蔬菜香，想着当年坐在这门框边弹奏那忧伤乐曲的叔叔，他已携家远走，去开创自己的新生活了，他把两间灶披屋交给了兄嫂，嫂子在这两间破旧的灶披屋中安置了自己的七口之家，又用两手，在烧剩的屋基上，开出了一个终年色彩艳丽的菜园子。希望这新的家园由此蒸蒸日上，走出一条自力更生的光明之路。

似乎是对我的希望的回应，东院颓壁转角处的那堆残破的瓦砾中，竟然长出了一株虽不壮实，却生意盎然的小树。它抽条、发枝，布满苞芽，引起了我和小妹的注意，我嘱小妹给它提供充足的水源，呵护滋润它。第二年，小树开出了花朵，粉红色的花朵，啊，是桃花！“谁种的?”我喃喃着。母亲说，该是个吃桃子的，随手扔了个桃核，桃核沿着瓦砾的缝隙，掉到了地面，大地母亲收容了它，供给了泥土和乳汁，它奋力抽芽、发枝、生苞，开出了艳丽的花朵。我沉浸在这个桃核奋斗成长的想象中。蓦然，古老的《诗经》中《桃夭》那首小诗跳了出来，这“宜其室家”的桃花，来到了我家，她倔强、艰难地和内部、外部环境做斗争，终于以她灼灼的光华，照耀了这破旧的家园。希望在她的照耀下，我们这个家蒸蒸日上，走出一条自力更生的光明大道！

---

① 刚种下菜果苗时浇的水是为了保护这些苗，使它们能在湿润的土地里安然生长。所以农家习惯把这时浇的水叫“护根水”。

小妹

事实也正是这样。这时我们的家：父亲在本区南桥头小学，承担五、六年级的语言、数学的教学工作，很受赞赏；大姐在区仓库工作，认真、踏实；二姐呢，在徐州师院两年制专修班毕业了，被分配到一所初级中学执教语文；我则在上海一所师范大学攻读语言文学；小妹到了重庆的一个军工厂，后主动报名去龙岩军工厂做了一名传经送宝的“老师傅”；小弟也自主地住了校，修完了初中课程。母亲操持全家，打理园子。园子虽小，但有“仙”则灵！这“仙”就是一家人同心协力的奋斗精神。

我们在这里平静、快活地生活了几年。不料好景不长，我们很快失去了这个正在欣欣向荣的家园。

20 世纪 50 年代，人民公社建立了农村二级（含三级）所有制。家乡生产队为建立自己的仓库，决定征收几处住房。生产队征了我们家，把我们家安置到了对面北街梢邹老先生家的侧厢房。这样，我们既失去了“家”，又失去了能供我们一年四季菜蔬的“园子”。雪上加霜的是，母亲受到了她一生最辛酸、悲催的打击：她千求万盼来的儿子精神失常，疯了！

在江苏省立南京女子中学读书时的母亲（右一）

（舅父保存，表妹孙辰收藏）

母亲并非旧式女子，她曾就学于江苏省立南京女子中学，受过相当新潮的女子学堂教育。外祖父则是江苏高等学堂的毕业生，是个开明的读书人，他反对女子缠足，也反对“女子无才便是德”的封建教条，因此母亲逃脱了外婆再三逼迫的缠足之劫，被送去省城进了一所女子学堂。但外祖父并非彻底的开明人士，在“女大当婚”的思想下，早早给母亲觅了夫家，母亲 18 岁就出嫁做了当家媳妇。夫家是个大家族，三姑六婆“热闹非凡”。她们都有个秀才或国学生的公公和父亲，封建礼教思想在这个家族中非常浓重。母亲虽受过新潮教育，但“子曰诗云”“妇德妇教”还是读了不少，周旋于其中并不困难。令母亲难过的是，她的长子，我们的“寿宝”哥哥，3 岁就去世了，之后母亲连生三个女儿。为此，父母压力很大，求神拜佛，吃素念经，终于母亲在 38 岁那年生下了弟弟。然而弟弟 3 岁时受了风寒，高烧不退，后来，烧虽退了，右腿却麻痹了。母亲四处奔走，到处求取治疗秘方，卖了田产，做了佛事和道场，弟弟的腿还是毫无起色。到了读书年龄，母亲更历尽艰辛，弟弟终于读完了小学、初中，可以考高中了。弟弟也感到考个高中没有问题。谁知 1956 年后，阶级路线收紧，加上他又是个残疾人，竟给发了个“落第通知”！当晚弟弟就精神崩溃，在苏州精神病院只观察了一个晚上，就被收进了病房。

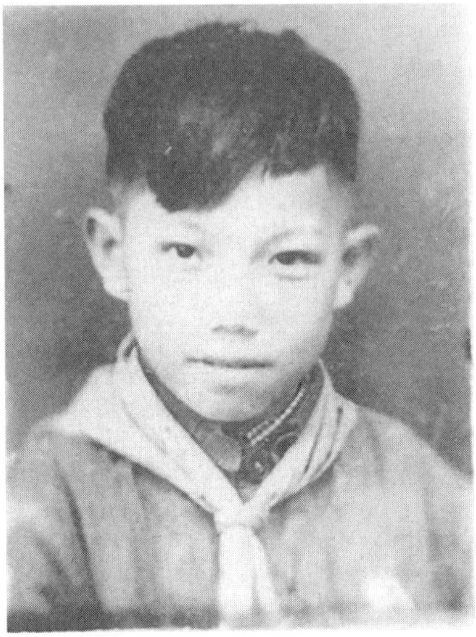

小弟姚元森（1942—2018）

1959年，弟弟住进苏州精神病院，治愈出院后，决定自学一年，再去赴考。那时他结交了一位肺病友人，两人惺惺相惜，交往甚密。一天服药时，药片掉进肺病友人的痰盂中，弟弟当时想到的只是药费贵，就捡起来，用水一冲，吞了进去。不久后，他染上肺炎，治了三个月，再次赴考又成泡影。但是，在这连连厄运中，弟弟得到了一位能使他一生坚持自学的“好老师”——我们的外祖父，孙若恒先生。

1961年外祖母走后，母亲把外祖父接到我们狭小的灶披屋中，让出了自己的卧室、床，母亲和父亲就睡在当年女儿们的“活动闺房”中，四口之家，生活过得平和平静。外祖父是个饱学儒生，曾在清末民初本省第一所私立学堂和江阴县中执教国文，国学功底深厚，教书育人有方，他把经史子集都对外孙做了讲说。他还教育、开导外孙，教他如何看待外部的环境，指点他努力去恶从善，正确对待人生，还指导外孙练习书法。弟弟后来热爱文学，尤爱古代文学，视书籍为至宝，视李白、杜甫为至尊，且练成一笔尚过得去的书法，成为地方上逢年过节、婚丧喜庆少不了的“人物”，在他后来半疯半醒的情况下，未留下任何不良记录和污点。这和外祖父对他的教诲是分不开的。

三女儿、小女儿“飞”了，留下大姐二姐守护着父母

母亲和她的三个外孙

不幸的是外祖父在1963年80岁时离我们而去。外祖父走后不久，我家接踵而至的是一连串的灾难：先是1966年被抄家；紧接着1968年陋屋再次被征，同年弟弟摔断了腿部大关节；接着1969年大姐被下放到苏北盐城；最后是1976年父亲撒手人寰。这桩桩件件都是对母亲的致命打击，特别是征房和父亲的死亡。征房的起因是生产队要有个办公室，结果决定征用我们住的房

子。下午四时，在事先没有通知的情况下，生产队就来个干部，命令父母搬家。父母没有思想准备，只匆匆拿了一些当晚歇息的衣物，讲定明日去搬取剩余什物。第二天去时，才发现屋中床柜橱桌已被搬走，且被告之已拍卖，无法归还。最后再三交涉，拿到两张不知所出的床架。而搬去住的“新居”是驳岸上的一间危房，前身是个铁匠铺，地上到处是废弃的铁屑，深夜的凉风，从空落落的窗框中扑进来，睡在窗框下面，虽是暑天也感到阵阵寒意。内室无窗，仅屋顶留有明瓦一片；无一日三餐的灶台；支撑南面的是已倾斜成半塌之势的一堵危墙，父亲就睡在危墙空窗下二姐临时购买的一张竹榻上。我们收到告急信件，匆匆凑钱，修危墙，配空窗玻璃，砌灶台，购置简单的日常生活用品，安置好了父母。这个“家”，我曾回去过，真是家徒四壁，父母、弟弟，一年四季的衣服被褥全堆在两只大竹匾中。在这样的生活环境中生活了四五年，陋房才得以归还。那些年一家犹如舟抛大海，却没有维系船只稳定的铁锚。

1976年后，政府接连给了母亲一个个稳定小舟的“锚”。

被下放苏北的大姐回来了；19岁只身走重庆的小妹也光荣退休，回到故里了；三女儿夫妇俩稳妥地进入高等学校工作了；她的一个外孙居然出国读书了。母亲一生无私，又是个甘愿代人受过的人。童年时，她为了不让弟弟无端遭她母亲的“责打”，常张开稚嫩的双臂，呵护着弟弟；出嫁后，因屡屡产女，受了不少压力，又总把责任揽在自己身上；20世纪50年代初，又代夫赎罪，把成分不好的帽子戴在头上，一戴就二十多年，虽然她没有受到戴高帽、站高台、受批斗之苦，但心理上的压抑、羞辱是十分沉重的。虽然母亲的外表仍然好强、自重，但骨子里的委屈、自卑是难以言传的。现在，无知的孩子们不来扔石头了，出门时邻居们会微笑着打招呼了，女儿们回家也能欢声笑语地喊妈了。虽然，经济仍很困难，但不知不觉中，她对自己不那么苛责了，而那种创业精神，竟然又在她身上复活了，她竟然要在过火的地基上搭房子。就在大姐回来的第二年，房子竟真的搭了起来。由此，儿子住进了新房，二姐回娘家也有了一个栖身的地方。后来我才知道，那时母亲还有个心愿，她一直深藏在心头。

父亲走后，母亲艰难地操持着这个家

妹夫转业了，全家簇拥着老母在老家院中照了张合家欢

母与子

1982 年，小妹一家回来了，那双曾有力地帮着母亲开拓家园的手回来了，还带回了一个能干的外孙，母亲这个深藏的愿望萌动了。她要在残剩的地基上再盖座小房。于是外孙帮她采购了材料，并送给她三扇门板。房子上大梁的那天，母亲挣扎着起了床。前几年母亲因晨起摸黑，摔断了腿骨，又因缺钱，只请了个当地的“夜路郎中”，骨头没有接准，因此卧床已近五年了，但遇如此大喜，当年被日本人烧了的房子，竟然在她有生之年又盖好了；更何况，她心中多年的给儿子成门亲事的愿望，也似乎临近了，她怎能不起床亲自看上一眼！但就是这一眼，母亲落下了无法治愈的病根，母亲的肺部受了风寒，导致一年后的 1992 年 1 月 30 日告别人世，留下了那个一生牵挂但终未能完成的心愿。

母亲是个心灵手巧、事必躬亲的家庭主妇：炊爨、浣濯、针织、女红、蚕桑纺织，件件皆能；母亲又是个十分节俭的女子，一生敝衣淡食，不求肥甘，家道败落了，她更是缩衣节食，带领全家渡过重重难关。20 世纪 50 年代后，母亲就没有添置过一件衣裳，穿的不是外祖母身后留下的，就是子女们穿旧了的。和母亲风雨相伴近一生的二姐告诉我，在她考取县立中师那年，母亲把当年舅母相赠的一件棉旗袍一分为二，上身给她做了一件棉袄，下身给自己做了一个围裙。她在县立中师读书三年，就是靠这件棉袄过冬。毕业了，母亲又给她做了件新棉袄，收回旧棉袄，旧棉袄缝缝补补，母亲自己穿了；1985 年母亲摔断腿骨卧床时，御寒的仍是这件棉袄。从 1951 年女儿进中师读书，到 1992 年去世，一件棉袄整整陪伴了她三十八年！二姐还告诉了我一个“秋谷袋”的故事。母亲在灶边挂了一个口袋，每当向灶洞推塞柴草的时候，她都会仔细检查柴草上有无遗谷遗穗，一旦发现，就一谷一穗地摘下，放进口袋里。母亲说，不要小看一谷一穗，累积起来，鸡崽们就有饲料了。母亲把这个口袋，叫“秋谷袋”。二姐说，在家中最困难的时候，八十多岁的母亲，拄着拐杖，去居委会报名打纱，还专门攒了 3 元钱，买了部打纱机（俗名叫“摇车”），二姐说：“那时 1 斤米只有 1 角 4 分，3 元钱可买 20 余斤大米！”这部打纱机，现在还在二姐家的阁楼上，二姐说，留到现在，应该是个文物了吧！我们这个数次濒临破败的家，能有今天，全靠母亲的勤劳节俭。

母亲胸襟宽广，诲人有方。她常挂在嘴边的“经典词汇”是忍耐、宽容；她常用的诲人方法是类比、劝导。大姐温顺善良，但又懦弱、缺少主张。工作需要她远离父母，独去他乡，她低着头，不吱声。母亲用“花木兰代父从军”的故事激励她。母亲说：“你父亲没有大儿子，现在把你当儿子，送到区里参加工作，做个财务会计，好比古代花木兰，代父从军一样。”这段劝说，不伦不类，听来颇为可笑，但大姐竟点头同意了。我的二姐不善管理学生，班中学生常闹课，校长就把她下放到农村学校去做烧饭工。二姐的自尊心受到了极大打击，决定退职居家。母亲抚着二姐的手，语重心长地说：“女儿啊，职位不分高低，都是为人民服务，什么地方需要你，你就开开心心去。领导的安排，总有他的道理，你要理解、服从。再说你在教育岗位已经这么多年了，应该很爱这个岗位的。你年龄还小，今后的路还很长，你将来怎样走？要三思！”母亲给她讲了清末彭端淑那篇有名的教育子侄的文章《为学一篇示子侄》，引了文中的“天下事有难易乎，为之，则难者亦易矣；不为，则易者亦难矣”，激励女儿“事在人为，贵在有志”。结果二姐想通了，去农村的学校做了三年烧饭工。

母亲晚年时，我总会听到二姐以“老太婆”称呼或回答母亲的呼唤。我生气地说：“她怎么这样？”母亲平静地说：“久病无孝子，你姐也不容易啊，应理解她。”这次二姐寄给我的信中，也说到了这件事。她说：“我有时学了别人叫她‘老太婆’。妈问：‘你哪里学来的？’我说，我听某老师叫她阿婆、老太婆。妈说：‘你是人民教师，是不可以学这不文明的话的，今后你自己也要老的。要知道对人家不礼貌，就是对自己不礼貌啊！’听了妈的话，我惭愧了，从此就不这样称呼妈了。”

20 世纪 80 年代与母亲的合影

母亲就是这样，不责备、不批评，说故事、讲道理，循循善诱教诲她的子女。

这种教诲，从我们还在她怀抱中牙牙学语的时候就开始了。那时的母亲，抱着自己的孩子，像唱山歌似的吟哦着。母亲吟哦最多的是朱用纯的《朱子家训》和乐府诗中那首有名的《木兰辞》。

这种教诲，从母亲抱着我们的时候就开始了。那时的母亲，许多古诗、古词和人生格言都能随口吟诵。

也许当时母亲并不理解她这样日复一日吟诵和歌唱的意义，但正是母亲这种日复一日的吟诵和歌唱，熏陶了她的儿女善良美好的情操，让他们理解了处世为人的正道。

待到我们长大了，目睹家中的困顿、艰难而纠结痛苦时，母亲常用《般若波罗蜜多心经》中“色不异空，空不异色，色即是空，空即是色，受想行识，亦复如是”来开导我们。母亲晚年常手抄《心经》，也鼓励儿子抄，母子之间还展开抄录竞赛。一次我回家，公鸡刚啼晨，就听到弟弟房中传来窸窸窣窣的声响，不久就闻到了檀香的味道，听到弟弟叽咕叽咕的念叨声。母亲说："你弟弟起床了，在念《心经》。"我很惊讶。母亲说，他应该前世欠下很多孽债，今生要还，让他念念《心经》，消消灾。母亲这番话弟弟很相信，自此每天清晨都要念《心经》，直到他卧床起不了身。

母亲这种言传身教，一直延续到生命的尽头。

1991 年冬至前，我回到了家。临走时，母亲再次挽留，我却因冬至将至，挂念自己的小家，匆匆地回去了。1992 年 1 月 23 日深夜，我接到妹夫子香的电报后，匆匆赶回。当我跨进内室连声喊她时，小妹轻声制止了我。小妹告诉我："母亲在挂盐水！"母亲听到了我的声音，嘴巴艰难地翕动着，喊着："亲人，亲人！"看着母亲，我泪水直流。

晚上，小妹告诉我，母亲是 1 月 19 日发的病。1 月 18 日，母亲打了针无锡外孙子英送来的胎盘球蛋白，当晚又吃了一碗稠粥。但 1 月 19 日，突然肺部痰液淤积，痰咳不止。1 月 23 日延医诊治，挂盐水，当晚给我发电报。二姐说，打了第一针球蛋白，母亲似乎有所好转，冬至严寒也挺了过来，但这第二针一打，身体就不行了。说话间，母亲还艰难地插了一句："针是好针，我身子扛不住。"二姐悄悄地告诉我："妈是从来不麻烦子女的。但不久前却告诉我：'我好比一盏灯，是逐渐逐渐熄灭的。今年年关时，可能要忙碌你们了。'这话不吉利。妈还叮嘱：'一旦有事，不设灵堂。规格不能超过你们父亲，但是我手抄的《心经》要置放在我的身边。'"晚上，母亲反复说："药吃太多了，静脉注射到此为止。"当年，父亲病重，因挂盐水导致死亡加速，此痛，母亲还记着。第二天，我们轮流守护母亲，母亲似乎比较平静，但下午五时许，突然又是一阵痉挛，母亲说要请医生，并嘱一定要请张健苍姑夫。母亲一生就医请的总是张健苍姑夫，但那天姑夫病了，来了个年轻医生。母亲已经几天没进食了，我同二姐哄她吃些饭食，母亲答应吃点豆腐花，结果吃了一匙就无法吞咽了。看着母亲艰难地呼吸，我俩却无法相救。1 月 27 日，来了个陈姓医生，说是陈墅镇上除了张健苍姑夫外，就属他医术最好。陈医生来后，听了心脏，把了脉，量了血压，说一切正常，病情得到了控制。我们说母亲无法进食，陈医生说慢慢会好的。

下午，母亲似乎有所好转，不停地说话，告诉我收到四张年历片，北京三张，意弘一张，并不断地夸奖意弘，还郑重地嘱咐我：要忍耐，要宽容，要感恩。感恩所有帮助我们的人。晚上林宝娘娘和两个儿子新福、新发来看母亲。林宝娘娘的先生和我们同姓，他们对母亲始终非常照顾。母亲艰难地把双手撑到被子外，不停地打恭、作揖，感谢着，翕动着的嘴还艰难地吐出“阿明，阿明”几个字。阿明的父亲叫高顺昌，当年知道我们缺米缺粮，晚上悄悄地给我们送来了一担粮食。此事，母亲铭记在心，要我们勿忘大恩。现在，她病入膏肓了，仍然记着。

1月28日，在无锡的外孙明伟来探望，临行时，母亲嘱我们给明伟带些东西，说瓦甏中有二姐做的毛豆干，要多抓些。晚上，母亲时而昏睡时而清醒。清醒时，她突然嘱咐要给北京发电报，要通知顾山。我们说，已近年关，北京舅父、姨母年事已高，能否过一阵通知？母亲点了点头，但坚持要通知顾山，并吩咐：“明天祭祀祖宗。”

1月29日，上午，小妹家的大女婿偕儿子来了，母亲听见了，嘱咐我们快包红包。因为大家感到母亲生命已垂危，所以祭祀早早开始了。母亲又嘱一定要摆两个台面，分别写上“东海巷刘氏祖母”“苏墅桥陶氏祖母”的名帖，并吩咐为她洗脚、修整脚趾。祭祀中，母亲时醒时睡。祭祀结束后，母亲仍然时醒时睡，她的双手时而上举，时而向左右扩伸。小妹又去顾山，向福姨家告知母亲病情，取回母亲神像。二姐告诉我，下午去看母亲时，母亲微睁双眼看着她，用手点点自己的心，又点点她，还用手点点外屋，最后画了个圈。二姐告诉我，母亲卧床期间，曾多次对她说：“你就是我，你要做我的接班人，要照顾好弟弟，照看好房子，要和亲戚往来，不可忘恩负义。”

白天过去了，我祈祷着夜晚是个“平安夜”。但是，到晚上八点多时，母亲突然呼叫：“大便，大便！”但怎么也拉不出来。我飞奔出去买药，但街道两侧店面的门早已紧紧关上了，药店亦已上锁关门。任我大声呼喊，店门纹丝不动！慌慌地去，慌慌地归，家中却无人声，母亲睡了。这夜是我值班，室内万籁俱静，一灯如豆，唯有母亲微弱的艰难的喘息声；窗外寒风呼啸，乌黑一片。在这寂静中，我的心由忐忑转而害怕进而慌张。突然一声冲破了寂静！“母亲，母亲！”我慌张地扑向母亲。

母亲走了。我紧紧抱着怀中的母亲。大殓时，新福弟说：“啊，这么瘦！”母亲周身的肌肉几乎消失殆尽。母亲啊，你是“灯油燃尽灯芯灭，香消骨立赴黄泉”，我含着泪水，剪了一撮母亲的头发留作纪念。

母亲走后，二姐说母亲临终前一天对她说的最后一句话是“祝你快乐”！她说：“祝妈快乐！”母亲说：“大家快乐！”

母亲啊，你自1992年1月30日星期日，辛未年腊月二十六离我们而去，至今已有二十七个年头。这二十七年间国家发生了很多新的变化，你的子女们也都得到了改革开放后的很多实惠，都有了大小不等的安稳舒适的家：是你的子女们用勤劳的双手创立的家，是有国家保护着的安安稳稳的家；你的多灾多难的儿子，也受到了国家的保护，在衣食住医各方面都享受着国家和政府的关爱，在他生命的最后一年，过上了最平稳、安定的生活；老家的那两间老屋，因为有了国家的政策，仍然安安稳稳地坐落在故镇南端的街头。女儿们都过着楼上楼下、电灯电话，出门有汽车，归家有空调的幸福生活。虽然，家家总会有本这样那样难念的经，却没有了过不去的坎！你的外孙，不少已给你添了曾外孙，他们都在学习你这个外婆、老祖宗“宜其室家”的好品质、好思想、好精神，欢笑着创业、立业呢！你所祝福的“大家快乐”实现了。相信，天上的你，听了这些，一定会舒心地笑吧。

安息吧，我们可敬可亲的母亲！

2019年春季

难忘的身影

母亲去世已经十六年了，她的音容笑貌、神情步态，她的矮小的微向前倾的身影，仍然深深烙在我的心里。

我的童年、少年是在舅家度过的。那时正值日寇由北而南肆虐我华东、华中，外祖父一家被迫南逃，遁居滇中。临走时，外祖父把看管老家的担子，交付给了他的大女儿，也就是我的母亲。母亲受命不久，自家陈墅的居宅被日寇焚毁，于是我们借住在外祖父的宅庄内。

外祖父的家，坐落在一个相当气派的宅子内。宅子的四周是整块山石砌成的围墙，围墙的东面是一座两层楼的青砖瓦楼。据说瓦楼是这个宅子主人家全盛时建的一座楼，虽然只有两层，但在四周低矮、破败的农家茅屋比照下，就显得分外高耸，特别是朝东的那两个满月形的窗口，就像深不可测的眼睛。在我幼小的心灵中，它就像魔鬼的双眼，远远地瞅见它，就惴栗不安。

在我被母亲抱在怀中的时候，我们来到了外祖父家。随着年龄的增长，我断断续续地从母亲的嘴里得知了一些我们孙氏的家史。这些家史虽也曾引起过我的某些遐想和好奇，但现实所见到的情景（应该说我住的东墙园，可说是个例外），更多的是令人感到恐惧。这个宅子，空空荡荡，破败没落，人烟稀少，举目荒凉。每当夏夜繁星眨着神秘眼睛的时候，每当血红的夕阳垂挂在空荡荡的中园里那对彰显着往日威严的石狮子头上的时候，或者偶尔几个小伙伴结伴探险北园当年孙氏家丁同“长毛”厮杀留下的高高的土墩和石桌的时候，腥风血雨似乎扑面而来。

但是，在这座破败、恐怖、空荡的宅子里，我也有过欢乐、温暖、幸福和企盼。那时我们不怕凄厉的北风夹着黄土扑打嶙峋的围墙，不怕昏黄的夕阳惨淡地笼罩砖场上时晕起的种种可怖的幻影，不怕暮色自远而近视线逐渐模糊。

我们姐妹仨齐刷刷地靠在石围墙的大门边，瞅着前方那座村子转角处——那转角处一定会闪出一个小小的、微微前倾的身影，迈着沉重但坚定的脚步，一步步向我们走来。每当这身影在弯角处闪出，我们姐妹们就像三支箭向前射出，伴着欢快的叫声。虽然当时的我们并不知晓，还在远方的人，是怎么也不会听到我们的叫喊的，但我们总认为她听到了。她一步步挪动着的脚步似乎轻快了，手也似乎扬起了，她在向我们冲来。我们就使劲地跳着、喊着，一直到四个身影拥抱在一起。顿时，“妈啊”“儿哇”的呼叫声，快乐地混杂在一起。北风凄厉的呼声让步了，冬日昏暗的暮色闪出了亮光。被叫妈的小女人，几乎是被推着、拉着、趔趄着拥进了围墙大门。

受过传统私塾教育的外祖父，对“女子无才便是德”的传统古训，并不认同。他率先把自己的长女——我的母亲，送进了开明的新式学堂，之后安排母亲进了一所省立女子学堂。母亲既不高挑，也不娇小，但是圆圆的脸、一双端庄中透着坚忍而温柔的眼睛，使她举手投足中，充满了大家闺秀的气质。据说母亲在女子学堂毕业的时候，曾被推举为毕业生代表，在毕业典礼上演讲“新女性的人生追求”。但外祖父的开明终究有限的，女子学校毕业后的母亲，还是走了当时大多数中国妇女的道路，嫁了人，到了婆家，担起了长房长嫂、当家媳妇的责任。

我父亲是长子，他 6 岁时失怙，17 岁时失恃，是依靠嗣祖母照顾、教育长大的。而且种种原因使他最后并没有像自己的那些同窗那样，或出国深造，或跨进高等学堂。他回家娶妻生子，靠着那些祖田过着仅能温饱的生活。日寇南侵，住房被毁得只存一间半灶披屋，全家只能借居在外祖父家。我家距离外祖父家有十多里路程，因此每当夏秋，父母总要回家收取租粮。这样一年中，我们总有两三个月的分离，秋冬那次特别长，有近两个月的时间。这个时候，我们被母亲安排和一个被大家称为“老大娘”的老佣住在一起，由她照料我们的饮食起居。母亲思念儿女，不时会请人捎信问寒问暖，有时还捎来某日回家看儿女的消息。母亲独自一人回家时，舍不得乘小轮，十多里的路程，总是一步一步地走，右手的胳膊弯里总会有一个包着点心、果豆的小包裹。在我六七岁的时候，顶着寒风，沐着斜阳，倚在围墙上等母亲，是最幸福的事了。

在我 13 岁那年，家里断了生活来源，二姐和我先后失学，虽然那年我的成绩高居年级榜首。做村校教师的大姐拿出了她全部薪俸，也难以供养一家七口。幸亏外祖父自滇返家，舅父舅母倾力帮助，我们才渡过难关。记得那时，母亲每星期到外婆处背回一斗米，每个月到外婆处拎回二斤油，每当既要背米又要拎油的时候，母亲就让我帮她。外婆深知女儿的处境，但外婆手头也不宽裕，舅父身上也背着一家八口的担子，因此，外婆偶尔也会不经意地冒出一句："怎么，又吃完了？"这时母亲黄瘦的脸上会泛出大片大片的红云，当时13岁的我，真想脚下有个地洞，可以拉着母亲向里钻。但母亲总是沉静地听着，低低道声："谢谢，妈。"然后背起米袋，牵着我一步一步往家走。

在我们家前面有一片地，住在东园的邻居，用竹篱笆把地分割成一块一块的，我们也分了一块，在上面种些瓜果菜蔬。所以吃菜问题倒不大。母亲炒菜时，我总爱帮她烧火，看母亲炒菜。一次，我又站在锅旁看母亲炒菜。放油的时候，在母亲伸手取下油瓶的那刻，我听到了母亲重重的叹息声，原来油瓶中的油又将见底了。母亲小心翼翼地在锅底倒了几滴油，然后用铲子不停地在锅里翻动。我的心像这锅里的油那样灼热，我瞅着母亲的脸，讷讷地说："妈，我们长大就好了。"母亲摸摸我的头，虽然还叹气，但我分明看到母亲的眼睛亮了。

母亲啊！我们是长大了，但长大了的女儿并没有让你过上真正舒心的日子，你在无限遗憾、无限依恋中走了！每当我读李密《陈情表》中的"乌鸟之情，尚乞终养"，泪水就禁不住流下来！

这样的日子持续了几个月，后来大姐经人介绍到某区的粮仓担任会计。母亲不放心大姐，常去探望，大姐单位的领导和同志了解了我家的情况后，就把二姐安排到大姐所在区的一所中学免费读书，又让我去粮仓临时帮忙，这样家中一下子解决了三口人的饭食。在帮工期间，由于我算盘打得快，计数特别准确，区长推荐我到税务所工作。但我看到税务所是清一色的大人，而且整天严肃得连根针落在地上也会有人注意它，所以只待了近半个月，就吵着要回家。母亲看着我，叹了口气。就这样，我回了"家"——陶氏祖母建造的那座庙宇里。这时父亲、小妹、弟弟仍然借居在那个我儿时的家，母亲就在这座庙宇和外祖父宅庄之间来回奔跑。那时我们家还有一亩半豆田，母亲说："三儿，你不愿去税务所，就收拾豆田吧！"这样我就卷起裤腿，跟母亲下了田。母亲是无法在家长住的，她还要去外祖父宅庄照顾父亲和弟弟、妹妹，还要去大姐单位探望两个姐姐，这样就留我一个人孤孤单单地借居在陶氏祖母留下的庙宇里。母亲一去常常十天半月，于是给了我两张红漆漆过的靠背座椅，嘱咐说：“三儿啊，我给你留下两张椅子，一张可换一斗米，你把它搬到庙后郭伯伯家，他会给你一斗米的钱，你自己买了米生活。我多则半月，少则十天就来看你。”母亲走后，我用一张椅子换了一斗米钱，我提着换来的一斗米钱，感觉沉甸甸的！我每天清晨扛着锄头下豆田；中午在庙宇旁的小面店买半斤面，一半当中午饭，一半当晚餐。我总在锅中放很多水，把面煮得烂烂的、糊糊的，慢慢地喝，喝完就直奔豆田，下午再在暮色沉沉中独自回家。可是小小的一片豆田，草好像永远也拔不完。而且当时还不大会使用锄头的我，常常没有锄了草，倒伤了很多的苗，所以我只能蹲着身子，用手代锄。后来每当我读到陶渊明“种豆南山下，草盛豆苗稀”的诗句时，这段生活总会跳到我的眼前。

一天，我正在埋头拔草，向前看是一片长满青草的豆苗，往后看，前几天刚拔的草，又长出了苗，骄阳的烈焰、胸中的心火，直逼得脸上的汗珠犹如雨珠似的一串串滴在豆苗上、青草上，眼前视线很快模糊起来，脸蛋也被擦拭得阵阵灼痛。就在这时，我听到了一声“三儿”，虽然很远，但清清楚楚是“三儿”。“妈?”“不是!”“幻觉?”“不是!”“真的?”“不可能!”我没有抬头，仍然使劲地拔草。这时声音又传来了，而且到了我的身边：“三儿，快起来，起来！跟妈走，快，快!”我在汗水模糊的视线中，真的看到了那个小小的、微微前倾的身影。我蹦起来，直冲过去，一把拉住母亲，泪水夹着汗水哗哗地流下来。“三儿，别哭，别哭，妈给你带来好消息了。”母亲一边给我擦泪，一边告诉我，县内有所师范学校招生了，小学毕业可以考初师班；初中毕业可以考中师班，考上了不仅可以免除学杂费，而且供应一日三餐的伙食，不用缴钱。“啊，我又可以读书了!”我高兴地跟着母亲拔腿就往家跑。到了家，我擦了把脸，换上唯一的一件半旧的旗袍，跑了近十里路，拍了个报名照，第二天就同二姐乘船去县城报名。后来我们双双被录取：二姐考上了中师，我则考上了初师。母亲不仅前后解决了三个女儿的衣食，更解决了三个女儿的前途。看到我们拿到录取通知书的高兴样子，母亲的脸上绽开了我从没有看到过的笑容。只有经历过忧伤、失望、挣扎、困苦，才能体味这笑容背后的辛酸！此后，每当我灰心失望的时候，母亲的这个笑容便鞭策着我；每当我有些收获的时候，母亲的这个笑容便鼓励着我。

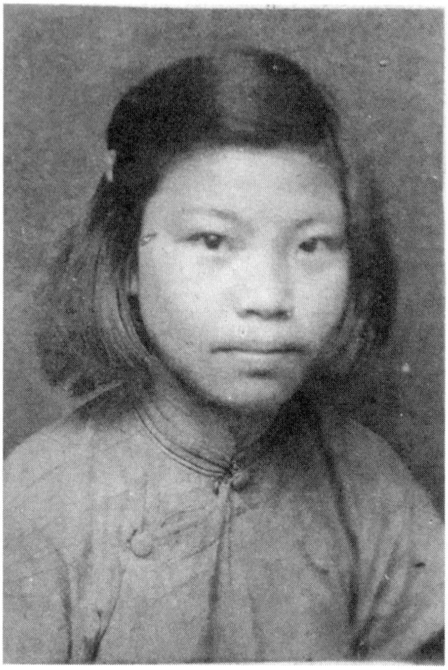

跑了近十里路拍了张报名照

解决了我们三姐妹的衣食、前途后，母亲把小妹暂留在外祖父处，她自己和父亲偕小弟从外祖父家回到自己家，定居在叔父叔母让出的那一间半灶披屋内。之后父亲经大姐托人介绍做了小学教师，小妹也从外祖父家被接了回来，全家生活暂时得以安定。

2006 年仲秋

大 姐

春天虽在不知不觉中爬上了柳梢，但黑夜还是比白日长。时钟还指在下午4点30分，老天爷就拉下了眼皮，早早地扯开了灰蒙蒙的天幕。

“饿！饿！”“饿！饿！”

西头的厨房里传来了两个稚童的叫喊声。这是小弟和小表妹的呼叫。每天只要小弟一叫，小表妹就跟着叫。蕴芳的脚步沉重起来，她下意识地皱了皱弯弯的双眉。

“马兰松松，回家轻松；马兰瘪瘪，回家吃瘪。”

她不由扑哧一下笑了出来。今天是星期天，中午放下饭碗，顽皮的小妹就拖着三妹去挖野菜了。一到春天，到处都是马兰。还有荠菜，杂生在马兰、茅草、蒲公英之间。女孩儿们一把铲子、一只竹篮，蹲在地上欢快地挖野菜。她小时候，最爱干这种有趣的活儿。进了中学，渐渐地，书本的习作代替了野菜的采撷。现在中学毕业了，又当了老师，虽仍然常萌生野趣，但此一时彼一时，善于自制的她，只能把童年的欢乐关闭在心中。

“荠菜花开，新娘归来。荠菜结籽，新娘生孩。”

听着由远而近的小妹尖脆的童音，一阵红晕扑上脸来。

“饿！饿！”“饿！饿！”

烦人的噪声，不间断地从西头扑来，她舒展的双眉又弯拢了下来。

趁着垂暮的余光，我们不妨看看这“故事”中人物生活的环境：这是一间古朴陈旧的东房，处于这座房子的最南侧。紧邻它的是她父母的卧室，中间是客堂兼餐室的正厅，邻着正厅的是过道和妹妹们、长生妈的住房，最左侧是厨房、浴室和堆垛杂物的贮藏室。正厅西面排着一溜木质的落地长门，长门上方布满了方寸大小的窗格，窗格上嵌着白色的采光明瓦。推开这长门，是天井。天井虽不宽但很长，从父母的卧室一直延伸到北端的厨房。它是姐妹们闲中玩耍和母亲晾晒食物的主要场所，也是姐妹们从父亲口中挖掘古文化的天地。天井北侧靠近厨房那端，疏疏落落地栽着几株葡萄，每到盛夏，盘根错节的藤条便爬满了三面墙头，紫色的茎、绿色的叶，黑里透红的葡萄，让人流涎。东端是一株高大的梧桐树。正中沿墙是一排月季花，花朵艳而不娇，媚而不俗，自珍自爱，令人敬重。但姐妹们更爱的却是被一般人视为“低而无品位”的凤仙花。此花犹如烧不尽、踩不死的野草，一到春夏之交，就奋力地从墙脚、砖隙中钻出，那洁白、粉嫩、火红的花朵，惹得孩子们围着它们直打转。爱美的女孩儿，摘下那火红的花朵儿，捣烂后用布条包在自己稚嫩的十指上，第二天，看着微微透着红色的指甲，眼里会涌出说不尽的喜悦。

她家还有一个小天地，那就是她卧室南端的那块十平方米不到的小天井。因为地处最南侧，长生妈是不会通过父母的卧室到这里来的，而姐妹们又因母亲嘱咐要让身为教师的大姐有个安静的环境，轻易也不来，所以这块小天地几乎为她独有。一棵古老的黄杨独立西墙。沿南墙是几棵芍药、几株牡丹，每到春天，芍药竞放，牡丹吐艳，虽只开三五朵花，且绽放在人迹罕至的南墙，但一样雍容华贵、富丽端庄。天井的正中是一口大水缸，里边养着几株菡萏，每到盛夏，嫩荷舒臂，阵阵清香。看着古杨、芍药、牡丹、青荷，她似乎越出了这小小的闺房，到了西子湖畔、洛阳古城，泛舟于碧波荡漾的湖水，漫步在古老的城墙头。

高山流水奏鸣琴，
蓬门茅店育清音。

随着她凝视的目光，卧室正面墙上的这副对联映入我们的眼帘。她爱那苍劲古朴的字迹，更爱那超凡脱俗的思想。这是父亲年轻时乘酒兴写下的，后来父亲裱后挂在客厅。读高中时，她苦苦恳求，对联终于挂到了她的卧室。她不会奏琴，但爱那高山流水的故事；她虽会唱歌，但总嫌自己的音色过柔、过软，缺少玉磬清音的高亢清亮。

“慧小姐！慧小姐！”

这是长生妈慌乱的呼喊声。她下意识推开东窗，只见长生妈风风火火地边喊边从北园走来。

“长生妈，啥子事，这样慌张？”

“慧小姐，不好了，若庚先生把兰小姐锁起来了！”

“什么，把兰宝锁起来！为啥？”

“我也说不清，太太叫我唤你去。”

兰宝，是她的小姨。小姨出生时，她妈，也就是慧小姐，早嫁到周家独立门户了，她也早早来到了人世。所以兰宝虽是姨，年龄却还比她小两岁。儿时两人形影不离，长大后，虽然一个拘谨端淑一个顽皮聪俊，但感情倒亲如姐妹。听到小姨被锁了起来，她急忙起身，快步走出房门，紧随母亲向内园走去。

这个宅子叫孙家庄，是方圆百里有名的庄园。住户都姓孙，且都出于同一祖宗。据说孙氏的老祖宗本来是个佃户，在县太爷府上做长工时，由于管理才能出众，被提升做了个管家，把县太爷的家业经营得红红火火。县太爷一时高兴，说要把他半天脚步所及处的土地统统送给他。就这样，他半天之内成了新富。为了不辜负县太爷的好意，他请风水先生选定了一块风水宝地，建造了一座有内外两院的大宅子——孙家庄。据说这块宝地还真不负众望，出了几个大官，最大的曾做到翰林。外园造起了更楼，内园有瞭望台，还修起了通向当地河运码头的马车道，通道的出口处有两座石狮子，连接内外园的是整块黄石垒起来的高大围墙。随着岁月流逝，时代变迁，特别是出了几个不肖子孙后，这个得了县太爷宝地的孙氏家族也一代不如一代了，到她外祖父这一辈，不要说外园已住进了外姓，就是他们自己也要外出谋职维持生计了。但是，每当盛夏，走累了的过往行人坐在一块大青石上乘凉歇脚时，总会背靠着那高大的石围墙感慨地说着孙氏祖宗的发迹史。

“慧芬，快，来！”

一个个头儿矮小的老太太把慧芬，即慧小姐，迎了进去。

“娘，发生啥事了？爹为啥要把兰宝锁起来？”

她母亲跟在小老太太身后边走边问。

“怎么说呢，兰宝也太不像话了，这几天有人说她常跟一个男同学牵着手在街上走来走去，今天可好，她索性提出要跟那个男同学‘自由’起来！你说，她是从小就被你爹许配给李家的，怎能这样不守规矩！”

“妈，我当年就说，现在的时代不是父母之命的时代了，你们就不听，现在，你看……”

“你看什么？当年你爹把你许配给姚家不是很好吗？”

“妈……”

说着两人就进了若庚（也就是她外祖父）的客堂。一个身材高大、鹤发童颜的老人，正坐在堂前长桌旁不停地抽着水烟。

“谁把你叫来了，你来干啥？”

她母亲还没走近，老人就大声嚷了起来。

“是我让长生妈去叫的。”

“你，你，都是你把阿兰惯的，毫无体统！”

“爸，让我去劝劝兰妹吧！”

“你？凭你，劝她？”

小老太太用手向她母亲示意，她母亲径直向内室后堂走去，她紧跟母亲也走了进去。

内室后堂一侧是一间雅致的小卧室，就是她小姨的居室，现在被她外祖父锁了。她母亲只能隔着房门和她小姨说话。

“兰宝，是我来了，姐和你说话。”

沉默。

“妹，是姐，慧姐。”

还是沉默。她母亲拉拉她，她会意地把嘴对着锁钥。

“姨，我也来了，芳儿也来了。”

门内有了动静，不一会儿，一阵匆促的脚步声传到门边。

“芳儿，是你吗？”

“是啊，是我啊。”

“你快去后窗边，我给你一封信，你按信封的地址给我送。”

“去后窗边？”

“是呀，去后窗边，快！怎么你不听姨的话了，不同姨好了？”

“不！”

被称为芳儿的她，一面回答，一面仰视着母亲，见母亲并无拦阻之意，就快步退出内室，走进厅堂，将要跨出厅堂门槛时，那个身材高大的老人叫住了她。

“芳芳，哪儿去？慧芬呢？”

“妈在同姨说话，我先回家，看弟吃饭了没。”

“哦！”

她脸上一阵发热，幸而暮色已深，那个身材高大的老人并没有觉察，但她的心头却升起一片歉意，不过她已顾不了这些。她飞快退出厅堂，沿着南墙来到了她姨的后窗。

“嗒嗒嗒。”

轻敲了三下，后窗慢慢地露出了一条缝隙，一个信封透过缝隙伸了出来，她慢慢地接了过来。

半个月后，孙家庄爆出了一件“丑事”：雅好诗书的若庚家，竟然出现了对簿公堂的大事，李家庄的李老爷上诉孙家违背婚约，让李家未过门的媳妇跟野男人跑了，不仅要孙家加倍退还彩礼，还要孙家在祠堂摆下酒席自谴。幸而她外祖父在族中声誉甚高，族长只谴责他治家不严，教女无方，责令他好好思过。让若庚不解的是：被锁了的兰宝是怎么和那个青年通上信儿的？又怎么在夜里偕同那青年乘船跑了？兰宝就此同孙家断了音信。

夏去秋来，凤仙花谢了，葡萄摘了，菡萏香消了，只剩下几株残荷。每当夕阳西照，芳儿望着斗室外的那片空旷的小天地，心头那种寂寞更浓了。

芳儿大名蕴芳，出生在一个半传统、半开化的家庭中。她外祖父是个清末的秀才，曾是一所有名的私立学校的国文教员。因为曾在私塾读书，常不离“子曰诗云”；因为在县城的新式学校教过书，所以颇通事理。他有三个女儿，都不让女儿缠小脚，尽量安排她们上学堂。芳儿的母亲慧芬就曾在江苏省立南京女中读过书，还曾以女生代表的身份在学生大会上演讲。但她出身在秀才之家，又是长女，所以读完女中就被父亲遣到姚家去做当家媳妇了。姚家本也是殷实人家，祖上经营五金、布匹，但芳儿的父亲 17 岁就成了孤儿，全靠嗣母照顾。所以待到芳儿父亲及冠，嗣母就早早给他成了家。慧芬贤惠能干，孝敬嗣母，照护小叔，敬爱邻里，人人都说姚家娶了个好媳妇。但这时已是民国，靠祖业为生已为人所不齿。20 世纪 30 年代，日寇入侵，一场大火烧了芳儿父亲祖传的家宅，仅留下一间半灶披屋和几十亩出租田。芳儿父亲由此受了刺激，老爷不像老爷，先生不像先生，整日守着几十亩祖业，过着坐吃山空的日子，还常常无端生闷气，偶尔高兴时，给孩子们讲隋唐故事，讲岳飞，讲

“五鼠斗御猫”，吟诵《满江红》，读《史记》《古文观止》，真是一半清醒一半醉。孩子们对父亲是既怕又怜。母亲只能把全部希望寄托在后代身上，但老天似乎总不大愿成人之美，母亲到周家接连生的都是女孩。本来蕴芳有个长弟，据说聪悟绝顶，且丰神俊秀，不幸夭折了。之后母亲连生三女，在传宗接代仍然是传统家庭第一要义的时代，母亲受到宗族中极大的压力，好容易 38 岁那年得了一子，正是千般宠、万般爱，不幸的是儿子 3 岁时得了热病，愚昧的“铜针姑娘”治好了他的热病，却夺去了他的一条腿。从此母亲风里雨里，求神拜佛，延医用药，几乎耗尽了半个家业，儿子依然是一个瘸子。强烈的打击吞噬了母亲的心，40 多岁眼角就爬上了皱纹，头上长出了白发。眼看着长弟夭折，小弟残疾，妹妹们年龄小，芳儿决心担起长女的责任来。

本来生活就像在古朴村道上推行着的独轮车，虽然劳累，但也平静；又如行驶在平静湖面上的小舟，虽然寂寞，倒也安宁。但小姨的出走，犹如村道上刮来了一阵狂风，又如平静的湖面上注入了一股湍流，独轮车翻了，小舟打转了，芳儿慌了神，震惊之余不知所措。她本能地伸出了求援的手，但四周寂静，阒无人声。

夜深人静，孤灯如豆，仰望漆黑的长空，她不时会看到一道彩光，彩光中她看到一群群年轻人，手挽着手，迎着朝阳，踏着海浪，在呐喊，在奔跑，奔跑的人中有她日夜牵挂的小姨，也有她不敢念想又难以不思的那个“他”。这时她的耳畔就会响起两种声音：一种是小姨的，一种是现实的、清晰的、天天听到的乖戾的弟弟的。

她矛盾，她挣扎，她要摆脱，但她又如此柔弱，如此难以排解苦痛。痛苦的折磨使她的脸渐渐失去了红润，虽然她尽量克制，母亲却从女儿闪烁的语词、躲闪的眼神中看出了这种变化。母亲决心帮女儿解脱出来。

“芳儿，妈想你这个村学教师就辞了吧！”

“为啥？”

“妈认为你还是应该去考大学，按你的成绩考上大学应不成问题。”

沉默。母亲知道女儿的心事。

“经济问题你可以不想，我和你父亲商量过了，把那几亩自种田卖了，读大学的钱足够了。”

“饿！饿！”

小弟乖戾的呼叫声，又从东头厨房中传来，她不由蹙了蹙眉头。

“妈，我就爱和孩子们在一起，再说学业已经荒疏了，把自种田卖了，弟妹们靠啥?”

“弟妹自有弟妹福，再说你成了才，不就可以培养他们了吗?”

“远水解不了近渴。”她凝视着双鬓早生白发的母亲，一改往日的温顺，断然拒绝了母亲的提议。

“好吧，这事以后再议。现在我说第二件：你既然决意留居乡间，那么你也知道我们乡间的习俗，十七八岁的大姑娘是应该寻婆家啦!”母亲说，“男大当婚，女大当嫁，这是天经地义的，没啥脸红的。现在你的生活圈子小了，整天打交道的就是孩子们。妈和你父亲托人给你物色了一户人家，说来也巧，这户人家的祖上还是我们老祖宗的恩公，而且这孩子你也熟悉，是你中学的同学。”

听到“同学”二字，芳儿不由双手紧紧地攥起，心中犹如有一只小鹿在上蹿下跳。母亲却故意不说出这户人家和这个年轻人的名字，只是絮絮叨叨地诉说自己祖上和这家人的瓜葛，还说现在他家比她家还拮据。最后才从抽屉中取出一张照片。

“这是珍珍婆拿来的照片，他家父母说了，先交换个照片，其实你们都认识的，但那个孩子说了他不要父母之命、媒妁之言，他相信的是缘分，所以准备自己来咱家看看有没有缘分。”

芳儿一瞥照片，蓦地脸红得犹如春日的桃花，但紧攥的双手却松开了。事后她才知是双环向母亲泄露了她心头的这个秘密。双环是她小学、中学的同学，是无话不说的好友。

离孙家庄约半里路的地方有一个小镇——陆家桥（现改名为陆桥镇）。这是方圆十几里唯一的一个小镇。小镇的东端是一所小学，孙氏家族全盛时期，孙氏的祖上决定用族中义庄的钱创办一所学堂，让子孙都可以有个读书的地方。他们知晓立身得先立教，要使家族昌盛不衰，首先得让子孙受教育，故学堂取名“养根”。但是，随着孙氏家族的败落，学堂也由私而公，方圆数里凡交得起束脩者，皆可入读。小学堂是小镇的“高等学府”，会聚了方圆数十里的精英，也成了方圆数十里各种消息的集散地。这几天，芳儿的妹妹小恕总感到教员办公室的气氛不对，教员们不像往常或专注于批改作业，或全神贯注地翻读教案，或严肃地商谈工作，而是三个一簇、两个一堆地咬着耳朵，看到小恕又总是投来神秘的目光。三年级那位专爱打探百家大事的朱先生，还没放学，就把小恕叫到跟前，神秘兮兮地问小恕："家中发生了什么事啰，是不是在准备接待客人啰，客人是不是你大姐的朋友啰？"接着是钱先生、李先生……就在小恕稀里糊涂地嗯呀啊的时候，"周家将来贵客""客人来自省城，是个姓穆的大学生，是个激进分子，是周大小姐的情人"等等，就不胫而走了。一时间，这座从东到西不过百米多长的江南小镇，就像被点燃了一堆干柴，不仅有名有姓有地位的小姐、少爷在谈论着小恕大姐这位神秘的男朋友，就是小户人家的哥儿、姐儿们也都希望一睹这位穆什么先生的风采。

当芳儿穿着那件她最心爱的紫色薄绒旗袍，套上一件自己织的洋红毛线外套，脖子上轻柔柔地围着一条白色丝绸长巾，盈盈地出现在母亲房门口的时候，小恕知道那一天终于到了。她牵着大姐的手，在镇上的轮埠上，迎来了全家的贵客，大姐的同学、初恋情人——穆凡。

当时，陆桥小镇上从来没有见过如此有风度、如此洒脱的年轻人。他穿着皮质的夹克衫，露出紫酱色的高领毛衣，足蹬橙黄色皮鞋，西裤笔直笔直的。他一下火轮就走向大姐，一个点头、一个伸手，自然极了，洒脱极了，既有分寸又很热乎，窘得大姐马上把小恕塞向了这个陌生的大哥哥。围观的人噗的一下哄笑起来，大姐的双颊布满了红晕，可这位陌生哥哥似乎并没有听到人们的哄笑，他轻轻地拍着小恕的脑瓜说："小家伙。"话还没有说完，小恕就被高举过了他的头，放下来的时候，他还狠狠地亲了亲小恕的脸蛋儿。自镇西头的码头到小恕家所在的东头孙家庄，要穿过一条街，小恕高兴得蹦蹦跳跳，在他俩之间跑来跑去，不时还朝小街两旁店铺里的人挤眉弄眼。

欢乐的日子整整过了三天。这三天，母亲不唠叨小恕的功课，父亲不呵斥小恕的捣蛋，小恕的嘴里、口袋里都鼓鼓囊囊地塞满了好吃的东西，她还常常蹑手蹑脚走到大姐的房门口，探头探脑地张望，或偕同二姐预先躲藏在金黄色的麦穗地里，然后像野兔似的突然蹿出，吓得大姐急忙后退。这时"大哥哥"总是一把抓过小恕，笑着挠她的痒痒。他还常常和小恕一起挑花线、筑帖子、跳蹦蹦。三天后，"大哥哥"走了，给大姐留了很多书，什么《李家庄的变迁》《李有才板话》《小二黑结婚》，小恕都偷偷地翻过。此后大姐的眼睛更像天上的星星，大姐的脸颊比春天盛开的牡丹更鲜艳。这样的日子大约过了半年，这半年中，小恕扮演了李商隐诗中的“三青鸟”，也扮演了李清照词中的“大雁”。一天，大姐读了小恕递送给她的信件后，神色大变。小恕记得，半夜她梦中醒来，还听到大姐和父母在叽叽咕咕商量着什么。清晨，大姐就乘轮转车进了省城。后来小恕才知道“大哥哥”失踪了，被关在什么牢房里。大姐和很多同学通过种种关系，经过几个月的奔走，终于把“大哥哥”救了出来。大姐回家的时候，圆圆的脸变尖了，但眼睛更亮了。

可是，好景不长，不知为什么，大姐开始把自己关在房里。冬夜，小恕早已抱着母亲的脚丫钻进了暖乎乎的被窝，母亲也快要收起她的针线，隔壁厢房里却仍然传来大姐悠悠的吟诵声，母亲总是长长地叹口气，喃喃自语着：“还没睡啊！”后来大姐几乎是整夜整夜地不睡觉，她的吟诵声在冬夜的寒风里分外凄凉。大姐又在读那西泠桥畔了吧，那西子湖水、那雷峰宝塔、那苏小小的墓，小恕虽然不怎么懂，但看着母亲越来越沉重的脸色，小恕开始蹑手蹑脚走进大姐的房间偷看，可是，小恕却没法让姐姐停止这样的诵读。直到有一天，已是午夜三点，大姐突然从她房中冲出，母亲不及披衣就跳下床拦阻她，可是大姐似乎不认识母亲似的，两眼盯着手里那个大大的信封，嚷着要给“大哥哥”寄信去。结果惊动了邻居孙伯伯夫妇，连拉带拽地把大姐拉回了房间。饶舌的人说大姐失恋了，疯了。更有甚者说姚家遭报应了，谁让孙家祖上占了穆家的宝地！小镇上也再次掀起了一阵不小的风波。很久很久以后，小恕家才知晓“大哥哥”是去了“那边”。大姐为他整整“疯”了一年多。在大姐“疯”了的日子里，她不是一个人躲在房里两眼直勾勾地盯着“大哥哥”送她的那些书，就是不停地念信写信，再就是穿上那件紫色薄绒的旗袍往外冲。她也有安静的时候，这时她往往坐在那时和“大哥哥”说话的那张木质方椅上，丰腴的双手安安静静地交叠在膝上，杏仁般的双眼微笑着，浑身都散发出柔美、安详的气质，小恕会情不自禁地喊出：“蒙娜·丽莎！蒙娜·丽莎！”这时大姐就会惨兮兮地一笑，招手把小恕骗到身旁，求小恕给她寄信，一封又一封，一封又一封，写的都是“穆某某收”的字样。这一封封信犹如一颗颗石子沉落大海，连声息也无法听到。大姐为他整整“疯”了一年多，父亲卖了三亩自种田；外祖父拿出他逃难时带回的“马宝”等名贵中药；母亲在奶奶的家庙里连连向“三茅老爷”磕响头，大姐的病才终于好了！她仍然娇美、洁白，但行动迟缓了，眼里的光彩消失了。白天，她仍去小学教书；晚上她吟诵欧阳修的《祭石曼卿》、李华的《吊古战场》等。她从不问“大哥哥”送她的那些书去了哪里，那些书早被母亲藏了起来。人们以为她已经把往事忘了，但是小恕知道大姐没有忘，小恕从大姐珍藏着的那封写给“大哥哥”的最后一封信中，知道她没有忘。那不是一封信，而是大姐用心血写的一首题为《西风落叶》的诗：

呼呼的风声，
在门外怒吼着，
忽然，一片枯瘦的叶儿，
脱离了她的母体，
悄悄地远去了！

朋友
你仿佛是夏天的风，
给人以丝丝的凉意；
你又是时代的先知，
在这黑暗的世界里
散播了无数的健全的种子，
使每一个感激的心，
响成了一片共鸣！

你常微笑说道，
不久，就会开出理想的花。
时光匆匆地过去，
幼小的种子，
已披上了绿色的外衣，
从这新生的土地上，
偷偷地探出头来！
可怜的，
却不见了她的可爱的母亲！

人生本如一片早露，
霎时就会熄灭的。
然而，
朋友！我竟不得不为你惋惜。
时钟还没有敲响十二下，
你已被差到远方去了！

今夜，在微弱的灯光下，
我涌溢了无数的晶莹的泪珠，
缀成了一圈血腥的花朵，
孤独地呈祭你。
朋友，今后虽然是幽冥永隔，
我们的心永远相印！

窗外依旧狂风怒号，
窗内却是孤灯独照。
剪不断的离愁，
忘不断的旧情，
朋友，我只能为你徘徊低吟，
西风落叶——
你就永远地去了。①

蕴芳十、十七灯下

让蕴芳能在外表上改变这种抑郁和哀愁的是1949年。1949年对蕴芳一家来说当然是个“历史大变故”。蕴芳记得当时母亲常常去外婆处借油借粮；上中学的二妹开始停学在家；小妹小恕虽然考了全班第一，拿到了八斗米的奖学金，但也成了家中的烧火娃；连蕴芳自己一时也失去了教职，待业在家。借来的米和

① 20世纪90年代，突收一电报，缪凡（化名）觅我，欲知吾姐情况。当知吾姐已于20世纪80年代初亡故，不久我收到缪凡长信，除申述当年不告而走之因外，还附上了这首已保存近半世纪的小诗，且说此诗当年曾载于同济进步学生刊物上。

油，不知为何这时犹如被施了魔法似的，少得特别快。母亲常对着一截一截少下去的米和油发愁。就在这时，长生妈的孙子阿根竟然给蕴芳带来了好运。

阿根是长生的孙子，比蕴芳还大两岁，自小父母双亡，长生妈就像带儿子一样带这个孙子。说起阿根，蕴芳全家打心底里喜欢他。听母亲说，当蕴芳的弟弟妹妹咿呀学语的时候，八岁的阿根就抱着他们穿东街过西街了；当蕴芳的弟弟妹妹能落地学走路的时候，又是阿根护着他们，鼓励他们不停地往前走；后来小妹六七岁了，就常常坐在阿根的牛背上，听阿根悠悠地吹着笛子。每到夏天，那就更有意思了，阿根总是穿着裤衩，打着赤脚，跳到河里去摸鱼、摸螺蛳，一箩筐一箩筐的。有时他抓住了一条大鱼，就高高地举在头顶上，逗得妹妹们踮着脚丫围着他转。正因为阿根跟蕴芳家的这种关系，所以母亲从不允许自己的孩子直呼“阿根”，只能叫“阿根哥”。

阿根虽是穷人家的孩子，却非常渴望自己也能读书识字，常常忙里偷闲躲在孙家庄那所学堂的窗外偷听教员讲课。一次，他竟然爬到高高的梧桐树上，坐在浓密的梧桐叶和枝杈中听讲，听到忘情处，竟然忘了自己是在高高的梧桐树上，结果摔了个屁股朝天！但阿根这一摔却摔出了美名，摔出了好运。

一天，蕴芳母亲叫来了长生妈和阿根：“长生妈，让我家芳芳放了寒暑假教教你们阿根，怎么样?”“慧小姐，你真是菩萨，我家阿根能跟大小姐学字，还有啥说的。阿根，快！快给慧小姐磕头!”母亲忙着阻止，阿根早趴在地上连磕了几个响头。从此阿根就跟着蕴芳学字。后来字认得多了，阿根竟然会稀里糊涂地读《三国演义》，看《水浒传》《红楼梦》。每当人们夸阿根的时候，长生妈总是张着豁了门牙的嘴说：“我家阿根肚子里的墨水是大小姐给喝的。”当小恕进了中学，阿根就像隐了身似的，很难见到了，当然她也无法缠着阿根玩了。长生妈却偷偷告诉了慧小姐，她家阿根参加了什么新四军。就在蕴芳家发生大变故的时候，阿根回来了，听说还当了什么官。

一天，长生妈摸黑到了蕴芳家。

“慧小姐。”

长生妈总把蕴芳母亲叫成“慧小姐”。

“我看你们人口多，揭锅困难，要不让大小姐出去工作吧，也可少张嘴吃饭。”

“能行吗?”

“能行，我家阿根说，现在区上工作很多，人手却少，正需要像大小姐这样有才的人。就不知慧小姐舍不舍得？”

母亲沉默了，她不是舍不得女儿，她担心的是自己这样的成分，女儿出去工作，能行吗？半天她才吐了句：“不使阿根为难吧？”

“说啥呢，大小姐是去帮助革命。再说，我家阿根说了，你们是你们，大小姐是大小姐，不是一回事。”

“那真谢谢了！”

第二天，区里正式派了人来，找蕴芳谈了话。当天晚上，母亲帮蕴芳打点了行李。之后，蕴芳到了区上，被分配在区粮库做了会计。

江南小镇大多沿通向县城的主干河道而设，但不同的是，有的只在主干河道设立码头，其镇腹地设在沿码头向南北延伸的地方；有的却把热闹的腹地安排在河道两侧。我们现在说的这个小镇，属于后一种类型，它把小镇腹地安排在主干河道的南面，隔河则是农家、菜地，中间是一条笔直的可四五人并行的街道，街道虽然不算宽敞，但也绝不狭窄，在江南具有这种规格的村镇，应该是大镇了，所以小镇上开办了两所学校：一所是小学，一所是初级中学。一般的小镇到了下午就冷清了，到了晚上街面上则漆黑一片，但这个小镇却有些特别，这要感谢构建小镇的先人们，他们在临河阳面用坚硬的岩石垒成一条几乎有千里长的石驳岸，石驳岸上盖了很多两层的小楼房，下面是砖瓦结构的店面房，上面大多是木结构的居住房，临河面清一色地装上了一排排有明瓦的木窗，每当夜色降临，临河的小楼里星星点点的煤油灯亮起，映照在黑黢黢的河面，波光粼粼的，很是漂亮。因此，孙家庄所属的区政府就设立在这个镇子上，而区粮库则设在临河的原本是张姓人家的祠堂里。

这几日，粮库的大门口不时聚着人群，他们挤眉弄眼，窃窃私语，还不时把头探向门口张望。虽然炊事员小张常常出来呵责，但是人们却听而不闻，最后事情传到了区保卫科。保卫科的同志一了解，才知道，原来人们听说近日区粮库来了一个名叫蕴芳的大美人，一传十，十传百，人们都想来看个究竟。这惊动了区长王振东。振东区长来自山东老区，刚正、练达、豪爽，最容不得的是革命队伍还有矫揉造作的小姐。他立马传话叫来粮库贡主任，贡主任就把蕴芳叫了过来。不知咋的，当贡主任的目光一碰上蕴芳纯净的眼睛时，本来想说的话又咽了下去。后来还是粮库对门的王大妈解了这个结。她对区长说，蕴芳同志是天生的嫩白，因为蕴芳同志到她家来洗澡的时候，她仔细观察过了，洗澡前后的蕴芳同志是一样的雪白粉嫩。这个由“肤色”引起的风波算是平息了，但蕴芳的美名却传得更响了。很多年轻男人有事没事都要到姚会计的桌边打转转，惹来了不少女同事的嫉妒，但蕴芳却似乎视而不见，只是工作。蕴芳的算盘打得又快又准，在县里珠算比赛中得了第一；蕴芳的账目记得又细又清，一分不差；蕴芳的服务态度特别好，凡是来领肥皂、草纸、灯油的，蕴芳总是让他们坐，自己去搬肥皂、提纸、打油，累得气喘吁吁的。领导和同志们常说：“姚会计，这事你可以不用管，让小陈做。”“那事你可以不理，让小张做，你是管账的。”蕴芳总是嘴里应着，手里忙着。人们对她的看法改变了，镇上的街坊邻里都称道说：“想不到一个读书人家的小姐这样肯吃苦!”不久，“姚会计要调到县里”的消息就在仓库的同事中私下传开了。但就在这时，蕴芳却闹了个大笑话，落下了一个终身被非议的大话柄。

就在同志们私下传播这一消息的时候，王区长找蕴芳谈话，话谈了老半天，最后是相当明确地问了她的入党意向。谁知她竟脱口说了句“回去问问妈妈”，被人当成笑话。笑话不胫而走，有惋叹的，有指责的，有批评的。从此“阶级觉悟不高”的鉴定如影随形地跟随了蕴芳一生。但蕴芳仍然克勤克俭地工作，仍然对谁都堆满了殷殷的微笑，也仍然按月把她那可怜的薪金全部捎回家，还先后把二妹带到她工作的小镇读书，把小妹介绍到粮库协助参加粮库的夏、秋征粮工作。以后又让二妹、小妹参加了县立师范新生考试，让妹妹们获得进一步求学和就业的机会。当然人们再也不谈论姚会计调到县里的事了，围着蕴芳转的人也慢慢地少了。就在这时，蕴芳却获得了一个施展她才华的好机会。这是县里一年一度的庆丰收大会。在这个大会上，照例得由各区报送优秀节目参加庆祝会演。不知谁说蕴芳有一副甜美的好嗓子，领导就把蕴芳报了上去。蕴芳的确生就一副圆润甜美的好嗓子，每当明月高悬的初夏、西风渐厉的深秋，看着新荷展枝、听着秋雨落叶声，妹妹们总是围坐在她的身旁，听她讲《天方夜谭》中阿里巴巴的故事，当故事快把妹妹们带进梦乡的时候，蕴芳就轻抚着妹妹们的脊背哼起摇篮曲，那歌声犹如汩汩清泉，又如风吹铃铛，让进入梦乡的妹妹们脸上挂起微笑。但自从“穆凡失踪”以后，蕴芳很少再唱歌，到区里工作后，她更是不苟言笑。在庆祝会上，蕴芳当着全县的父老乡亲、首长同志的面，唱起了《解放区的天》《啥人养活啥人》《北风那个吹》，如此投入，如此大方，如此动情，如此感人。听众从开始的惊讶、窃窃私语，到鸦雀无声，最后爆发出雷鸣般的掌声。后来县文工团发出了调令，但蕴芳不愿意离开熟悉的工作、熟悉的同志。不知是谁的主意，文工团领导竟然搬来了阿根做说客，而蕴芳也竟然听了阿根的话。

蕴芳到了文工团，阿根开始不时地来看她，还常捎带些长生妈煮的鸡蛋、毛豆荚什么的，但蕴芳一如既往，像对其他年轻男同志那样和阿根保持着距离。直到那一天，阿根又抄起了枪，在登上北上的列车奔赴朝鲜战场的前夕，他约蕴芳散步。开始谁都不说话，眼看皓月西斜，阿根终于开口了："蕴芳同志，明天我走了，我……"

"别，别说，我知道。"

"那你……是不是不喜欢我？"

蕴芳只是摇摇头，不吱声。

"那你是喜欢我？"

不摇头，但还是不吱声。

"这……"

阿根深邃的双眼凝视了蕴芳很久，拉着她的手说："蕴芳同志，我知道了，你是担心我们的阶级距离。"

一颗晶莹的泪珠滴落在阿根手上。谁不知道蕴芳的这个心病？当年饶舌的人就把穆凡的音信断绝归于这个阶级距离。现在，一旦答应贫农出身的阿根，也一定会让心爱的人背上黑锅。她把牙咬得紧紧的，泪水洒在了阿根的手上。

"我会等你放下包袱！"

阿根丢下这句话后就走了。谁知，这一走又是永别。一年后噩耗传来，她没哭，只是人们再也听不到她那动人的歌声，她又操起了会计的旧业。

值得庆幸的是，31 岁时，蕴芳终于获得了人间至爱。她同一个敏于行，讷于言，心肠极厚道，心思极细腻，既精通业务又重感情的同事相爱了，两人牵手走进了婚姻的殿堂。婚后，先生是处处体贴妻子，妻子是时时关爱丈夫，他们相谦相让，和谐幸福，不久就有了一双可爱的子女。子女长大了，儿子继承了母亲的工作，女儿登上了大学的讲坛。他们无愧于父母的殷殷期望，无愧于党和国家的谆谆教导，正在为祖国、为人民谱写自己奋斗的篇章。

可叹的是，57 岁的蕴芳，过早地离开了人世，既没有看到改革开放后祖国欣欣向荣、人民生活蒸蒸日上的景象，也没能享受到她应该享有的离休干部的待遇，更没能享受子女对母亲应有的反哺，但在挚爱她的亲人和弟弟妹妹心中，她永远都在。岁月悠悠，每当新荷滴水、秋雨霏霏，他们的心头，总会浮起万般仪态的“蒙娜·丽莎”，虽然少了微笑，但却是那样的端庄、凝重和温顺。

1957 年大姐的结婚照

2016 年除夕，大姐夫全家拍了张合家欢，坐在左 3 的大姐夫 96 岁高龄了。

2006 年季秋

二　姐

二姐，怡心，吾家之璞玉，蒙尘之暗珠。唯玉有璞，人视之石；唯珠蒙尘，不见其光。常人视二姐，顽石、暗珠也！非深谙其人，不知其温润、光亮。形质不一，姐之“憾”矣！世人常少不偏不倚之笔，却多以偏概全之目，难以论而评之。玉应凿而去其璞，珠应拂而去其尘。姐如能此，其本人之大幸，亦吾妹等之无憾。故书此文，祈与姐共勉之。

端庄文静的二姐

二姐在故乡陈墅，是个很有争议的人物。争议声起，是在她继母执掌老家之后。之前，二姐在故乡人的心目中是个被老家拖累的可怜人，是个克尽孝道的老好人，虽管教学生的能力稍差，但是个有真才实学的好老师。此后，母亲走了，二姐也退休了，当她开始践行母亲临终的嘱托时，争议之声如风起青萍之末，渐次扩散。以后，每当我或妹妹回家，邻里们就公然当着二姐的面，指责她；再之后，二姐竟然被邻里乡亲视为陈墅镇的一“怪”。这“怪”字，是我一次回家，去拜访老乡邻、老同学邹序欣先生时听到的。当时，我们海阔天空地谈着，突然邹先生话锋一转，脱口而出：“你的二姐，也就是我的老同学，陈墅镇现在是人人知晓她啊，都说陈墅出了两个‘怪’，一个就是你姐啊！”

我震惊了。那时，我已经历了大姐去、父丧、母亡，自己退休，夫君罹病，儿子漂洋的种种人生坎坷，对世事人生，自以为懂了不少。对二姐，我也自以为相当了解：她善良、宽厚、至情至性至孝，把一生奉献给家庭、父母、兄弟姐妹。在家庭、父母、子女关系已逐渐被金钱浸染、腐蚀的年代，二姐这样的人，就显得特别珍贵，应该被珍惜，怎么反而在故乡人的心目中成了一个“怪物”？我开始关心起我的这个现在唯一在世的姐姐来。

1992年左右，市场经济已开始活跃，故乡陈墅来往的载货卡车、载人汽车等也多了起来，它们都要经过我们那处于街口的“老屋”。一般的汽车经过我家门口只是扬起些灰尘，但那些高大的载货卡车，总会不小心撞到我家的屋角上，因此，撞伤撞残屋角的事情时有发生。为了保护老家，二姐的身上又加上了一个“守护屋角”的任务。只要听到大卡车的行驶声，二姐就会放下手头的一切，冲出家门，站在屋角下。司机看到屋角处多了一个人，就把车速降下来，这样屋角就安然无恙。但只要二姐稍一放松，没有及时冲到屋角前，屋角的受伤率就会很高。一旦屋角被撞伤，司机一定是加大油门离开，二姐则拔腿追赶，边追边高声呼喊。只要车号被二姐记下，一定索取赔偿。这样三番五次，肇事司机和运输单位，不但不检查自己，反而开口谩骂起来。后来司机和运输单位就想出了一个“损招”，白天载货卡车不出门，深夜出门。谁知他们碰上了一个“咬定青山不放松”的二姐。运输单位只好同二姐协商：能否把我家的方屋角改成圆屋角？几经周折、多方调解，二姐同意了：屋角可改，但内部面积不可少，改了的屋角必须同原来的一样结实牢固。幸而原来的屋角很厚实，改成圆形后也相当牢固。纠纷过去了，二姐胜利了，但她的执拗、倔强，也传播开了。

就在二姐为屋角同卡车“战斗”的时候，二姐的生命史揭开了新的一页。这新的一页，对她说来是喜是悲，应赞扬还是指责，我想是仁者见仁、智者见智的事。那时，有个别农民和商贩把蔬菜果品和针线、服饰等什物摆在我家门口兜售，时间长了，门口的屋檐下就摆满了果蔬什物，不仅一个上午“吵吵闹闹”，卖东西的走后还常留下一地垃圾。在这样的情况下，二姐就萌生了一个自己摆摊的念头。她想：与其让你们在我家门口吵吵嚷嚷，不如我自己把这地皮占了，也可以安静些，何况本钱也不多，也不费时间，屋角照守，家事照做，家门口还可以干干净净。于是，她把那张旧竹榻当作货柜，在门口摆起了摊儿。二姐的摊儿在门口一摆，那些摆摊儿的商贩果然不来了，只有几个农民，二姐仍客客气气地允许他们在她的摊位左右卖个蔬菜果品啥的。她自己呢，就高高兴兴地捧着个铁皮空茶叶罐（她的收银箱）做起生意来了。同时，她的心中又升起一个新的想法。二姐决定不仅要为母亲守护好老屋，更要为母亲修葺好老屋。修葺老屋，第一个要做的是修葺弟弟住房的房顶。这是母亲生前在火烧屋基上盖的两间“新屋”。当年，老百姓手头的钱不多，对我们这种全靠子女工薪支撑的人家来说，日子虽然安定了，但生活还是相当艰难，要立业、盖房，简直是天方夜谭。但这天方夜谭却在母亲一手安排料理下实现了。不过所盖新房的房顶的椽子是玉米秆，房顶下的防护层铺的不是“网砖”是芦席。虽是新屋，雨滴、露水却总是滴滴答答地渗漏下来。二姐决心重修房顶，置办木质的椽子，购置铺防护层的网砖。二姐的原则是屋顶要修葺，吃饭看病的工资也要保证，不能再加重妹妹们的负担，怎么办？创收！她全心全意照顾弟弟，守护老屋，认认真真摆着地摊儿创收起来。

到了 1994 年国庆节，在两个妹妹的帮助下，二姐开始请匠人修葺屋顶。施工前，须先把弟弟安置好，把房内什物的去留工作处理好。就在这处理“去留”的过程中，二姐将“惜物如金的精神”发挥到了极致，三姐妹之间的斗争，也几乎发展到“白刃”相向的地步。大的不说，举个极小的例子吧。当小妹从弟弟的床底下拣出几双前有洞、后少跟的鞋，我接过弃之，却被二姐雪亮的眼睛看到了。我前脚丢进废物箱，二姐后手就捡了回来。这样我弃她捡，就形成了激烈的“战争”场面。先前还在感慨“元森（吾弟名）真有福气，有这样的一个姚老师（家乡都这样称呼二姐）”的人，现在纷纷指责起二姐来。二姐却全然不顾邻里的指责，紧紧抱着那几双鞋子，反反复复申述着：

“鞋帮坏了，鞋底拆下来还是可派上用场的！”直到两个妹妹决定罢工，她才把鞋子松开。

傍晚，工程完工了。元森住进了干净、整洁的卧室。邻居们说：“这样，姚老师，你就对了，以后保持着就好。”但之后弟弟身体每况愈下，由能自由地进出房门，到只能艰难地侧着身子进出，再到只能蜷缩于房内，甚至连提脚转身也困难。之后弟弟无法下床，只能终日或坐或卧于床上。外甥们来探视娘舅，看着塞满屋子的什物也只能探个头，道个“安”。

1982 年，小妹全家退休返乡。1989 年，母亲在小妹的全力协助下，在弟弟卧室旁的宅基地上又盖了间屋。母亲的设想是弄个店面，让儿子自力更生，开个小店，娶个媳妇。可是种种原因，这个愿望落空了。在市场浪潮中，乡亲们都想在这个地段上租间房，开个店，纷纷登门求租，二姐不允；托人做说客，二姐拒绝；妹妹们、外甥们都先后开导、解释，希望她用租房所得代替摆摊儿的收入，过安稳日子，二姐全然不为所动。于是，从 20 世纪 90 年代初到现在，这屋始终是锁着的。屋中堆满了各种杂物，成了老鼠、蟑螂的安乐窝。

二姐从 20 世纪 90 年代中期开始经营她的小本买卖来。凡是本钱不多的人所购买的货物，统统都安放在那由竹榻改装的摊位上。人人皆知，经商不论大小，总要有进货渠道、送货人员，那时的二姐竟然颇有与人交往之才，认识了几个采购、送货的帮手，还发动小妹和外甥子英为她在无锡批发市场采购。小妹本来每月都回家探望，主要是给弟弟送药和生活费，现在又加了个进城采购的任务。一个 50 多岁的人，从自家到娘家来回奔波，已甚劳累，现在还要帮忙采购，背着大包小包去送货，该是何等辛劳。而外甥子英，还在为生活奔走，偶尔找个假日回老家看看姨、舅，已十分情重，现在也要他捎带货物。他们虽都不大情愿，但想到二姐为老家的种种贡献，也就恭敬不如从命了。

为写这篇文章，我认真翻阅了自 20 世纪 90 年代到 21 世纪初，二姐给我写的数百封家书。二姐是每月少则一封，多则三封给我写家书的。弟弟元森的病情，姐夫叙坤秋冬旧疾的发作，小妹如心的来回奔波买药、送药、送生活费，还有就是她那小摊儿的盈利情况，这些是家书中陈述最详尽的。小妹常感慨地说：“她不知这每日的获利中，我付出了多少精力！”

二姐退休了，在市场经济大潮的涌动下，在家门口摆了个小摊儿

对二姐摆摊儿这件事，邻里亲人们赞扬者有之，羡慕嫉妒者有之，不齿鄙夷者有之。由于二姐的双脚常常肿胀，穿鞋比较困难，因此，她终年趿拉着一双露跟的布鞋。由于她一生都不注重穿着，因此春夏秋冬几乎没有一套合身的衣服，不是上衣太短，就是裤子不合身，反正一躬身，腰脊就露了出来。看着二姐的形象，小妹为之痛心，邻里为之惊叹，而她依然我行我素。

对于二姐摆摊儿这件事，我认为，一个人民教师，退了休，自愿摆个摊儿，只要摆得惬意、开心，亦未尝不可。问题是二姐摆摊儿苦了姐夫、小妹和外甥。姐夫拖着个有旧疾的身体，为一日三餐操劳；小妹和外甥多了份额外的负担，耗费了他们的体力和精力。而摆摊儿也大大增加了二姐精神上、经济上的负担。过累的姐夫不断地感冒、咳嗽。当时，医保还没有覆盖到城镇一般居民这一层面，所以看病的钱都得自己掏。二姐常感慨，她的工资很大一块被姐夫的医药费花掉了。在明眼人看来，她摆摊儿是得不偿失的。可惜的是，人们的忠言她听不进去，她的天平永远向自己顽固的一面倾斜。

一生伴护着母亲、小弟的二姐

父母、大姐、夫君、小弟都走了，妹妹们有自己的家，二姐还是坚守着这个老宅

如果说在守护祖宅、开设小摊儿的过程中，二姐渐成小镇一“怪”，那么践诺母命、呵护病弟这件事，却成就了她“贤姐犹母”的美名。

母亲于 1992 年 1 月 30 日离世，弟弟于 2018 年 8 月 19 日归天。二姐呵护弟弟整整 26 年有余。在漫长的 20 多年中，前十七八年，弟弟尚能自理，一家三口相处比较平和；后七八年，弟弟病情日益加重，常半卧半起，至 2015 年 10 月后，终日卧床，失去生活自理能力。

弟弟是个精神病人，刚开始他坚持服药自理，一旦药量失当，就会高声叱咤，暴跳如雷，二姐总是忍着，从不与之争执。后来二姐把弟弟的用药管控起来，注意观察弟弟情绪变化的规律，时刻调整药量，弟弟也随之平静下来。但弟弟的大小便一直不正常。小便滴滴答答，膀胱明明积满了尿，就是排不出来。二姐同小妹相商，经过小妹全家奔走，弟弟终于住进了医院，解决了憋尿的痛苦。但弟弟的大便，却一直困扰着全家。2017 年，弟弟为大便的问题住进了无锡 101 解放军医院。医生看着他如鼓的腹部，怀疑有个大肿瘤，经过检查，确定只是逐日积累的粪块。医生感慨地说：“从医这么些年，没有碰到过这样的病人!”

当弟弟无法下地、只能半卧的时候；当我先生病情危重的时候，姐夫也因肺气肿、慢性阻塞性气管炎加心脏病，住进了医院，半年后离开了人世。

姐夫住院的最后两个月，是二姐一生中渡过的最艰难的岁月。二姐总是凌晨四五点起床，安排弟弟洗漱、进餐、服药，再把下两顿的药放在小瓶中，交到弟弟手里，并反复叮咛，然后奔向医院；晚上待姐夫睡稳，再赶回家。弟弟的中午饭，是拜托新福弟家的荷妹送的，但晚饭她要自己安排，待到姐弟俩吃完饭，收拾好家什，已是夜里九十点。医院距家有四五里路程，二姐每日来往于两点一线，对一个年过八十的老人来说辛劳已倍于常人，如果弟弟弄脏了床褥，这个夜里，二姐很难有个休息时间。当姐夫病情日重，二姐甚至要近午夜才能回家，还得烧水、热饭、为弟弟擦身。背弯了，头抬不起来了，两个妹妹恳求二姐同意让她们给弟弟请个护工，但二姐总是说“吃得苦中苦，方为人上人”，坚持要以一己之力撑着。

2018 年 8 月 19 日，噩耗传来，二姐是在电话中哭着诉说自己的悔恨、自己的失责：她竟然为了想看完电视剧让护工给弟弟喂饭，结果护工喂饭太急，把弟弟噎着了。养老院的条件有限，无法及时抢救，就这样，弟弟走了。之后二姐像祥林嫂那样，一再追悔自己的过错，一再谴责自己的失职。弟弟落葬后，二姐天天凌晨起床，7点钟就回到老宅，在弟弟的相片前，焚香点烛，供上果品，忏悔自责。2018年的秋老虎特别凶猛，老宅因姐弟住了养老院，关锁已3年多，屋内秽气弥漫，脏乱无比。我希望养老院院长劝说二姐。院长虽口头答应，但情之所至，竟然也为二姐说出了“家乡习俗啊”这句话。不得已，我只能同小妹、外甥商量，把“五七”提前，但是，二姐在弟弟灵前忏悔已21天了。

在二姐代母照顾弟弟的20多年中，弟弟四次住院：一次是中暑抢救；一次是前列腺开刀；一次是因丹毒急性发作，昏迷、神志不清；一次是大便堵塞。这几次病重都在二姐倾全力，妹妹、外甥、外甥媳等合力抢救下，转危为安。弟弟能活到77岁，乡亲们都说：“元森没有姚老师，哪能活到这个寿!”

二姐一生从事教学工作，在中小学任教36年。36年的从教之路，她走得既艰辛又坎坷。庆幸的是在退休时，她遇到了改革开放的大好年代，终于有了个安稳、令人羡慕的晚年。二姐36年的从教之路，可分成三个阶段：第一阶段自1953年7月至1960年7月，二姐的从教之路走得相当顺利。毕业后她就被毕业实习所在的梅村香平中心小学接收了。该校唐进、方进两位校长，既热情又认真地培养这个教坛新手。1956年，当党和国家为培养更多人才而广开招生之门，号召凡具同等学力的青年，均可报名参加高等学校考试时，两位校长，不仅没有阻拦二姐的求学愿望，反而积极支持她报考。两位校长这种呵护年轻教师、培养青年教师的精神，二姐至今深深感动。她说，没有校长的支持，她就不会再获得一年可贵的进修机会。

高考后，二姐被徐州师院的专科部录取了，分配在无锡解放南路的语文中师训练班学习。学习生活紧张繁重，学校把本来两年才能读完的专修课程压缩为一年，学生常常星期日也学习：翻资料、读参考书、练写文章。学习过程中，因跟不上学习进度而中途退学的学生不少，二姐不仅坚持了下来，而且普通话口试、笔试都考了100分，毕业时被分配到了厚桥初级中学。厚桥初级中学的校长陈亮先生鉴于她的普通话和毕业成绩，就安排她担任初一的汉语老师，并负责普通话教学和推广工作。在厚桥中学，二姐快乐地工作了3年。

从1953年县师毕业，到1957年在厚桥中学工作3年，这7年时间里，二姐的从教道路是顺利的。她得到了校领导的呵护和支持，得到了老教师的帮助、指点，和学生们相处得也很融洽，而且还获得了进一步发展的机会，因此，这个开端是顺利的、积极的。

自 1960 年 7 月到 1978 年 7 月，是二姐的第二阶段。这 18 年，二姐的从教之路走得曲折艰辛。1960 年 7 月，二姐自厚桥中学被调到东北塘蓉阳中学。这个学校交通比较闭塞，回家没有直达的水路交通，路途上花费的时间很长。二姐是个非常孝顺的女儿，总希望假日回家方便、快捷些，在家的时间长一些，能多帮衬年迈的父母，于是萌生了调动的想法。在蓉阳中学工作半年后，她就被调到了离家较近、交通较方便的蠡凓中心小学。

自此，二姐就不断被调动工作，调动的学校竟然有六七所之多。特别是在 1963 年，二姐被调到南荡小学，接收了一个"乱班"，后来又从南荡小学调去油车巷小学，而且身份从教职下降为校工！调动她的理由是掌控学生的能力太差，无法维持正常的教学秩序。二姐气得想辞职，母亲苦口婆心开导。母亲把我和汉荣叫回家，由我俩护送她去油车巷小学报到。谁知油车巷小学的校长是王开明。王开明是县师速成班的优秀学生、学生工作的积极分子，和汉荣在工作中结下了一定的友谊。三个同校同学，劝慰着二姐。二姐自小只知读书、教书，没有上过灶台，在家吃母亲煮的饭，在校吃食堂的饭，现在却要自己烧饭，而且要烧近十个人吃的饭。王老师当场示范，教二姐生炉子、上蒸笼、炒小菜，我和汉荣也在一旁学着。最后，王老师让我们放心，说姚老师交给他，一定不会让她出洋相的。之后，王老师是一诺千金，说到做到。在油车巷小学的 3 年，二姐虽然很辛苦，但王老师处处照顾着。油车巷小学虽是村校，老师却都要住校的。村校的校工工作量是很大的，要负责教师们的三餐饭菜、全天饮水供应，碰上晚上加班，还得准备夜宵。下雨天，不回家的学生的中饭要蒸、热。学校的卫生工作、晚上教师办公灯具的供应、节假日学校的轮值守护，也都是校工的份内工作。当时没有车子，买米、买煤都靠人力，路况还差。刚开始，王校长动员男教师、教导主任、校长轮流挑买，可时间长了，教师们就不去了，结果挑米担煤就成了教导主任和副校长的工作了。二姐感到对不起领导，决定自己去。但去港下担米挑煤，不仅要来回走六里路，还要过一个又旧又宽的晃晃悠悠的木桥。二姐是个倔性子，决定了的事就一定做到底。开始，她只挑 30 斤的东西，还前倾后仰，不停晃悠。好心人看到想来相助，二姐是一律拒之，只求点拨。就这样，二姐从 30 斤、40 斤到 50 斤地坚持了下来。当时，煤站给的煤常是煤屑，要自己做成煤球、煤饼，二姐都一一地学着做起来。她凌晨四五点钟起床，生炉灶、烧早饭，然后提起小扁担去买菜；中午处理完灶务就打扫卫生，然后做晚饭。晚上，教师们备课办公，二姐则是记算一天的伙食费。节假日，教师们都要轮流看守学校，凡轮到二姐，王开明校长总是叫 8 岁的女儿霞芬来陪夜。遇到节日或过年，王开明校长会邀请全校教师去他家做客，他总是在教师面前以“姚老师”称呼二姐，从不摆校长的谱。二姐常说，在油车巷 3 年虽然非常辛苦，刚开始还得了高血压，但是心情还是比较平和的，因为王开明校长处处关心帮助着她。如果没有王校长，她不知这 3 年会是什么样子。这次她给我开列了一张她要表达感恩的单子，王开明校长是首列其中！

在油车巷小学做了 3 年校工后，二姐被调回教职岗位，重新登上讲台。

从 1978 年夏至 1988 年 9 月二姐退休，这是二姐教师之路的第三阶段，亦是最后一个阶段。1978 年，二姐常血压高，而从家到校，每天来回要走近十里路；父亲走了，剩下老母和病弟，缺人照顾。二姐上呈了要求就近调动的报告。教育局领导刘谦达同志调查、核实情况后，安排她到古镇的陈墅中心小学就教。这时，国家实行改革开放政策，教学秩序恢复了，学校也重视有真才实学的教师了，二姐碰上了好年头。她更认真备课，认真教学。因为没有孩子，她对学生有一种对自家子女的感情，师生关系处得融洽。1988 年 7 月，二姐以小学高级教师的身份光荣退休了。在陈墅中心小学工作的 10 年，二姐过着比较安稳的教职生活，也碰到了很多好同事、好领导。

2017 年寒假，小妹和大姐的儿子告诉我：年节去看二姨，下着雨，二姨一定要我们开着车去看王老师。我问二姐为什么非要冒雨前去探望，二姐说：“因为去看的是王玲娣校长，2019 年是她的七十寿辰。过去我在学校，王校长总是关心着我。退休前，我去宜兴张公洞旅游，在山洞里，她搀扶着我；2015 年，我挑了一担废品去收购站，她看见了，就把我的东西装在她的电瓶车上，她自己可是个糖尿病人啊！那年我同弟弟住进了无锡惠泉颐养院，过年了，王校长和现任的两位校长开着小车专程来院探望，还送我 200 元钱，100 元是因我旅游未去补发的，100 元是三位领导给的；2017 年，我在无锡 101 医院治病，王校长和一位老干部又来医院探望。平时我送些东西表示心意，她总是不收，待她不在，我把东西放在她家，她一定会亲自送还。这次，她七十寿辰，我一定要去看她，给她祝个福。她真是我们的好领导，是个雷锋式的好党员，我一定要去看看她。”

二姐是个懂得感恩的人。不管是谁，只要帮助过她，帮助过我们家，无论事情大小、年代远近，甚至不管当时曾争执得不可开交，只要认准对方是好心，她一定要报答。

陈墅中心小学的老同事杜栋英、宋安生老师知道她住进无锡惠泉颐养院后，去看了她两次，这次她住在港下家乡养老院时又去电关心她，二姐告诉我要懂得感恩。

梅村县师的老同学高静玉老师去看她，二姐告诉我：“66年的老同学了，还不是同年级的，在无锡惠泉颐养院来看了我两次，现在到了家乡港下了，这么远，又来看过我两次，要懂得感恩。”

姐夫病重住院，羊毛衫被护工弄丢了，老同事、老同学邹序欣先生和夫人缪老师知道了，从家中赶去，送上了儿子的羊毛衫。二姐十分感动，说要懂得感恩。

家乡的新福弟和他的夫人荷妹一直关心着我们，从我们父母健在时一直到现在。但由于二姐的理家、治事往往理念与众不同，好心的新福弟总想扭转她，因此，二姐一直同他争吵，有时也使新福十分难堪，但她内心明白新福夫妇是在帮助她、关心她，所以这次她开的感恩名单上恭恭敬敬地写着：“要感恩一直关心、帮助我的新福弟和荷妹。”

陈墅现在的村委会主任孙红，2015年在马路上看到二姐挑着废品要去卖，就帮她卖了，还把钱送到她手里。后来，二姐知道了这些钱并非卖废品所得，而是孙红主任从自己口袋里掏钱给她的。这事直到2019年3月17日她才知道，她这才把钱还给了孙红主任。2019年大年初二，二姐去了陈墅老家，在那里她接到电话说养老院有客人在等她，但她一时等不到车，无法返回。孙红主任看到了，就用自己的车送她回到港下养老院。二姐说：“孙主任是个好干部，我还没报答她呢！”

古镇不少邻里乡亲，对二姐的摆摊儿、不注意形象、苦行僧式的“吝啬”生活，以及一些无法理解的倔强做法，颇有非议。非议的结论是有损人民教师的形象。我并不认为这些非议一定是错的，因为就表象看，也的确是那样。但作为妹妹的我，看到的是她真实的内心和性格，她是一个内心仁厚、公私分明、绝不损害国家利益的好教师。

十几年前，二姐攒了2000元钱，决定去银行存三年期的定存。接待她的是个姑娘，她把钱交给了那姑娘，又伸出了三个指头，说是存三年期定存。定存很快办好了，二姐回家打开一看，是张3000元的三年定存。她想应是自己伸了三个指头，误导了吧，于是又回到银行，申述自己的“过错”，交了存单。当时，一位超市的大姐正在旁边，伸出了大拇指，说：“真是个人民教师。”这次表妹孙辰，因为家族写家谱，问及二姐身上有什么闪光点，二姐问我：“这算不算闪光点？”我才知晓。

2016年年节时，二姐一定要去参加学校退休教师年终总结会。当时她住在无锡惠泉颐养院，到陈墅中心小学开车也要一个多小时。她让外甥女明伟开车送她，而且说上午8点半就要到达会场。外甥女很为难，告诉了我。我对外甥女说：“二姨太寂寞了，能送就送一送吧。”后来我问二姐为何非去不可，二姐说：“主要想趁开会去看看老同事，再说，2015年三位校长亲自到养老院来看我，今年我一定要去，省得校长们亲自来。”

2018年，二姐丹毒病发，住进港下养老院，同院一个90岁的老奶奶，弯着腰来看她。老奶奶自报家门，她叫爱宝。她告诉二姐，她的父母是开木匠店的，当年一直借住在我们那所新宅里。日本人来了，大家逃难，她当时只有9岁，她的姐姐18岁。逃难前两家父母烧了香，问佛老爷往哪个方向逃。佛老爷告诉他们往偏僻的地方逃。乡下路窄，鬼子汽车开不进。后来父母就逃到爱宝家，住在爱宝家有个把星期。

二姐听了非常感动，问她缺什么。爱宝说她不缺啥，就是护工费太贵。护工正好是二姐的学生，于是学生免了爱宝两天护工费。二姐又包了500元送给爱宝。后来，二姐又专程去了爱宝家，送了些细软甜食，还说这是两个妹妹益心、如心送的。她还包了800元钱给爱宝儿子，叮嘱他一定要给妈妈治病。做这些事，二姐认为是应该的，并没有跟她的两个妹妹说。要不是这次我请她帮我一起回忆家史，她怎么也不会说的。

1971年秋，二姐被调至东阳院小学。这是一所相当简陋的小学，没有供教师住宿的卧房，没有为教师供应三餐的食堂，离家近的教师回家吃饭，远的就自己带饭。1971年，粮食非常紧张，二姐为了让婆母能吃上顿饱饭，常常把中午的那顿饭省下来。时间久了，这被同事发现了，离家近的秦春元、蔡梅英老师就总拉她到自己家吃饭。东阳院小学离陈墅有五里路，中间还横着条河浜，来回的过路人都要乘渡船过往。二姐为了省 5 分钱的渡船费，总是绕道多走一里路，一天下来就要来回走 12 里路。她既不叫苦，也不喊累，我这个做妹妹的，要不是写这篇文章向她“采访”，这事永远不可能知晓。二姐说：“当时工资就 40 多元，夫家有三口人，娘家也需要照顾，1 毛钱在当时可买近 1 斤米啊！”

改革开放后，国家和人民都富了起来，民政部门关爱百姓的实事一年比一年多，也一年比一年办得周到、扎实。这种关爱也落到了弟弟身上。弟弟先是得到了低保，后来又改为享受国家和政府对一级精神病残疾人的补贴。2013 年，镇民政部门知道长年照顾残疾弟弟的二姐已经 80 高龄了，姐夫也已 77 岁，且每年秋冬都要因旧疾而住院，就派了经办人员到我家，劝说二姐用个护工，政府会给予些补贴。但二姐想到弟弟已享受残疾人补贴了，不该再多花国家的钱了，就婉谢了。年底到了，镇民政部门又派蒋会计送来 1350 元钱，告诉二姐这是党和政府对她照顾残疾人的关怀，劝说二姐收下。二姐不得已收下了，并请蒋会计转达我们全家对党和政府的感谢，并请政府放心，以后再也不要送钱来了，我们能够坚持的。

2018 年 8 月，弟弟走了。二姐整理弟弟遗物时发现了 60 瓶全新的没有过期的氯丙嗪。这些药是医院医生体谅一个 80 多岁的老人，满足她请求开半年药量的要求而留下的。现在弟弟没到年底就走了，二姐决定把剩下的药送回医院。二姐是个想干就干的急性子，不顾天还下着雨就去医院送药。医院理解了一个 86 岁老人的心意，就把药收下了。二姐回到养老院就给我打电话，告诉我虽然来回花了 30 多元的路费，但她很高兴。

二姐是有故事的人。

刚踏上工作岗位时，她所在教区有个才貌俱佳的小伙子苦苦追求她，不久母亲知道了，劝她说：“你年龄太小，还要继续深造，还是年龄大些再考虑个人问题吧。”二姐听从了母亲的话，放弃了这段爱情。

回到家乡，家乡的好心人为她说合亲事，对方是公社医生，有稳定的工资收入，有安定的家。但二姐却因为对方的家离父母这里有三里之“遥”，无法成婚后就近照顾父母，就断然拒绝了。

成分不好带来了种种“灾难”，为了改变成分不好的出身，好事者撮合她嫁给了一个家穷、体弱的贫下中农代表生产队长。

生活的无力、无助、无奈，让二姐养成了极其勤劳、节约、坚忍、倔强的性格。而二姐的倔强，又常常让她走向顽固和偏执，她看不到、也不相信时代和社会真的变了。当她把这种性格发展到极致的时候，就会被人们视为吝啬，而这吝啬的施与对象又常常是她自己，因此她表现出来的常是人们难见的“古怪”。

20世纪过去了，党和政府把我们领上了富裕的道路。二姐的工资涨了，负担轻了，但她还是早晨白粥一碗，中饭和晚饭就吃剩菜。妹妹们回家，打开食橱：红烧肉长毛了，老咸菜酸了，隔夜的青菜、豆芽安安稳稳地被放在橱内。当妹妹们生气地想要把它们扔掉时，激烈的抢夺战又开始了。本来就小的院子里，堆满了碎砖破瓦，快要堆到窗口了，可二姐还在拣，说是为修房备用。母亲和弟弟历年服药留下的空瓶，堆在床底有几箱子了，她说小船上会有人来收的。她的新衣服压在箱子里，穿的总是不是小就是大的旧衣服。姐夫冬天戴的围巾买了藏，藏了找，永远难以找着，因为家中已被杂物堆满了。之后，二姐也开始诉说，头会晕了，脚抽筋了、肿了，心律不齐了，但持家待己仍然一如以往。她的这种偏执、顽固、愚鲁，使她闪光的内核总是被尘垢、瓦砾掩埋着。

2015年秋，在她背朝天，头着地，颈已无法自如转动的情况下，在妹妹和外甥们的开导、动员下，二姐终于同意和弟弟住进无锡惠泉颐养院。告别了老家，脱离了原来的环境，在一个新的环境，二姐的病出人意料地治愈了。2017年，无锡市锡山区民政办将弟弟纳入了五保户名单，姐弟俩住进了家乡的“港下福寿院”。在故乡亲情的抚慰下、在乡风的吹拂下，二姐精神上竟然很有点儿觉悟了。她对我说：“益心，你是对的，要是早年也知道有这样的养老院，和你姐夫叙坤早一些住进来，你姐夫也可多活几年。”

2018年，二姐接连收到20世纪50年代在厚桥初中任教时陆忠良校长的电话。陆校长说要来看她，要转给她当年优秀毕业生金石山同学编的三本书；还说当年学校的同事就剩下三个了，金石山同学为了找她，已花了几年精力，今年学生要举行盛大的师生联谊会，邀请三位老师参加，希望她一定参加。二姐感动了，答应了。

三天会议，满载而归。二姐的身心有了改变。她一回养老院就给我打电话，告诉我这是她此生最开心的三天。受到了学生们的礼遇，住进这样好的宾馆，听到当年的学生在祖国各条战线努力奋斗，创新工作，成绩斐然，她感动了，欣慰了，惭愧了。第二天，我又收到了她长长的来信，信中更详尽地叙说了三天会议的情况。她告诉我，联谊会的第一个节目就是“感谢师恩”。学生们簇拥着请三位老师端坐主席台中央，献上鲜花，送上红包，还让全体同学，现已全是70多岁的爷爷奶奶辈的老人，向他们行“谢师大礼”，这股超强的暖流，冲击、温暖着二姐干枯的心田，她的自尊和尊严感被激发出来了，感受到了人间的真情大爱。这浓浓的大爱滋润渗透到了她心灵的深处。她反复地向我倾诉着，她要感谢，她要感谢当年这60届的班长，优秀学生王茉英和万里芬、朱军，他们分别自上海、无锡、东亭相聚，叫了车到养老院来接她；她要感谢朱顺兴、陈纪珍、高洪奎、浦福康等许多优秀同学，在祖国各条战线上的许多优秀事迹对自己的鞭策；她要感谢与会的全体同学对他们三位老师的声声祝愿；她要感谢孙其德同学赠送的精美的《书画创作选》、金石山同学的《纪念册》和再版三次的《时代人生》；年底时，金石山同学又给老师们各寄了一册他自己编写、创作的《音乐之声》。

二姐坐在主席台上，无锡厚桥中学1960届的学生恭敬地拜见还健在的三位恩师。

学生们的真诚祝福和叮咛，融化了二姐顽石般的心。二姐新生了，“养生”“保健”“长寿”等词汇开始在她的电话和书信中不时出现。我相信，在学生们这股强大的东风的吹拂下，我们的二姐将会以一个全新姿态呈现在家乡亲邻面前！

2019 年仲夏

外祖父的藏书房

我对文学的热好，始于外祖父的藏书房。我对外祖父的藏书房的热爱，始于父亲冬日夜晚的说故事。

冬日漫漫，寒冷、难熬的白日过去了，人们盼来了温暖安静的夜晚。住在小小的孙氏圈墙里的人们，只要天公收去了西天昏黄的日脚，袅袅的炊烟就会从家家户户的烟囱中升起来。自远而至的暮色，还没有把白日的余辉吞尽，家家户户就响起了关门声。当昏黄的煤油灯点起来的时候，孩子们就叫着、嚷着，爬上了饭桌。叮叮当当的锅碗瓢盆交响曲弹毕，母亲们就把孩子赶进了被窝。男孩子们躲在被窝里，你一拳我一脚地战斗一番，才昏昏沉沉地睡着了；女孩子呢，瞪着双眼，看着灯焰在墙壁上幻出的种种图案，想着或说着白天的种种事情，也渐渐地合上了眼睛。

我家也不例外，但不同的是母亲生了四个女孩儿，最后才有了个儿子，儿子甚小，也没有可战斗的伙伴；女孩儿们呢，年龄差距甚大，我在小学二年级时，大姐已经高中毕业了，而最小的妹妹还没有跨进校门，所以，那种瞪着眼睛观看灯焰幻出的图案，议论白天种种事情的乐趣也不多。但是，我们却拥有另一种更让人欣羡的乐事，就是听父亲讲历史、说故事。

父亲是个颇有文化修养的读书人，每当被窝里的我们辗转反侧的时候，他就给我们讲故事。由令人毛发悚然的《聊斋志异》，到让人激情满怀的《说唐全传》，说到激动的情节，父亲会把床板一拍，在昏黄的油灯下纳鞋底的母亲就会冷不防地被针尖扎到，“哎哟”叫出声来。一个漫长的冬夜，就这样在母亲来来回回纳鞋底的哗哗声中，在父亲有板有眼的说故事中过去了。待到霜雪尽，寒风停，人们逐渐脱下棉衣的时候，早早钻被窝的日子结束了，那些可怖的、激动的故事也听不到了。虽然我求父亲，父亲还是不搭理，被我缠得没法了，就丢了句："求人哪，不如求己。要听故事呀，自己到外祖父的藏书房去找。"

外祖父家紧邻我们那时所租的房。1937 年，外祖父背井离乡踏上了漫长的流亡之途，老家就交给已出嫁的大女儿（即我的母亲）照顾。后来日本人烧毁了我家，父母便携全家租住到了外祖父的家。为了方便照管外祖父的房屋，母亲打通了紧邻外祖父家的那堵墙，所以我们卧室与外祖父的藏书房之间相隔了一个"新房"。所谓"新房"，是指舅父结婚成家时的洞房，由前后两间组成，前面是会客的小厅，后面才是卧房。这新房通体上下鲜艳光亮。母亲为了保持舅父舅母居住时的原貌，终年锁着那扇打通的门，只在夏秋之交，让我们帮着打扫。久而久之，我们也就很少想到新房去。至于紧邻舅父新房的外祖父藏书房，与新房绝然不同，新房是光彩艳丽的，藏书房是灰暗阴沉的，堆满了横竖相间的深赭色的木箱；新房自屋顶到地面都铺着红漆的木板，藏书房的屋顶和地面铺的是灰色的小砖块，踏上去硬硬的、冷冷的，而且由于终年关着门窗，偶尔走进去，就像走进了深山古刹。幼小的我，就更少走进这个房间了。

现在，父亲却说要听故事到外祖父的藏书房去找。

我犹豫了，徘徊了。但是，故事的强大诱惑力终于迫使我走进了这间藏书房。啊！这哪里是什么深山老林，这简直是所罗门的藏金窟！可惜的是，当时的我对这些"金子"的成色、品位还不会鉴别。我无法理解那一只只赭色木板箱里，"子曰诗云"木刻本的价值，我只是陶醉在那口长方形大木橱里的许多铜版的、活字排刻的书里。有《东周列国志》《隋唐演义》《水浒传》《三国演义》《七剑十三侠》《荒江女侠》《包公案》《彭公案》《施公案》《二度梅》《石头记》，还有《语丝》《新月》等。只有小学二年级的我，为这些书欢喜得手忙脚乱。从此不管春夏秋冬，不论严寒酷暑，只要一有时间，我就钻到外祖父的藏书房里，囫囵吞枣、似懂非懂地吞食着这些多姿多彩的故事。此后，即使到了冬日，我也不再求父亲讲故事了，我觉得父亲说得再好，也不如自己读得有意思。全家人仍然早早地躺在被窝里，母亲仍然纳着她永远纳不完的鞋底。我偎在母亲身旁，凑着母亲的煤油灯光，装模作样地读着课文，其实夹带在语文书里的是"白眉毛徐良"。到了夏天，日头照在砖场上，滚烫滚烫的，我打开外祖父藏书房的大门，用长凳搁起了那两块桌台板，一个人悠闲地躺着，翻着书橱中的这些宝贝，神思在“薛仁贵征东”“薛丁山征西”“包公审乌盆”中游荡，那滋味比如今喝咖啡、吃冷饮惬意多了。

这样惬意的读书生活伴随了我四个年头，在这整整四个年头中，由读书而惹出的大大小小的麻烦，也有不少。其中三件至今难忘。

第一件事发生在一个寒夜。我依偎在母亲身旁，借着母亲纳鞋底的油灯的灯光，全神贯注地读着《七侠五义》。当读到“锦毛鼠”白玉堂独闯铜网阵，遭万箭穿心立时身亡的情节时，我忘了用语文课本做掩护，大读“野书”，而且还大声哭了出来。惊得母亲丢下鞋底，向父亲大呼。母亲发现了事实真相，从此禁止我借灯夜读。

第二件事发生在学校。当时我已从徐良、艾虎、欧阳春、蒋平，走到了李元霸、宇文成都、薛仁贵、薛丁山、罗通等的世界里，那时我正在读《说唐全传》，惊叹于李元霸两个大铜锤的威力，因此自修课时竟然忘了自己是班长，带头违犯纪律，用课本做掩护，大读李元霸同宇文成都。脑后突然被人打了一下，我生气地扭过头去，胖胖的数学老师竟然就站在我身后！而《说唐全传》也在我的慌张中“啪”的一声落到了地上。在寂静的教室里，这声音犹如从天而降的李元霸的铜锤，同学们都吃惊地抬起头来。数学老师全然不顾我的愧疚，当着全班同学的面，拎着我的耳朵，让我站在黑板前。我想象着紧盯着我后背的那几十双眼睛，第一次体会到了“斯文扫地”的悲哀。

第三件事发生在我惬意读书的中晚期。这时我已从《说唐全传》《罗通扫北》《薛仁贵征东》的世界，来到了包公案、彭公案、荒江女侠的生活中，头脑里几乎整天是鬼哭神嚎、刀光剑影，常常把数学老师在黑板上演算阿拉伯数字的胖乎乎的手指，看成是剑客侠士手中发出的一道道白光。这样，更大的麻烦又发生了。学期结束，我的总分仍然是全班第一，但数学却挂了红灯。当校长在学期结束典礼上宣读每个班级的前三名时，我清清楚楚听到了身后的议论！我感到校长的宣读不是对我的表扬，而是一种强烈的嘲讽。回家路上，我一把撕了这嘲弄人的成绩单，用力扔到了河水中。世界上的事，往往是好消息迟迟不来，而坏消息却常常不胫而走。我刚踏进家门，父亲就厉声查问我的成绩单。我试图以谎言掩盖，但父亲两道利剑似的目光刺得我无法躲避。最后父亲责令母亲把我关起来，整整一天粒米不送。可是“糊涂”的母亲却把我关进了我的天堂——外祖父的藏书房！这令我忘了饥渴之苦，无人干扰地、高高兴兴地读了一天书。

我读书已从神游历史、神游幻想，走入了接触现实、了解现代的时段。外祖父虽然是个博学儒生，但思想开放，并不排斥20世纪二三十年代的新学潮，所以在他的藏书中，同样保留了他儿子（也就是我舅父）在上海交通大学读书时期热衷的《语丝》《新月》等反映“五四”以后各种思潮的代表作品。清冷的“三潭映月”、孤凄的“苏小小墓”都让我感叹流泪；而鲁迅隽冷锐利的笔触，又似乎让我看到了世界的另一面。

之后，大姐升大学的梦破灭了，回到家后母亲让她暂住在舅父的新房里。大姐那些读大学的朋友，不时给她寄来一本本书，我又比同龄的孩子更早地接触到《李有才板话》《小二黑结婚》《李家庄的变迁》等。

遗憾的是，淘宝于外祖父藏书房整整四年的我，却始终没有去打开那十几个大小纵横的赭色木箱子，经史典籍始终遭到我的冷遇，就连如此脍炙人口，惹得如此众多海内外学者文人把玩不释的《全唐诗》《石头记》，我都是只翻弄几下，就又放了回去。可见那时的我，文学和文化的功底是何等浅薄。

13岁那年，我进了所师范学校，开始了住校生活。我人生道路上第一个，也是唯一一个惬意读书的时代结束了。之后，在我的人生道路上，虽然也有不少疯狂读书的时段，如读师范时，如饥似渴地阅读苏联卫国战争时的小说，大学伊始，我热衷翻读欧美作品，但我都有所挂碍，有所顾忌，再也没有了在外祖父藏书房中天马行空、肆意神游之乐。工作以后，读书更少了，我们只能在指定的一些书中浮沉，鲜明的目的性、功利性，使乐趣退位。

现在读书的乐趣又逐渐恢复了，我也早已步入无牵无挂的退休者行列，我应该又可以沉潜于外祖父的藏书房，去发掘那十几个赭色木箱内的真正宝藏了。但上了年龄，我的眼睛、大脑，不允许我随心所欲、无休止地翻看那些珍贵的文化宝藏。我已失去了儿时的读书条件，外祖父珍藏的宝藏，亦已荡然无存，留下的空壳——这藏书的屋子，被各色杂物所占有，已面目全非了！只有在回忆里，在幽梦中，我还能不时地看到外祖父的藏书房，想象那说不尽、道不完的读书之乐。

2006年季秋

姐弟俩住进了“星级”养老院

“嘀铃铃”，是谁这么晚来电话？我艰难地抬起身子，摸索着穿好拖鞋，磕磕碰碰地提起话筒：“喂，您是？”“我，益心，是我啊！”二姐，又是二姐，我的眉头紧锁起来。

在我心中，二姐是块重重的“碑”：她送走了父母，呵护了病弟，支持着我们三姐妹的家，最后又送走了自己的丈夫。在那重孝悌的年代，二姐是应该被树碑立传的人物。但二姐这块“碑”却颇有瑕疵，一旦这些瑕疵被放大，不仅碑上的光彩被遮盖了，还成了不通情理、不分皂白、不辨好坏、死盯一点、一条道走到黑的倔强的、悖时的“怪人”。这不，这段时间，二姐的这个“怪”又在不断地膨胀了。

2015 年冬，姐夫旧疾复发住进了医院，83 岁的二姐医院、家中两头跑。她清晨四五点就得起床，安排好卧床的患有精神病的弟弟的一日三餐后就往医院赶，晚上八九点才拖着疲惫的身子回家。妹妹们要给她请个帮工，她不允；劝她来回打车，她不肯。她说什么“吃得苦中苦，方为人上人”。结果姐夫走了，她的腰弯了，背驼了，颈推劳损了，头也抬不起来了。居委会主任说：“姚老师应该和弟弟住进养老院了。”在亲人劝说、乡亲们帮衬下，她终于进了一家养老院。

后来，二姐的头抬起来了，腰背挺直了，可她却忘了年纪，不知道自己是个有严重房颤毛病的人了；不懂得大家反对她一人带弟弟回家是保护她、呵护她，隔三岔五地念叨着她的“回家经”。现实给了她重重一击，弟弟住院了，要不是外甥们的出力奔走，他的命就没有了。二姐的“回家经”终于打住了。但不久，她又更频繁地念叨起来，念叨得小辈们都不得不来电“投诉”。2017 年，弟弟又住院了，外甥们又要疲于奔命。快人快语、操劳实干的长房媳妇坦言："三阿姨，你这样下去是不行的，我们也是上有老下有小，既当媳妇又做外婆的人了，这种局面你们两个阿姨，要好好地商量商量了。"是啊，是该商量商量了，不仅小辈们有自己的父母，且都已是做外公外婆、爷爷奶奶的人了，而我们也都已是八十好几的人了，身子骨老化了。这不，这次只给弟弟守了几夜，肺部就犯了病，脑梗也来了，而弟弟比我们小得多，一旦姐姐们走在前面，他怎么办？

终于，我们商量再次向政府伸手，请求政府伸出那厚实温暖的大手。

5月中旬的一天，妹妹、妹夫和我，三个老人走进锡山区民政局办公大楼。三个老人鱼贯而入：最前面的左摇右摆，中间的前磕后倾，最后面的拄着拐杖。见此情况，临窗的一位中年妇女很快起身迎了上来，当她听到"姚元森"三字，脱口就说："姚元森，港下的，去年冬天不是来申请过五保吗？""精神病人国家政策是不能进五保的。"她凝视着我们，沉吟了半晌，又说，"求'养'，只有一条路可走，那就是进安镇精神病院，但是听说满员了，没空位。而且这'养'的事，不是我们管，要找对门的李科。"说完，她冲着对门就"李科""李科"地叫起来。一个叫小边的年轻人告诉她，李科开会去了。她遗憾地对我们说："今天你们不巧了，不过你们给李科打电话就行，不必自己跑来的。"于是她把李科和有关同志的电话号码写了递给我们。

虽然没有见到李科，问题没有解决，但这位同志认真、负责、干练、爽直的工作作风和态度深深感动了我们，我们决心按她的指点找李科。现在首先要做的是如实写申请报告，经过大家软硬兼施，反复申述利害，二姐也终于在申请报告上签了名。

回到家，我一颗心却总是悬着：是否给李科再口头申述一下？虽然人早已跨过八十的门槛，但这种求助电话，特别是向政府伸手求助，从来没有打过。电话是提起放下，放下提起，最终我鼓起勇气拨了那个号码。电话那头传来李科的声音，是那样直爽、亲和。她说："你们的事我知道了。安镇精神病院是进不去了，那里连走廊里都挤满了病床。这样吧，市精神病院应该能收养像你弟弟这样的病人。不过费用贵，如果三万、五万，那政府是办不到的。"我说："我们家属也会负责的。""那么你们先联系联系，我也会去了解。不过，要有监护人。""我。""你不行，年纪太大，要年轻人。"最后李科说，这段时间她很忙，而且我们的事必须向上级请示，还要会同各方面协商。她要我别着急，先把监护人落实，并安慰我：“你年纪大了，多保重。以后让年轻人和我联系。”

李科这番话，我领悟到三点：补助科的那位女同志已给她讲了我们的事；李科认真地考虑了我们的事；她已有了初步的设想和解决方案。

事实证明，李科非常负责地处理了我们的申请报告。当她知道市精神病院不能接收像我弟弟这样的病人时，又联系了羊尖养老院。当监护人表示羊尖养老院有些远，她又向上级机关汇报，会同各方协商讨论，然后通知我们：带病人去精神病院检查，由医生出具“病人无暴力行为的能力”的证明后，再决定处置方案。医生出具了“病人长期卧床，无站立能力”的证明，民政部门按特殊情况处理，以“五保”的条件把弟弟安排在老家社区的养老院内。

2017 年 10 月 7 日是我们全家的重要纪念日，按照社区居委会的通知，二姐和弟弟顺利地住进了家乡社区的养老院。

当我和妹妹、妹夫赶到养老院，跨进姐弟俩居室的一刹那，我惊呆了！这哪里是养老院，明明是一所“星级”宾馆啊！

此前，当我们一心申请去家乡养老院时，一位老同学曾忧虑地告诉我说：“益心，你家乡的养老院条件是很差的。”因此，我一直忐忑、愧疚，总感到对不起二姐，她虽有家室，却无儿无女，孤苦一人，为了弟弟却要住到那样的一所养老院。但二姐却很高兴：“以前那么艰难的日子都过来了，还会比那时差？那里离家近，有邻居、乡亲、一起工作过的同事、教过的学生，还有熟悉的商店、街巷，我怕啥！”但我还是忐忑、愧疚、不安。搬迁前的那晚，我辗转反侧，直到东方泛白。

现在看到养老院的条件，我才放心。相当宽敞的双人卧室，有空调、电视机、床头柜，每人床头的墙上还装了一个大大的电风扇，进门还有两个镶嵌式的放衣物的橱柜。洁净的床具、全新的被褥，弟弟的床两旁还装着护栏，还有整洁、设备齐全的卫生间。南北相通的卧室，光线分外明亮，空气分外清新。站在两边宽敞的长廊上，迎面所见是一条清清的小溪，身后是高低错落、自然有致的青松翠柏、花柳杂木，绿丛中不时冒出红、黄、银、灰的屋顶……乡情、乡情，这扑面而来的浓烈的乡情，使我如喝纯酿，如饮甘露，心中涌出的只是羡慕、企盼：如果我的晚年，也能拥有如此之景，会是怎样的惬意！我继续沿着长廊慢慢走着，长廊两侧都安置有像医院一样的扶手，每间房的南窗外都装置有方便老人们晾晒衣物的衣架。左边长廊的中间安排了护工的卧室，卧室外壁放置了洗衣机、微波炉。二姐和弟弟住的是二楼，据说一个楼层有十间老人居室，四个护工轮流守护着这些老人。

羡慕，羡慕，羡慕姐弟俩能住在这样设施齐全又充满乡情的环境中。二姐应该能安心、惬意地住下来了，她那要携弟回家居住的死脑筋应该可以转弯了。

三天后的一个晚上，手机声响起。又是二姐，我的心习惯性地收紧起来。接通电话后二姐就如数家珍似地诉说起来，但这次她诉说的是：

老同学高静玉去看了她，还送了八个大月饼。静玉看了养老院告诉她："这样的养老院城里也很难找到。"

今天院长去看了他们，还帮她垫高了床脚，弟弟的床的四个脚还加了四个轮子。看到她吃饭没有桌子，院长让护工搬了张桌子进来。听说有蚊子，她点了蚊香，院长给她换上了电蚊香。

已经近两个月没有泡澡了，进了这里的养老院，二姐在宽敞的浴盆中已经泡了两次澡了。

卫生间的门是可以关闭的，晚上关了门，睡在床上一点儿味儿也没有。

这里的空气好啊，人最重要的是呼吸新鲜空气，这里的空气真是清新。吃的也干净、新鲜，刚开始担心吃不饱，菜不够，实际上是足够的，而且还多了。就是这几天下来有点儿累。

这一阵子，为要不要搬迁、准备搬迁，二姐的身心都经历了一番剧烈的折腾。现在安定下来了，当然疲累也就来了。

放下手机，我久久地凝视着窗外的万家灯火，双眼却噙满了泪水。孟子是这样描绘他的"仁政"蓝图的：执政者应做到"老有所终，壮有所用，幼有所长，鳏寡孤独废疾者，皆有所养"，而能否实现，关键是统治者能否"推恩"。20世纪20年代初诞生的中国共产党高举的是"为人民服务"的旗帜，它教育各级官员：你们只是人民的勤务员、国家的管理者。养老院院长亲临二姐住处，如此亲切周到的问候、呵护，不就体现了我党"为人民服务"的崇高理念吗？

感谢我们的党，为鳏寡孤独制订了这样优厚的政策；感谢我们的党，教育培养了如此勤政、爱民的各级民政干部。我把此事告诉了北京的表妹，表妹说：“要感恩啊，感恩！”是啊，这是大恩啊，它救助的不仅是二姐和弟弟，还有大姐、小妹和我这三家。可是我却连恩人的名字也不知晓，只知道锡山区民政局的陈主任、李科和那位干练的中年女同志以及家乡社区的孙主任、张主任，至于养老院的那位院长，至今连个名姓也未及问清。愧疚啊，愧疚！

但是，朋友，如果你要问这些党的好干部、好当家，是何省何市何区何乡的人，那么，我清楚地告诉你，是江苏省无锡市锡山区民政局和港下乡的干部们。

2017 年金秋

驴　子

驴子的蹄印，人的脚印；驴子的蹄印，人的脚印；驴子的，人的；驴子的，人的……这蹄印、脚印，迟缓、沉重、细碎，轻一脚、重一脚地迈在荒凉苍茫、看不见尽头的迂回小道上，更让人奇怪的是：这人的脚印，竟然是如此规则、有序地覆盖在驴子的蹄印上，一步没有偏差，大风起，暴雨打，它们更是你中有我，我中有你，合而为一地渗入地下。倩舒不禁沉重地叹起气来。

“倩，倩，醒醒，醒醒！”随着声声呼唤，倩舒终于睁开了蒙眬的双眼，看到了满头白发的夫。“唉，你又做梦了，这一阵你怎么老做噩梦！”夫爱怜地轻轻地抚着倩舒夹着银丝的黑发。看着比同龄人苍老近一圈儿的夫，倩舒的眼角渗出了泪水。唏嘘中，倩舒的眼前又出现了驴子的蹄印与人的脚印。这段时间以来困扰倩舒的就是这个奇怪、单调、无尽无头的怪梦。

已过半百的倩舒，在过去的人生道路上，从来没有饲养过猫狗，就连只知贡献、不求索取的生蛋母鸡、报晓公鸡，倩舒也无暇多加爱怜，更不要说这种，耸立着尖尖的耳朵，有着四条细细的长腿的牲畜。虽然她知道在我国古老的北方，驴子是我们祖先与天斗、与地斗的重要伙伴，每当她吟诵艾青的《北方》时，也会尊敬地、深情地流下泪来，但事后，她仍然不喜欢这种四条细腿的牲畜。可是，梦中这小牲畜的脚印，竟然与人的脚印重叠到了如此不分你我的地步，而且不管她如何烦躁、厌恶，怎么也赶它不去。

“听说这次职称评审会上，有人失声痛哭。”“是吗？有这种事？”这里是间阅览室，现在临时做了自学考试的一个阅卷室，魏、吴两先生私语的音量虽小，但还是像往平静湖面扔进了一块石头，阅卷的先生们几乎齐刷刷地向他们投过去惊讶的一瞥，一根锐利的针猛然扎进坐在魏、吴斜对面的倩舒的心中，一道抖动的红色波纹，难堪地画向了考生的试卷，揪心的痛苦又似沉滓泛起。

三天前，倩舒从职称评审会会议室出来，昏昏沉沉的，只觉天地逼仄、宇宙昏黑，全靠无意识地支撑，一步步挨到了家。家是倩舒放弃了这个城市里最好地段的小区的居室，求神拜佛换到学校来的。虽然仅仅只扩大了4.5平方米，但却是一分为二的一居室半。朋友们都说不值，可惜！但儿子长大了，进高中了，总不能再挤在一个居室中，总该让孩子有一个独立的、安静的学习空间，总不能因朋友来访，把儿子赶到昏暗的楼道里去。咬咬牙、狠狠心，倩舒换下了这个不到22平方米的一居室半。儿子终于有了一个不到9平方米的空间。这是儿子的学习室、起居室，同时又是全家的餐室、会客室、书房、杂物堆放室，因此，本来满可以铺张小床的斗室，就只能改放张沙发床。这沙发白天接待亲朋师友，夜里就是儿子的卧床。虽说是三人沙发，但儿子总也无法舒展他的双腿，看着蜷曲着双腿、侧卧着身子的儿子，倩舒总要偷偷地流下泪来。有一次，排在墙脚四周的电线被老鼠咬噬得短了路，半夜里，只听得儿子的房间劈劈啪啪地乱响。她推开门一看，只见沙发四周火花迸射，儿子吓得直跳起来，光着脚，扑到她的怀中，倩舒抱着儿子的手抖起来。可是，要让儿子真正有间卧室，至少得有个高级职称。从系里的态度，从传出的内部排定的名单，倩舒知道无根无蒂、初来乍到的自己是被排斥在外的。虽然，她上报了比规定的副高多数倍的论文，且这些论文都发表在全国一、二级的学术刊物上，其中很多还曾在全国某某学术研究会上宣读过，获得了与会者一致好评，有些当场被参加研究会的刊物编审们预约刊发。但天性不善拉关系、做宣传的倩舒，在讲求论资排辈，又“忙”得无暇向下调查的评审眼内，她只是“读了几本古书”的中学教师，能容她在这名门学府的讲台上安身立命已是上帝的恩赐了，她的研究、著述，不用读就能打出分。而倩舒却是放弃了相当于一级工资的奖金才到这名门学府的。在几十年不升一级工资的20世纪六七十年代，相当于一级工资的奖金还是十分诱人的，但倩舒实在太喜欢自己大学读的专业，能有再次接触这专业的机会，不要说放弃奖金，就是让她天天饿肚子，她也是欢天喜地的。到了这名门学府，她废寝忘食，每天不到凌晨一二点钟不上床，丢了丈夫，忘了儿子，熬过了折磨自己十多年的更年期，目的只有一个：追赶上早先留在这名门学府的师兄师姐。现在，她清楚地意识到自己的一条腿已扎扎实实地登上了这学术的殿堂，再努力一下，这学术的殿堂上，将会有她的一席之地。但是，就在她万分憧憬、暗自欣喜的时候，高空却落下了一道闸门，硬生生地把她那条登上殿堂的腿推了出去。她怎不感到天地闭塞、宇宙昏黑，她怎不悔恨这些年来丈夫为她让出的时间、儿子失去的母爱？说不完道不尽的更年期给她带来的痛苦，现在都成了东流的水。她不自觉地打开抽屉，在抽屉底部抽出一个小小的信封，里面是儿子一年前写给自己的一封信：

妈妈：

亲爱的妈妈，允许我这样称呼你吧！我原不打算给你写信的，但由于种种原因，我给你写了。写些什么呢？我自己也不知道，我的脑子空空的，我只想恳求你一句，给我母爱吧！看着别人的孩子能过得快活，我也有父母，而我为什么不能呢？不知道有多少年了，也许是1977年，也许是你进入高等学府以后吧，你就一直对我感情冷淡，爸爸说要理解妈妈，妈妈的时间金贵；爸爸说要体谅妈妈，妈妈提前进入了更年期。但是，妈妈你可知道你的儿子还小，还非常渴望妈妈的抚爱。妈妈你可知道，每当你发脾气，我就要偷偷地哭一次，有时一天要哭好几回，我的孤僻不合群的性格，就是这样养成的，现在我想要改，也难上加难。我不想埋怨什么人，只是希望你能稍稍给我一点时间。我知道，我也有缺点，但我觉得我有一个好品质，就是尽管被骂，过后我总会忘记的。妈妈，我没有更多的要求了，只恳求你常常多看我几眼，多和我说说心里话。祝你在外婆家愉快，我这里你务必放心。永远爱你的儿子！

犹如万箭穿心，倩舒一下子跌坐在地板上。“不值啊，不值！”为了能跨进这学术的殿堂，自己竟然如此“摧残”着儿子的心。

她是41岁走进这名门学府的，而40岁那年她已进入了更年期。41岁的她被人看成一穷二白，现在她52岁，这11年她忘了季节的更替，更不知花的艳、柳的美，只是三点一线，家——图书馆——讲台，靠着夫的帮助、儿的谅解，写出了一篇篇论文，参加了一次次学术讨论会，被多次推举发言，她自己也清清楚楚地感到学术殿堂的大门正在为自己打开，数千年前的哲人、学者、墨客、骚人也在频频向自己招手。但所有这些，现在都被自己系内“权威们”的笔，轻轻一勾抹去了，没有安慰，没有同情，甚至连怜悯的目光都没有！52岁评不上高职，意味着不久你将告别朝夕相处的讲台！“告别讲台怎么了？回到家不是照样可以搞你的学问！”是啊，学术生命是没有谁可终止的，回到家

母与子（1）

母与子（2）

当然一样可以搞学问。但是，好心的人啊，你们有没有设身处地为倩舒想过，回到家的倩舒是挑起相夫教子的担子，还是再去“损夫败子”呢？早知自己只是个扶不起的阿斗，就不该损去丈夫十多年来支出的额外精力，漠视儿子需要的种种关切和爱抚。无花果是美的，它虽无花，但有果；无果花是苦的，它虽有花，但不结果。没想到自己竟成了这苦的只开花不结果的无果花！

“救，救，救人……襟怀坦白，光明磊落……共产主义……”“啪！”倩舒双手猛然抓住夫拍击床沿的左手，急喊："华，华，醒醒，醒醒，你又说梦话了！"夫嘟囔了一句，翻过身，打起鼾来。倩舒看着日益苍老的夫，看着他就是在睡梦中也显出刀刻般皱纹的前额，泪水止不住夺眶而出。夫的前额并不宽阔，也不亮堂，但是却很光洁，光洁得连尘埃也羞于沾上。当倩舒前额早已布满道道"铁轨"，夫的前额却仍然光洁如故。当夫的同龄朋友，有的前额爬上"游丝"、布满"蛛网"，有的开出"车道"，甚至出现刀刻般的深痕的时候，夫的前额依然光洁如玉石。人们惊叹、羡慕，戏说：天地之精华都结聚到华的额头。但近年来倩舒发觉夫急剧地衰老起来：首先，夫的双腿似乎冥冥之中被魔鬼缠上了，迈步十分艰难，60 岁不到的大男人，走路却已蹒跚起来；接着就是越来越不爱说话，过去开朗的笑声更是再也听不到了，偶而同好友通电话发出笑声时，倩舒也总感到这笑声中含着苍凉。但是，现在，夫白天越来越沉闷，晚上却总也安静不下来。开始是叽叽咕咕说着让人听不清、猜不透的魔语，之后音量渐高，音调渐尖，似宣讲，似辩说，似申诉，似呼喊，终了常有高声呵斥，用力拍击。这时夫的前额渐渐地爬上了"游丝"，出现了"蛛网"，开出了"车道"，一直到布满了凯绥·珂勒惠支用无声的雕刻刀刻画出的侵人心髓的线条。倩舒轻轻地抚着夫的前额，泪水洒在夫的额上，夫却只是翻个身，又嘀咕起来。

夫是共产主义的忠实信仰者，他的精神生命是天安门的礼炮催生的。半个世纪的政治风云，夫是吟哦着"党，我的母亲"走过来的。但对家庭而言，夫并不是个"好夫""好父"，虽然他也想做个体贴的丈夫、慈爱的父亲，使自己的家庭也拥有亲人团聚的那种自在温馨、其乐融融的欢笑，但是要做到这些就必须想方设法挤时间。这本身是一种掏空自己、缩短生命的做法，何况不时的厉风苦雨摧残着他的血肉之躯。60 岁后，站在同龄人之中，他的背比别人弯，他的发比别人白，他的声音比别人低，他的脚步是那样的蹒跚！"当年的小牛，怎么变成了驴子？"少年时代的同学在相聚时都不由得发出了这样的感叹。

"救，救，救人……襟怀坦白，光明磊落……共产主义……""啪！"夫的左手又不由自主地拍着床沿，倩舒止住的泪水又哗哗地流了下来。

2005 年仲夏

根

已经半年多了，尘墨没有翻过一本书，没有读过一篇文章。看看早已积尘寸厚的藏书，她只是叹了口气。照例说这是她第二次退休了，应该分外珍惜人生最可贵的这段夕阳时光了。彻底退休后，至少可以探亲访友，种菜养花，颐养天年，但尘墨却什么兴趣也没有，除了一日三餐，除了护理夫，就是躺在当年为儿媳妇购买的那张躺椅上，连宽敞的新居室也不看，只是紧闭着双眼。要不是眼睛里偶尔放射出的那股深沉的思虑之光，人们还以为她圆寂了呢。想当年，她是那么盼望有朝一日退了休，静静地坐在书桌旁，贪婪地翻阅在职时那些想读而无法饱览的古今中外学者的作品。但现在退休了，有了自由支配的时间，她却偏偏没有一点翻书的精神了。回忆，这股使人窒息、吞噬人的强大气浪，在她心中左冲右突，怎么也无法解脱。

在职的时候，尘墨就是一个独来独往、孤家寡人式的教师。有人说她孤傲，有人说她清高，有人说她不懂人情世故。可又有谁知，在这清高孤傲的外表下的只是一个自卑可怜、倔强固执的灵魂。她怕那种交往联系，又耻于拉关系、迎合人意、溜须拍马、包装自己，除了讨论工作、参加学习，几乎没有一点私人性质的人际交往，她的关系圈里只有学生。现在离开了讲坛，连这点可怜的交往也没有了，她真的成了孤家寡人了。但她的心却安分不下来，面对简陋的居室，面对副教授待聘职称，面对不到“站点”就“下车”的现实，面对如此含辛茹苦的付出，最终得到的却是如此菲薄的收入，她不能不思考这是为什么。

“你，在学校，没有根。”

当年她责问学校分房委员会为什么不给她分配住房时，负责分房的李处长的这句回答，又一次跳进了她的脑海中。记得当时，她是那样的不服气，她为社会工作近三十年了，但社会没有给她一砖片瓦，而有些在她看来相当“悠哉”的人，却分到了房。苦恼、怨愤折磨得她生了场大病。

现在，她已坐在宽敞的客厅里了，这是她用整整十年的退休时光，每天奔走于这个城市的东西南北，走马灯似的进出各种形式的学堂、大大小小的教室，束腰身、紧肠胃，一分一分地积攒，才购置下来的。她感到，这座住宅的每块砖瓦中都深深地渗透着自己的心血和汗水，她珍爱它，但又开心不起来。是啊，当年如果她不被学校的那些负责人视为无根，她需要如此不分寒暑、不分昼夜，抛弃钟爱的书籍，消耗如此多的心血去攒钱吗？又怎会拖累儿子贷款借钱，资助自己购买这居室！因此，当这句话又跳上心头时，她不禁由怨愤转为叹服，真是“金科玉律”啊！你想，山有山根，树有树根，瓜有瓜根，菜有菜根，万物之灵的“人”，怎能没有根？根深才能叶茂，盘根错节，才能不死不僵，自己不仅根不粗不深，且被视为无根，怎能不死不僵！

循着“你，在学校，没有根”这冷酷的断语，她回顾自己的一生，额上不由渗出了层层汗珠。她这一生，又何止在这所学校无根，可以说几乎时时处处都缺根、无根！她出生在无根的、客居的土壤；13 岁那年，回到了故乡，但在当时那样的年代、环境，虽拥有了自己的根却又难以生根；成家了，夫家是可以种下根的，但偏偏为求学、为生活羁旅异乡，没有去种根；异乡呢，整整生活了近五十个年头了，人生的大半时光撒在这里了，但儿子漂洋出了海，逢年过节，华灯之下，照的是清冷冷的两个已入暮年老人，比起同是羁旅他乡，却能含饴弄孙，热热闹闹，实实在在地在异地撒下种子，长出瓜的“根”的伙伴们，当然还只能说无根；至于工作呢，她应该是种下了根的，不只因为她的勤奋、努力和学问，更重要的是她在一所学校里，由朝气勃勃的青年，干到沉着稳重的中年，得到了领导和同事们的器重和尊重，她也远没有后来的自卑、内向。

但这所学校，在当时招收的主要是当时所谓的拥有资产的头面人物的子女，所以后来这所学校首当其冲地被关了门。教师们被下放到工厂去改造思想，学生们则纷纷做鸟兽散，她在这所学校种下的根，也理所当然地被拔了去。之后到工厂的同事们或自寻出路，或转业转岗，她则先来到了一所技工学校，带了两个班，教了四年书，倒是同红色种子的后代们结下了不少师生情谊。但学文学的她，在技工学校却只能教政治。她不懂政治，也怕接触政治，过了不惑之年的她，终于有了机会、有了朋友帮忙，竟然能回到母校讲坛教她心爱的文学！她忘了丈夫，忘了儿子，忘了白天黑夜，整天沉浸于书山文海之中。幸运的是，不久系办派她参加了当时教育部举办的学习班，她得以师从在某一学术领域德高望重的大师。循师教，她在这个领域整整三年，初步有了心得体会，正想深入开掘，辟出一条自己的蹊径时，千军万马过独木桥的职称评聘来了。

“老土地”的先生们通过各种关系，利用各个渠道，展示自己的学业和成就；她既少关系，也缺渠道，甚至对在某学界稍有好评的情况也缄口不谈，她只摆出自己的文章，满心以为评个副高是绰绰有余的，满心以为评委们也会像她在全国某学术研究会上宣读论文时一样给出应有的好评，何况这些文章中，不少还在国内一流刊物上被摘引或全文翻录。谁知“根”这玩意儿，在这关键时刻起到了无可替代的命根子的作用！她被剔出了副高评定的行列，被定为那年（也是唯一一年，1987 年）部里推出的那个短命的“新产品”——待聘副教授！真是“天不时，地不利，人不和”啊。如果避过该年，她的学术生命，就不致于如此短暂地被掐断！

现在居室宽敞了，书房拥有了，岁月流走了，人也老了，夫也病了，精力日益消失了，回顾“根”的有无，是喜是悲，是思是悔，是怨是恨，似乎都不重要了。但是，如果她仍年轻……

2005 年仲夏

C 君

窗外赤日炎炎，窗内凉风轻拂，坐在洁净的居室里，开着空调，捧读中国台湾学者林新居的《禅悟人生》，虽无具“本来无一物，何处惹尘埃”的禅心，却也产生了效仿神秀大师“时时勤拂拭，勿使惹尘埃”的冲动。

蓦然铃声骤起，友人马君来访。天南海北、市井琐屑、政坛要闻聊了一番后，马君话锋忽而转到“淡出”已久的 C 君身上。

C 君是吾夫好友，其妻洪梅亦是他们同窗。洪梅容貌美丽、姿态华贵，当年追求者以双手计；C 君质朴，一身“红色”的泥土气息，占尽天时之利，刚踏进校门就被遴选做了一班莘莘学子的班长，声望也就高于同届的同学，故他们的结合，在同学中曾传为佳话。但多年前这对夫妇先后早早地离同学而去，曾让多少同窗扼腕叹息。

这次旧话重提，源发于 C 君之子。马君说，2007 年 4 月中旬的一天，他去云水访友，路上偶遇 C 君之子。谈话中得知近年来，这孩子为实践自己在父母生前许下的诺言——“自主立业，不负祖望”，漂泊奔走，已多年未回祖国。父母虽一葬沪郊，一埋外乡，但双亲墓前，当年自己种植的松柏，已枝丫壮实、枝叶浓密，想到自身现状，离对先辈的承诺还甚遥远。言之，眉宇间深露焦虑、忧戚之色。

C 君之子敦厚，少言语，但选攻之业与其性格似乎相异；游学之年，就历父母离异之痛、丧葬之悲，忍悲负重，漂泊创业，有如此一番言谈，足可感其父母于地下矣！

记得四年同窗结束，同学们各奔东西，步入真正的人生之路，后因立业成家的种种劳累、艰辛，相互间走动渐少，而 C 君夫妇却是我家常客；“文化大革命”结束后，人们心情日舒，言谈日畅，同学间聚会、联系渐多，而这对夫妇来我家的次数却少了，即使来也往往是洪梅一人，且常常坐下就是半天，半天中又总是洪梅一人说话，说话时又常常咽噎抽泣，珠泪涟涟。由于当时我家仅一间居室，来客时无处避让，而洪梅又生性率真、坦诚，视吾夫如兄，对我也并不避嫌，我也就知晓了一些他们夫妇感情生活的情况。一句话，由于双方家庭出身、环境教养、性格爱好的种种差异，婚后不久，摩擦就产生了，双方都曾努力磨合，但在家庭琐事、子女教育、人事处理中产生的一些摩擦，又往往扩大为裂缝，裂缝扩散，遂成鸿沟，他们就在严冬渐去、春花绽放的时刻，劳燕分飞了！不过双方分手都很理智。但是特殊年代错误的结合、迟到的分手，已用去双方大半生的时光。洪梅说不怨天，不尤人，也无对对方的记恨，只有悲，只有痛，只有道不清的惆怅。

离异不久，即传来了C君仙去的噩耗。追悼会上，看着C君黝黑干枯的遗体，望着孤零零站着的孩子，吊唁的人们左顾右盼起来，显然他们在寻觅洪梅。我是在人群中清清楚楚地看到了洪梅的，怎么就不见了呢？“这种资产阶级的小姐，我早说过不该爱！”“可怜的C，只身来到大城市，走了一圈儿，空空如也！”有人愤愤不平起来，有人感慨议论起来，我很有些想为洪梅辩解的冲动，结果却只是默然。

后来夫得了重病，虽然渡过了病危期，但举步甚为艰难，我也没有去看过洪梅。一日，夫突生强烈冲动，欲去沪郊看望洪梅，洪梅却怎么也不同意夫去，说她儿子有车，让儿子送她来，但当晚大雨滂沱，夫又急阻之，终于一个未曾去，一个不曾来。不久，洪梅子唁告其母已去，噩耗传来，夫顿然失语，半晌只喊着：“天，天，天！”

洪梅晚年远离亲朋好友，僻居乡间郊外，孤灯独影，唯一老保姆相伴，不久病魔相袭，疼痛难熬。她自知回天乏力，不再就医，儿子从国外买回的缓解病痛折磨的特效良药，也一概被她锁起。“最后走得平静、安详”，洪梅之子如是说。我也希望如是。

2007年孟秋

小 仲

火辣辣的太阳把延安路晒得滚烫滚烫的。站在当年还没有凉棚的车站上，等待久候不到的公交车，人们烦躁得直想骂人。猛然，一辆车停在我们面前，车中钻出一个胖乎乎的中年男子，冲着我们直喊："老姚兄嫂。""小仲叔叔!"话音未落，小仲已来到我们面前。也不寒暄问好，他单刀直入地说他的生活可能会有大的转折。看着我们惊慌的脸，小仲解释说："可能是好事，我要出国结婚了。要同兄嫂分别相当长的一段时间。""结婚？出国?"看着我们狐疑的样子，小仲说："是这样，朋友帮忙介绍了个女朋友。她多年前去美国，前年同丈夫分了手，感情上十分寂寞。也是缘分，朋友讲了我的情况，她很同情我、理解我，愿意和我结合，这不，我就是赶着去办公证。"我吐了口气。夫则连连说："好事，好事。"小仲忙说："后会有期，恕小弟就此告别了。"夫忙说："好，好，快去忙，保持联系。"小仲连连拱手，钻进了汽车。

看着远去的汽车，我想，人的一生都会经历许多拐点，有的拐点只是一般的，折过去，错了，还可以折过来；有的却是致命的，折过去了，就再也无法折过来了。小仲经历的就是这样致命一击的拐点。这个拐点，让他成了一个颇有传奇色彩又十分可悲可叹的人物。但拐点降临的时候，小仲自以为是从了"天意"，结果却成了逆天而动的"罪人"；在拐点转折的路途上，小仲又蹦得太高，就像孙悟空翻了个筋斗云，结果被摔得粉身碎骨。

小仲原来只是个普通工人，后来成了造反工人队伍中的一员。不久，由于他的洒脱、豪爽、聪颖、才华和人缘，在工人中渐渐崭露头角，于是被派到一所一流的高等学府，当了工人阶级宣传队队员。但他这个工宣队队员却颇有些与众不同，他竟然在那些被改造的人身上看到了自己的浅薄，因此他并不居高临下，一味地训斥、改造人，而是不耻下问，和被改造者交起了朋友。正当他头顶红色光环，游走于知识分子中间时，一张调任令让他翻了个十万八千里的筋斗云。他竟然被召到了天安门，成了当时中央政府某一部门的司局级干部。高升了的小仲，惶恐不安。当这种惶恐，还没有被臀下的那张宝座释然的时候，又一阵狂风暴雨瓢泼似的打了下来。自以为顺了天意的小仲，被告知是逆天而动的“罪人”。十分幸运的是，他在那里待得不长，既无背景也无劣迹，所以只被打回地方。但地方对他并不客气，先是家中闹起了“革命”，老婆带上儿子掉头而去；再是过去一块儿闹革命的伙伴，有人说起了闲言碎语，就是小仲自己，也感到这一圈儿兜得实在不是个滋味儿。高傲的自尊一抬头，他拂袖辞了职，全然忘了没“娘”的孩子生活的艰辛。幸而当时正值改革开放大潮初起，出国成了时髦，学英语成了时势，小仲凭着他的英语功底，干起收学生、教英语的工作来，因此肠胃倒不至于提出抗议。这次他要去美国，而同情他、愿同他结连理的，就是当年他在某大学当工宣队队员时结交的一位红颜知己。这的确是他生活中又一次大转折，应该又是一个拐点，我祈祷上苍这次赐给小仲的拐点是福。

不久接到小仲来电，告知一切安好。对方如约同自己去了教堂，自己也找到了一份打工的活儿。我不由为之庆幸。

新年又接到了他的来电，似乎还是颇为快乐的，但快乐的话语中，也夹杂着一丝不安：新夫人颇有性格，且文化水平高，生活中相处还要努力磨合。

第二年冬天，小仲突然来访。对他这次的突然归国，我们是高兴的。围着火锅，夫同小仲天南地北地聊了起来。我则除了偶尔插句话，只在一旁静观：小仲仍然豪爽，不时开怀大笑，但我却总觉得，即使在开怀大笑时，小仲的眉宇间也藏着些什么。我忍不住带着我心中的疑团追问：为什么早不回晚不回，偏偏选择在岁末、亲人团圆的时刻回国？这一问，犹如紧闭的窗户突然被一阵风刮开了，暖融融的桌面顿时撒下了阵阵寒气。夫看着沉默的小仲，生气地瞪着我。终于，小仲开了口：“实不相瞒，老姚兄嫂，我又办了离婚手续。这次是回来看儿子的，我希望他能学一门烹饪手艺，将来带他去美国开个小餐馆。”之后，夫虽仍想把谈话朝海阔天空的方面拉，但气氛怎么也回不到之前。终于，小仲站起了身，说时间晚了，该回去了。夫开门相送。窗内的我，看着小仲渐行渐远的身影，想着大洋对面他孤身挣扎的景况，内心不由颤动起来。

此后，我们又见过两次。一次是我家由不到22平方米的斗室搬迁到建筑面积有60多平方米的“宽敞”的居室之后。也是个晚上，刚好来了个朋友，小仲也来了。这次小仲的锐气似乎减了不少，席间，他不时流露出身体早衰的悲哀，还不到50岁的他，已有了高血压，但是还硬撑着，很少去医院就医。夫与朋友劝他此类病不可等闲视之。他只苦笑，摇摇头，也没说儿子的事。我猜测他的处境仍然不好。

又一次见到小仲，已是好几年后的事了。小仲来电说他回国了，来办点儿事，希望约个时间见见面。我们又见面了。这次小仲的变化很大，走路时，一条腿拖拉着，成了个跛子。我想一定发生了什么。果然，小仲告诉我们：由于高血压长期不服药，终于得了脑梗。病情突发时，他还开着车，是伙伴把他送进了医院。命是保住了，但一条腿却落下了病根。大家唏嘘了一番后，小仲告诉我们，通过这些年来的奋斗，他在美国终于置下了一所两室一厅的住房，一间卧室招了个租客，一间自己住着。这次他决定回国活动活动，已同几个朋友合计过了，弄个自己的公司。我们为他高兴，希望设想成真。可是，不久消息传来：由于合伙人意见不一，公司没开成，小仲又回了美国。

那次见面后，时间匆匆，又五六年过去了，我们再没有收到小仲片言只语的来电。不知当年豪爽、洒脱，后来人过中年就已拖拉着一条腿的小仲，还安好否？

2007年孟秋

沈 雯

近日，涵华总是心神不宁，昨日更是一晚上辗转反侧，害得妻不停地摸着他的额头。涵华只能含糊地应着，心中对躺在身侧，辛劳一生、无比贤惠的妻，充满了歉意。他清楚地知道，自己何曾有病，但也清楚地知道，自己的确"病"着。这"病"，不是医生所能诊治的肉体沉疴，而是沉积了大半辈子的愤怒，近年来又陷入痛彻心扉的悔恨。

朔日的上弦月，探头探脑地穿过明净的玻璃，透过白色花纹的窗纱，把丝丝缕缕清幽的光色洒在涵华卧室西端的墙面上，幻化成无数深深浅浅、斑斑驳驳的图像。一阵微风吹来，带着轻语，含着温馨，拂过树梢，透过窗纱，轻柔地拂向西墙，顿时一片青葱的水田扑向涵华的眼帘：田的北端是一个只有几十户人家的小村庄，村庄的后面是一片绿色的丛林，嘈杂的脚步声、欢快的追逐声，穿过树梢，扑向屋顶，撒向大地，冲向天空。一群光着双腿，穿着白色小褂的男童和兜着红色兜兜的女娃，在追逐嬉戏。突然，一个清脆的女娃声叫了起来："华哥哥，看果果。"随着叫声，一个也光着双腿，穿着白色小褂的男童蹦跳着跃过来："啊，无花果，无花果！"

涵华的眼前，出现了一所村校。铃声响起来，孩子们都拥向了各自的教室。戴眼镜的教书先生一本本检查起摊在课桌桌角的学生习字本，不时赞许地点头。突然，他在一个男孩儿的书桌前站定，指着桌角的习字本皱起了眉头："唉，你这孩子怎么老是丢三落四的。'我'字上面的一撇怎么又丢掉了？这一撇为什么不好好地连起来？好端端的一个'我'，现在却变成了'找'字，你在找什么呢？"满堂的孩子都哄笑起来。"再看看，再看看，我明明让你练习写的是'愛'，'愛'字是一定要有'心'的，你的'心'到哪儿去了？"被批评的男孩子红着脸，歪着脖颈低下了头。坐在他旁边的是个胖乎乎的女孩子，她天真地仰着红扑扑的脸蛋儿凝视着先生。“你看看，你看看，人家沈雯，一笔一画多挺括，多端整！”女孩子腼腆地低下了头。

村路弯弯曲曲的，被“关”了一天的孩子们，纷纷拥出校门，像归巢的鸟儿扑向村路，扑向田野。只有那个腼腆的女孩子还在磨蹭着整理书包。“华哥哥，等等我！”女孩子紧张地高声呼唤着。被叫为“华哥哥”的那个被老师指责写字“丢三落四”的男孩子，却只是回头扮了个鬼脸，仍然像兔子似的欢跳着向前冲去。“华哥哥，等等我！”女孩子起了哭腔，一阵哄笑声起，空气中到处弥漫着“华哥哥，等等我”的唤声。

涵华扑哧一声笑了起来。“华，华，华，怎么啦？”惊醒了的妻，轻轻推搡着夫的背，关切地连声探问起来。“做了一个梦，梦！”涵华含含糊糊地回答着。“梦中发笑，不是好兆！”妻忧心忡忡地说。“又胡思乱想了，不就是个梦！”涵华嘴上这样说着，心中却咯噔起来。他虽然没有学过巴甫洛夫、弗洛伊德，但祖祖辈辈流传着这样的解释：梦总是现实生活中一面相反的镜子，梦中大哭，醒后大喜；梦中嬉笑，醒后伤痛！涵华不由又辗转反侧起来。

晨起，镜子里的涵华分外清癯。两道青紫色的油彩，重重地抹在一双浮肿的眼圈上，秃顶的头显得分外光亮，一种“乡音无改鬓毛衰”的悲哀油然涌进他的胸膛。谁说不是呢？十七八岁的涵华，中学还没有毕业，抗美援朝的炮声、唇亡齿寒的国忧，让他从三尺书桌旁拍案而起，走入了抗美援朝的军列。遗憾的是他没能上前线，只是在后勤队伍中做着支前工作。而那次离开学校，他离开故乡，一晃就是三十多年，直到去年，顶着微秃的头顶，踏上了归乡之路。故乡对他来说，虽然还没有到“相见不相识”的地步，但“少小离家老大回”的感慨还是强烈地裹挟着他。

回到故乡，在当年的伙伴中，他希望第一个见到的是两小无猜的沈雯，第一个急于打听的也是沈雯，但他始终没有见到她，也始终不敢打听她。只在同学、朋友、儿时伙伴不谨慎的只言片语中，他隐隐地感到沈雯的情况不好，但每当同学、朋友、儿时的伙伴看到他那探求的目光，就连这只言片语也顿时消失得无影无踪。他隐约地感到沈雯的情况不妙，也隐隐地感到友人、同学、儿时的伙伴都在躲闪他那求问的眼光。今天，这个谜底就要揭开了，他就要看到那个腼腆、温顺、始终跟在他屁股后不断叫着“华哥哥”的小女孩儿了，不，应该也是个50岁的小老太太了。不过腼腆的笑容应该还在，温顺的举止应该还在。“哎!”不知怎的，手一抖，一道红色的血痕讨厌地爬到了左颌上。

他三下五除二扒拉完早饭。转业已近一年了，部队的作风，仍然如影随形地伴随着他。妻边收拾碗筷，边嘱咐他说：“老华，换套便装吧!”“换啥?我这身军装不是很好吗，再说我也没有什么合身的便装。”“还是换换吧!”妻推着他走进房内。“哎，啥时买的?”“试试，试试。”一套崭新的夹克装放在他的床上。换上新装，涵华竟然不相信镜子里的是自己！几十年来，春夏秋冬，涵华身上永远是一套黄色的军装，转业以后，虽然也曾穿过便装，但几乎都是儿子穿剩下的，不是肥了，就是长了，总感觉没有穿军装合身、舒坦。他还不知道，穿上合身的便装一样舒坦，还多了几分潇洒。“啊!”涵华正想说些什么，妻却打断他，直催着涵华快快出发。

坐在船舱内的涵华，脑袋就像这使着猛劲，“嗒嗒嗒”地往前航行的火轮，很快，30多年前那些熟识的伙伴的身影，逐个跳了出来：那长着孩童似的脸庞，始终腼腆地抿着嘴的小中；那粗眉大眼，声如洪钟的大江；那头发永远像烈日下的茅草，走路总是像阵急风的刚刚；不管事情多火急火燎，永远不慌不忙、踱着方步的斯德……但不管跳出多少个身影，镜头最后总是定格在一个温顺、腼腆、文静、美丽的姑娘身上。

“青镇到了，青镇下船的乘客，准备了。”

播音喇叭中粗犷的男高音把回忆中的涵华惊醒了。

“青镇，是青镇吗?”

“怎么不是，当然是青镇啰!”

一个浑身皮肤透着古铜色的老爹毫不客气地接了话，又回头看了看涵华。

“怎么看不见街尾的缫丝厂呢?”

“丝厂对面那密匝匝的松树林到哪儿去了呢?”

“青镇中学临河的围墙在哪儿呢?”

“还有，学校食堂运粮、洗菜的码头又哪里去了呢?”

涵华不管老爹的注视，喃喃咕咕地自言自语着。

今天，涵华是被邀请参加母校五十周年校庆来的。校庆十分隆重，听说只要能从单位脱身的同学，今天几乎都会到。人的一辈子啊，会忘记很多往事，但青年时代的事往往像影子一样跟随你一辈子。那熟悉的缫丝厂房，那熟识的松树林，那无数次帮食堂师傅搬运米粮、淘洗蔬菜的临河码头，那圈长长地护着学校的围墙，那古朴、陈旧却鳞次栉比的狭窄的街道，无数次出现在涵华的梦中。这次涵华之所以放弃整洁、舒适、迅捷的汽车，而乘坐嘈杂、缓慢的火轮，就是希望能再次见到当年坐在小火轮中所看到的那些熟识的景物。今天，它们怎么都像童话中所说的那样，隐藏起来，幻化成了一片黄瓦红墙的楼房？

“青镇，是青镇吗？”

“怎么不是呢！”

那身材粗壮，连整个人都透着古铜色的老爹，奇怪地看着他，又接了话。

火轮靠岸了，乘客零零星星地登岸，但搬运工却拥挤地、大声吆喝着搬运货物。轮埠也搬了位置，移了方向，学校竟然没有在这里设上个接待站，也没有派个联络员举面旗子。涵华有点儿茫然。看着他茫然的样子，古铜色老爹自告奋勇做了他的向导。

左穿右绕，终于看到了飘扬的红旗，听到了欢快的锣声、鼓声。一所现代气派、颇具规模的学校展现在他的眼前。镌刻着“青镇中学”四个光闪闪大字的楼牌下，到处是人。突然，一个黑不溜秋、身材高大的中年人走出人群，高声喊着“爹、爹”向他们走来，身旁的老爹扬起右手，快步向前。

“爹，你也来凑热闹！”

“哪能，做陪客，陪陪这位先生。”

“这位先生？”

中年人的目光和涵华对视在一起了，几乎同时，双方的喉管吐出的就只是“啊”这个字。话音未落，两双拳头就分别落在了对方的肩上。

“涵华！”

“大江！”

足足闹腾了近一分钟，他俩才互相扳着对方的肩膀，凝视起来。

“好，小个儿，没变。”

“唔，黑哥，你也没变。”

两人似乎都忘了身旁的老人，并肩向人群走去。

“你们看谁来了。”

“谁？谁来了？”

随着尖声扬起，一群男女拥了过来，雨点似的拳头犹如蹦跳着的皮球，欢快地蹦跳着落在涵华身上。

“三十多年不见，头顶亮了。”

还是那高扬的尖声。涵华一听就知道是谁，她是当年班级里有名的尖嘴姑娘——阿若，谁都惹不起她，涵华更是“怕”她，但是，她是沈雯形影不离的好姐妹，也许今天依旧是，也许沈雯就藏在她的身后。涵华硬着头皮，斜着眼梢，向声音发出处看去。

“听说当了团长了。团长大人，你斜着眼角干什么呢？是找人呢，还是看我呢？”

一阵哄笑从尖叫声周围响起。大江朝“尖声”扬扬手。

“涵华，别睬她，登记去。”

负责登记的是个姑娘，身后站着一个白白净净、斯斯文文的中年人。大江朝他喊着。

“小中，看谁来了！”

“涵华！早听说你回来了，没有及时来看你，惭愧，惭愧！”

话还没有说完，涵华的双手就被小中紧紧地握在手中。大江又说：“涵华，小中是咱班的领队，是青镇中学五十周年校庆筹委会常务副主任。”物是人非哪！涵华心中嘀咕着，当年羞赧腼腆如姑娘似的小中，成了班级的领队、校庆筹备委员会的常务副主任。小中挡住大江的话说：“涵华、大江，咱班的同学会安排在三楼转角处的306室。我马上就来。”

这次五十周年校庆，回校的同学特别多，把宽敞的306室坐得满满的。几个热心的女同学在上茶水，装瓜果、点心，男同学则围着涵华七嘴八舌互相诉说着这三十多年的种种。突然，一个怯生生的声音从门口传来：

“是56届6班的聚会处吗？”

随着声音，走进一个满头白发的老妇人，站在教室门口招呼的刚刚没有细看就问：“老奶奶，你找56届6班的啥人啊？”

话音未落，一个怒极而粗鲁的高声从屋角响起：“住嘴，笨刚，连沈雯都不认识了！”

“沈雯？”

顿时所有人都愣住了。红云蓦然布满了被称为沈雯的女人的脸庞。只见她双眼低垂，目光慌乱，竟然不知如何处置那条还留在门外的左腿。空气凝固了，如果不是那个“尖声”，这个僵局不知何时打破。

整整一个下午，三个小时的班级聚会，涵华什么也没听进去，眼前只是沈雯进退维谷、极度尴尬的举止和同学们不时偷偷看着他俩的眼神。会议中途休息时，沈雯再也没有露脸，连“尖声”阿芳也不知去了哪里。

会后大江拉着涵华，悄声地说：“真对不起，我们都没想到小雯会来。”

“为啥小雯不能来？”

“不是不能来，是估计她不会来。”

“为啥她不会来？”

“唉，涵华，咱们不谈可以吗？”

“不，一定要谈，一定要告诉我，把话说清楚！”

“你真的想知道？”

“想知道。”

“不后悔？”

“不后悔。”

“好，那么我说，小雯之所以成了今天这个模样，老兄，该负直接责任的应该是你。”

“是我？”

“是你。你不要瞪眼睛，的的确确该负直接责任的是你。当年班上谁不知道你们是青梅竹马，谁都希望有情人能终成眷属，但你负了她。”

“我辜负了她？”

“是，你辜负了她。”

“瞎说，我怎会辜负她！我整整等了她五年！可是她只音不递，我还是从斯德处知道她已结了婚，有了归属。当时我是那样地怨她、恨她，烧了她的照片，撕了她的信物。又过了三年，我才和我现在的妻结了婚，我怎么辜负她？”

“这些我都相信，但还真的是你害了她。还记得吗，在你参军三年后，她到过你的驻军地看过你。”

“是的，当时她还在军部招待所住了三天。”

“你知道她为啥去找你？”

“想念呗。”

“想念当然是想念，这只是一个方面，不是主要方面，她是来摸你的态度的。”

“摸我态度？”

“是的。当时沈雯单位有个色鬼领导，正不顾一切地追她。她躲他、避他，你也知道，沈雯性格的致命伤是软弱，没有主见。她去找阿芳，阿芳叫她来找你，把你俩的关系公开挑明，最好立马结婚，可她羞于开口。你是进进出出忙于军务，也没有注意观察一下她的心情。她住了三天，等了三天，失望地回来了。那个老色鬼当然比她老练多了。看她没有几天就回来了，也没有听说你俩结婚的只言片语，心里就明白了，对她的攻势更强烈了。既对你失望，又生性软弱的沈雯就这样做了他的俘虏。老色鬼是有妇之夫，这点沈雯不是不知道，但对方山盟海誓，答应一定同沈雯白头到老，一定同家中的黄脸婆离婚。结果当然婚离不成，老色鬼被革去了领导职务，但却仍然保有一个教师的身份。可沈雯就苦了，留了个勾引有妇之夫的罪名，大会批、小会斗，被开除了公职。是阿芳东奔西走，上下申诉，最后才使她的公职被保住了，但原单位是待不下去了，她被调到县城一个偏僻的学校去烧饭。她的表弟同情她，给她介绍了个工人，倒也年龄相当，职务相配，平平稳稳地过了两年，生了个小子。同情她的同学都由衷感叹，希望她就此平稳地过上一生。谁知她又翻了船。她的木讷憨厚的丈夫不知怎么的，方便时找不到手纸，随手在地上捡了张报纸。你是知道的，当年的报纸是连擦手都不敢用的，这下可好了，有人说他侮辱了伟大领袖，被打成反革命，一判就是十年。沈雯成了反革命家属，母子俩跟着陪斗不算，还日日夜夜有人上门搜查。不懂事的孩子不时用碎石子掷她家的门窗，家里是住不下去了，她的父母把她接回了家。之后不知谁的主意，沈雯又下嫁给离她家百八十里的一个小村子里的农民。由此她再也不同同学交往，连阿芳也打听不到她的住处。只知道她又生了三个子女，终日跟着丈夫在田里劳作。当然，大家也无法想象当年如娇花、如软缎般的姑娘，会变成黑沙皮似的老太婆。”

“涵华，不是我批评你啊，你应该用心一点儿的，就是不立马结婚，也该明白地对她摊牌啊！”

“军令如山，一旦上战场，子弹可不长眼睛，我不想连累她啊！再说这点儿她也应该是明白的啊。”

沉默，沉默，长长的沉默。

“如果当年你用心一点儿。”

“如果当年沈雯有主见一点儿。”

“如果当时的政策环境像现在一点儿。”

“生活中最可怕的就是这‘如果’和‘一点儿’啊！”

不知何时，斯德竟然出现在他俩眼前。他一如既往，平静、缓慢地踱着方步，随着他右手的上下摆动，口中吐出这一连串话。突然，他收拢双腿，身子直直地站在大江、涵华的前面，两眼平视，严肃、沉重地说：“现在最主要的是丢弃这些‘如果’，扔掉这些‘一点儿’，以你们之力，以你我大家之力，利用现在大好的政策优势，帮助沈雯洗刷那些不该泼在她身上的‘羞辱’，把‘教职’恢复过来！”

由于同学们的努力，由于沈雯过去所在学校校方的申请，沈雯终于恢复了教职，得到了公正的结果。

正月新春的一天，小中、大江、斯德、阿芳、涵华五个朋友喜气洋洋地相约同去沈雯家报喜。接待他们的是一个脸上布满刀刻般皱纹的老农和三个瞪着呆呆目光的孩子。老农说：“沈雯参加校庆聚会回来后不久，腹部突然剧痛，送院急诊，说是肿瘤破裂，大出血，已无法手术。近年来她不时说肚子疼，因为她不肯去医院，我也没上心。谁知竟会是大肠长了肿瘤，她就这样走了。”

“沈雯走了？”

“孩子们的妈妈走了！”

沉默，沉默，沉默。平时大大咧咧的大江发声了，他说要去看看沈雯最后安息的那块土地。

老农无声地抱起了最小的那个女孩儿，阿芳和斯德机灵地去抱老大、老二，可是这两个小子说什么也不让他俩抱，只是紧紧地依偎在老农两侧，挪动着双小腿。

沈雯被安排在村边田头的一个土墩上，孤零零的、小小的一个土堆，没有墓碑，没有松柏，却突兀地在墓的两侧种了几株瘦骨嶙峋的小树，在春日的寒风中显得分外瘦弱、孤凄。老农嘟囔着，是自语，也是解释：“是梅树，梅子树。”

“是小雯临终嘱咐的。”

…………

寒风吹着梅枝，摇曳摆拂，似乎在向老同学们打招呼。五个老同学紧紧并着肩，深深地弯下腰。

远方的云端似乎飘来了这样的吟唱：

梅子青涩，梅花纯。横斜疏影，伴故人。

2017 年寒月中

灵台絮语

去年今日，秋桂飘香，曾折数枝，递交先生，以慰无以亲见亲味之憾。先生嘱插之瓶中，置之床侧，观其清雅，闻其幽香。今又金桂满枝，而先生卧床已空，坐椅尘封。先生去矣，虽折枝插瓶，其香、其幽、其姿、其质，何人享之？斗转星移，三夏已逝！是悲是痛，与日俱增，往事历历，无巨无细，皆呈于前。情之所驱，握笔为文，聊记先生，以明心迹，以志念想。

缘结梅里

我与你，同沐恩梅里，就学无锡县立师范。你高我两班，长吾两岁，却已少年老成，俨然一青年领袖。但真正认识你、了解你，甚至心仪你，却是在聆听你的团课宣讲之后。其先，我是被班级动员去听团课的。但不听则已，听后即犹如一艘已升帆起锚却仍不知该驶向何方的小舟看到了灯塔。一股强大的力量把我推向远方。我听到了国家和民族的召唤，感到了双肩的职责、身负的使命。而点燃那明灯的人，却是比我大不了几岁的“毛头小伙子”！于是，我一课不落、一字不丢地来听你的团课。渐渐地，不知怎的，我开始喜欢你细小还略呈三角形的眼睛，喜欢你说话吐词双唇总是向右倾斜的习惯。我开始常常逗留在“香花桥”侧，为的是能看到你被同学簇拥着走过桥头的身影，听到你那与众不同的热情、爽朗的声音。不久，我又知道，你正和同班的一位姑娘相爱。这姑娘有文才、善言辞，也做着青年团的工作。我没有自怨自艾，本来嘛，一个刚刚踏进校门，毫不起眼、无人知晓的黄毛丫头，怎能同一个已是校学生会主席、团总支副书记的同学媲美。两年后，你毕业了，离校走了。我仍然把你当作我的榜样，我前进的力量。我祝福你找到了一位好姑娘，也祝福那姑娘找到了一个浑身如火，能点燃别人的好小伙儿。

老天垂爱，1954 年我毕业时，竟被分配到了你所在的学校！后来我方知，我能来母校附小，是你力争的结果。

四年书读完留下了这张毕业照

据说当年母校负责分配毕业生的老师向你推荐了好几个德高学优的学生，我在其中是个“矮子”。介绍我的老师说：“这个学生，学习成绩十分突出，业务能力也很强，在实习时担任实习学校的教导主任并负责三、四年级复式教学，实习学校深为赞赏，举荐她承担这一届毕业生的‘公开教学’，但思想不如另几位稳定、优良。”你问其所以然，答曰：“毕业前夕，她所在班举办‘工人、农民和知识分子比较谁贡献大’的主题班会，身为学生会干部的她，公然主张知识分子贡献大，并振振有词地以其身为工程师的舅舅为例反问：‘你们说一个工程师的贡献大，还是一个工人、农民的贡献大？’”而你呢，回校后竟然在校长面前力主推荐我。你说“附小要比拼的是实力，要业务能力强、教学效果好的尖子，只要对教学认真负责，对学生认真负责，看问题偏颇一点儿不是大问题”。

这样我又能和你相见，且成了朝夕相处的同事。但这时我的心却十分坦然，对我来说，你只是个令我敬爱的大哥式的“学长兄”。

我是个少大方、甚拘谨的姑娘。到新单位，我只是一头扎在自己的班级中，一门心思把课教好，把孩子们带好，很少和别的老师拉家常、侃大山。但是，1955年的下半年，也许是因为你在学校中地位特殊，也许是你的人缘特别好，你突然成了老师们议论、关切的中心。因为议论、关切的是你，我这个目不斜视、心无旁骛的人，也不得不关切、注意起你来。很快，我知道了：你失恋了，女朋友和你分手了。我痛惜起来：“多好的一对，怎么就分了呢？”后来，我知道，是你不会谈恋爱，和女朋友谈了三年，却永远只是谈革命、论工作，信上是这样，见面也是这样。对方忍受不住了，断了。我无限地同情你，心中谴责着这位女同学：“真是身在福中不知福啊，找到这样一个一心向上、为国为民的好青年，还不知足吗？”我决心安慰你一下，但我又是那样的腼腆和胆怯。终于，一天，我从寝室出来准备到办公室去，穿过大礼堂时，看到平日里步履轻快的你，竟然一个人孤零零地在偌大的礼堂踱步。我壮着胆子走到你面前，说了句：“老姚，算了，过去的已过去，不要痛苦了，大家都理解、同情你的。”说完，也没注意你的表情，就低着头逃也似的走了。

1956年前，我和你说话就这么一次。之后你还是努力做好你的少先队工作，我还是只想一心教好我的学生。

农历新年一过，孩子们又背起了书包。

开学初，按老例，会举行一次全区教师大会，会场总设在我们附小，会议的主席也总是我们那高度近视的夏琢先生。刚过完新年的教师们，聚在一起，你呼我喊，会场里充满了祥和欢乐的气氛。突然，一声高八度的极度兴奋、极度激动而迸发出的欢呼声，它震动了每一个人的心。原来是一个“先知者”，向他的同事们报告：我们这些小学教师都可以以同等学力申请今夏高等学校的招生考试了，而且这是党中央、国务院、教育部的共同决定！

那年我20岁。在我年轻的20个年头的生涯中，我从没有奢想过考什么大学。上初中一年级那年，学校给了我一等助学金，结果我却因为拿不出每月的伙食费而失学了。为了减轻家里的艰难，大姐把我带到了她工作的张泾区粮库，参加征收夏粮的工作，那是 1949 年的夏秋之交。小伙子张俊管秤，我管记录、结算。夏征结束，粮库没有辞退我，仍管我的吃住，仍让我参加秋征工作。不久，该区王区长来检查工作，看到了我，就对大姐说：“听说这个娃脑瓜子好，算盘打得又快又准，我推荐她到税务所去工作吧。”第二天，我就被领到了区税务所。税务所和粮管所全然不同。粮管所里整天熙熙攘攘，人来人往，管秤员张俊、伙食房的老师傅对我特别好。我们是乐呵呵地收粮、过磅、记录、结算，快快活活地大碗吃白面条、大烙饼，我还不停地被“小姚同志”“小姚同志”地呼唤着、差遣着；而税务所却一天到晚只有算盘珠的拨动声，一屋子大男人静悄悄的，各占一张桌子，记账、算账，互不吭声。我一个 14 岁刚出头的小女孩儿，孤零零地坐在那里，看着他们双手忙碌，却无一事可帮。这样坐了一个星期，我孤独极了，害怕极了，终于决定逃离。大姐说：“对不起王区长。”妈说：“回家只能到豆田去拔草。”我选择了去豆田拔草。后来要不是有这么一所不交学费又管饭吃的学校，我这辈子可能再也跨不进学校的大门。现在，现职教师竟然可以凭同等学力报考大学！

但我警告自己：开弓没有回头箭，跨出这步要十分谨慎，不要又落下一个专业思想不稳定，轻视工人、农民的“思想结论”。毕业那年，在那场要命的“主题班会”上，就是因为我附和并力挺知识分子的贡献大于工人、农民的观点，年年思想品德是“优”的我，突然被降为了“良”！尽管我不认为我的发言有什么错误，尽管我根本不认可“良”这个等第的评定，但白纸黑字，清清楚楚，“良”就是“良”，要不是先生姚汉荣，我哪会到附小！

说实在的，这个“良”，还真是冤枉了我。我的专业思想不仅牢固，而且可圈可点；我对工农的感情，虽不能自夸深厚，但工人、农民是咱共和国真正的主人这一点，在我的思想中是根深蒂固的。

毕业前夕，学校在校园内放映了电影《上甘岭》和苏联影片《乡村女教师》。女教师华尔华娜甘愿只身奔赴山乡，在穷乡僻壤吃尽了各种苦头，熬过了无数个春秋寒暑。一个满头秀发的姑娘变成了斑斑白发的老妇，却带出了一批批后来人的故事，深深打动了我。我彻夜无法合眼，我要做个中国式的乡村女教师，要做中国的华尔华娜，用毕生的心血去浇灌山区的幼苗。

在学区教师大会上，别人的讲话、发言我几乎一句也没有听进去，脑中盘桓着的只是党中央、国务院、教育部这一号召的真实性。会后，我向同时被分配到附小的两位同班同学求证。得到的回答是：是真的。而且他们告诉我附小准备申请报考的教师很多，听说姚汉荣也在其列。这下我踏实了，你也要考，说明这个申请不会有问题。

在县师我是非常喜欢数理化的。我的数学特别好，数学老师也常说，在他教的班级中，考试要考倒曹柏楠、姚益心是很难的。但是这一学科，要求的是一道题一道题地磨炼和积累，走捷径、搞突击是不行的。无奈，只能弃理从文，我决定报考大学“语言文学系”。

第二天，我去了母校。教过我的储俄英老师借给我全套12本高中语文课本和教学指导用书，之后我又在新华书店买到了全套高中部的历史、地理课本。最困难的是政治课的复习，当时的政治考试，除了要考课本上的理论知识，老师们总要为学生准备不少配合国情、社情的补充材料，但这些补充材料都难以求取。幸好我们附小的老师都挺关心政治，学校也订了不少报纸杂志，我又是住校教师，周日休息时常常翻阅这些资料，所以大事误不了。

但是时间紧迫，离高考不到四个月了。在这四个月中，我必须一丝不苟地完成我承担的教学任务；我必须一如既往地做好我的班主任工作；我必须遵守每天晚上准时参加7到9点的集体办公的规定，中午还得监督学生睡好午觉。我可以用来自学的时间，就只有晚上9点钟以后和一周一天的休息日。但我不怕，我觉得凭我的读书速度、记忆能力，这一关一定能冲过。我向学校递交了申请书，加入了复习迎考的行列。

周日，为求安静，我找了一个野坟墩。这里松柏成荫，空气清新，四顾无人，寂寥安静。这一天又是个休息日，我一早就到了这个安静之地，翻开《世界地理》一口气就复习了十多页。突然，光线暗淡下来，是什么遮挡了我的视线？原来有个人站到了我的面前。“啊！是你！”“你怎么会来这里？”“我早就知道你喜欢在这里复习功课，还知道你没有吃过早饭，这不，给你送早饭来了。”我这才发现你右手的网兜里兜了三根油条。啊，怎的他连我爱吃油条也知道了？我羞赧地说：“我吃过早饭了。”“胡说，你早上6点钟出校门，哪儿来的早点？”我只好说：“我真不饿啊。”“复习迎考很重要，但饭总是要吃的嘛。”你一个劲儿地要我伸手去接。没办法，我说：“那我拿一根。”你说：“一定要全吃了。”最后，我吃了两根，你吃了一根，接着又谈了几句，你就走了。

当时，我只觉得有些怪：你怎么知道我在这个野坟墩？又怎么知道我还没有吃过早点，还买来了我爱吃的油条？但我的注意力全在复习迎考上，这些疑问也就闪过了。可是，自此，你竟然每天晚上 9 点以后，就会到我复习功课的教室来陪我复习。你说，你也在复习，两个人复习可以互相考问，效果比一个人好。我想也是。复习中我感到你的历史、地理知识丰富极了。你考我时根本用不到书本，一连串考题脱口而出，而我则常常会被你考倒。我羡慕你有如此强的记忆力和如此宽的知识面。有一天放学送走学生后回卧室，我看到枕边放着一封信，信封上的字迹是那样的眼熟。

在县师时，泰伯庙甬道两壁常张贴着大型的校刊、班报。我总会在壁报前搜寻那浑朴、大气、圆润、粗厚的笔迹。这笔迹，让我流连忘返。几年过去，那如烙印刻在我心中的笔迹，竟来到了我的枕边。我的心突突地跳了起来。我把信按在胸口，又郑重地把它藏在枕底，我的心纠结起来。

毕业不久，我收到同班一青年的来信。信中他热烈地倾诉了对我的思念和爱慕，希望我能接受他这真诚的感情。我是既惊讶又感动。同窗四年，对他，我保留的只是友谊。有段时间，我们都是班级干部，他主管体育，我主管班务，他指责我不支持他的工作，我着实生了一回气。但是一种朦胧的被追求的快感，使我终于和他相互了解起来，发展也相当正常。可是，自 1950 年进校就积淀在心中的情愫，一旦迸发，犹如火山，犹如岩浆，我害怕这种迸发，我更害怕面对这一往情深、憨厚忠诚、充满希望的老同学。很多天过去了，我没有提笔。但你却找上了门。你轻声地探问："收到信没有？是托你班庆伟小朋友递交的。"慌乱中我点了点头。"考虑过了没有？"我又点了点头。"能接受我的感情吗？"不知怎的，我竟然重重地点了点头。接下来，你告诉我，当女友和你分手后，你苦闷了很长时间。这年春夏，北京两位参军的同班同学前后来信告诉你，有位姑娘在等你，她是你们班的插班生，抗美援朝参了军，复员后被分配到中央人民广播电台。但是，当你去信的时候，她却接受了一个一心暗恋她，为她记了五年日记的年轻人的感情。你还告诉我，你对我的感情虽然似乎突然，但还是有基础的。你是经过这些日子的共同复习，逐渐萌生起来的，你是经过反复考虑后决定跨出这一步的。你在跨出这一步前和老校长再三商量，反复听取意见。老人家却一再劝你："不耽误，追！"

"天意"，"天意"，如此波折，最后修成正果的竟然是"我"！

但是，你可想到，当你提笔写信，当你托付“红娘”传递彩笺的时候，你收获的却是一生的付出！

徵乱宫商

如果说，你的追求是“闪电式”的，那么我俩的恋爱，实在是个“马拉松”。整整八年长途跋涉，留下的是一千多封“两地书”，描绘和记录着我俩的感情、学习、工作、追求和理想。可惜20世纪70年代一场火，书札损毁殆尽，唯有一封，深烙于心。那是20世纪60年代，你赴安徽时写的。当时，你刚从复旦大学毕业，被分配到华东局内刊（全称《未定文稿》，是一本为反修、防修而编写的供省部级领导看的内部刊物）写作组。当时华东局正组织队伍赴安徽、江苏参加“四清”，你参加了赴安徽的那支队伍，蹲点于“王秤三”小队，不久，我收到了你写来的那封信。你说：

在一个月近中天、时将午夜的晚上，我独自一人呆坐在村旁土堆高坡之巅。仰望天宇，皓月当空，星汉灿烂，一片如画美景；下瞰“三秤”之墟，到处茅屋败瓦。丛杂在旧坟祖墓中的新垄，分外刺目。稻田里水浅秧短，白天村民们忙于车水，夜里男人月下开沟，种种情景，挥之难去。这里的水资源十分匮乏，致使村妇们不得不用大田的水洗汰衣服。生活是艰辛的，人民是勤劳的，但到头来总是难以温饱。如遇天灾，家家户户难以揭锅，一旦人祸，就得死人。1958年的那场天灾，使小小的“王秤三”二十多户人家，就垒起了七八个新坟。一张桌子换一个鸡蛋，为的是救活个3岁的女孩！为了让孩子们活下去，甘愿饿死自己的老人。这件事敲打着我的心，由此，我深感自己的生活太安定了，月月拿工资，衣食不用愁！自责多年离开农村，快要脱离生我养我的父老乡亲了！我感到能参加这次运动的幸运；我愤慨安徽的领导们为什么如此地屡屡犯错误。作为一个共产党员、一个志于建设国家的年轻人，要奋起努力，加倍做好工作。聚小石于成路，垒寸土以积高，为改变祖国一穷二白的面貌，奋斗终生。

大学毕业在南京路和先生合了个影

最后你以商量的口吻提出想参加两期“四清”的愿望。

我默默地读着你的来信，心中却怎么也无法平静。1960 年我毕业了，为了在上海有个落脚点，我们领了结婚证书。但是当时的我们，既无积累，又背着沉重的家庭负担。因此，我们决定推迟婚礼时间。我们开始为创建自己的小窝而努力。这也是你一生中为自己奋斗的唯一的阶段。

一个初春的下午，我从郊区回家，很远就看到你站在复兴中学校门口张望。看到我，你快步跑来，像孩子似的既兴奋又神秘地告诉我，你为我们未来的家置办了第一件“私有财产”，你要我猜，我脱口而出：“书桌，一张书桌。”你说不对。我说：“两张椅子。”你又摇摇头。我说：“一定是一部好书。”你却笑笑。我想不会是柜子、床这些大物件，当时它们都是紧俏物资，要凭票或排队，再说我们的积累也没有到能购置这些物件的时候。我缠着让你说，你不说，只是领着我直向家走去。

当时复兴中学的领导非常关心我们。在学校住房十分紧张的情况下，拨给了你一间单独的卧室。这卧室在一幢楼的两层楼上。楼面就只两间卧室，大的二十多平方米，住着团委副书记俞曼珍和其他五六位女教师；小的大概七八平方米，紧邻大房间，这就是你的卧室。你快步上了楼，开了锁，一个箭步跨进去。迎面扑来的是《双推磨》中那热情透亮的女嗓音：“啊，王兰英！啊，收音机！”多漂亮的收音机，红灯牌的！我高兴地跳着奔进房，双手抚摸着那栗壳色的小小的长方形匣子，激动地抱着你跳起来。你把我按在凳子上，泡了一杯茶，坐在我斜对面。很快小匣子里又传来《庵堂相会》中沈佩华那圆润、甜糯的声音和《红楼梦》中姚澄那圆熟清美的嗓音。

那天，为了那个“宝贝”，你忘了去打晚饭，直到楼下有人高喊：“老姚，师傅要打烊了，收摊了，还不去打晚饭！”

不久，我们又购置了椅子、书桌、柜子、床。家的条件基本具备了。你也终于盼到了去复旦大学的好机会。离开复兴中学，借住的卧室当然应当归还。这样你又得为新卧室而奔走。之后，在复兴中学党政领导的关怀下，虹口区房管所终于给你分配了一间房子。这可不是借住的家，而是一间有实实在在户口的家，我俩共有的家！它坐落在四川路和吟桂路上。虽然只有8平方米，但房管员说，这房子周围的环境不错。从房子前的小天井出门，是一条旧上海滩常见的长弄堂，弄堂口就是个小菜场，穿过小菜场就是车水马龙的四川路。站在路口往右走，不远处是永安电影院，向左走转弯就是复兴中学，去复旦大学的公交车就在小菜场旁边不远处，地理位置实在不错。但当我们兴冲冲地赶去看新家时，差点儿晕倒。

分配给我们的这间新房，原来是间客堂后厢房。8平方米上面的空间，倒有一半被一架扶梯占据着，大半张床只能塞在扶梯底下。“噔噔噔”“嗒嗒嗒”的脚步声，整天在你头顶震荡。屋子有户无窗。为了同前厢房住户相隔，两户之间竖起了一堵用木板搭建的墙壁。上留尺余空间，以此借光，以此通风。前厢房的男主人为了增加自家住房的空间，又在东西两面的砖墙上架起了一重木板，自己爬上爬下地睡在木板上；坐起，抬头，后房人、物一览无余。如此之房，怎能做居室！怎能做婚房！我们只能再次推迟婚礼时间。

两年过去了，你毕业了。在新单位的关怀下，我们终于分到了一间18平方米，有四扇窗户的大居室，可这时你却要参加“四清”，且又要申请再干一期！

信在手中，两种思想却在脑中激烈碰撞。最后还是你战胜了我。

1966年，你从安徽归来，我们完了婚。1967年儿子出生。此后可以说“夫唱妇随”，婚姻生活和谐美满，口角争吵从没有在我家出现过。虽然我俩仍然过着一月两度的“鹊桥相会”的日子。

1972年，经华东局黄德兴先生相助，我调到了市区工作，一家三口其乐融融。不久，又得华东局郑宗汉先生的错爱，在被调去北京前，他把所住湖南路一百弄的居室交换给了你。这是原来华东局的机关宿舍，虽然比我们在曹杨七村的房子小了1平方米，但却免去了你长距离骑车奔波之苦，儿子也可就近入托，早出晚归，多幸福的一家三口。可是，不久你被借调去了北京！

1979年单位清查结束，你彻底告别过去，开始了新的生活。照理说，我们应该庆贺，因为你终于回归家庭，回到我和儿子的身边，你还获得了一个喜爱的工作岗位。但不知怎的，多年融洽的家庭，却出现了裂痕，飘起了浮云，浮云渐积，时而会落下雨点，甚至有一天，瓢泼大雨猛然而下。

那是1980年的4月3日，是我被母校接受，又被系、组领导安排去杭州大学参加教育部委托姜亮夫教授主办的“楚辞进修班”的前7天。

当年教育部委托杭州大学办一个“楚辞进修班”，我系分配到一个名额。经组领导争取，这个名额落到了我们组，又幸运地落到了我的身上。当时，我是个刚被母校接收的新教师，从未登过大学讲台，所以，对系、组领导的这一安排，我非常感激。可是，此时你单位的清查刚刚结束，写作组刚刚解散，你也刚刚蒙母校复旦大学接收。当时你虽然已是44岁的中年人了，但在大学讲台上，却只是个新人，何况专业荒废已十多年。

要重拾专业，做好这份工作，需要的是充裕的时间和能赖以拼搏的体质。但你的健康状况已显然不佳：血压长期停驻在高位，头昏晕眩如影随形，1979年还接连发作了三次“美尼尔氏症”。正需要人呵护，正需要人帮衬，正需要有人能让你获得充裕的读书时间，而我却要把持家的担子全甩给你。离家前，我拼命赶做家务：冬去春来，换季的时节到了，厚的衣服要收拢，薄的衣服要取出，该洗汰的要洗汰，该缝补的要缝补，该添置的要添置，该叮咛的还要叮咛。也许是我叮咛的话太唠叨，使你感到厌烦；也许是我的叮咛又刺伤了你已经千疮百孔的心，你感到无限委屈。总之，大雨突然而下，我们终于爆发了此生第一次也是唯一一次的激烈冲突。这冲突把我俩都伤得不轻，我是带着被打伤的心离家去杭州的，你是带着被打痛的心，从送我的车站回湖南路的家的。

1976年后，我在“公、私”“党、己”“社会、家庭”“理想、现实”等问题上，和你产生了极大的思想冲撞，争执时有发生，只是没有激烈的冲突，在我是“规劝”，在你是“解释”。这种“规劝”和“解释”，在这场冲突后，还一如既往地进行着，不过，我采取了和风细雨的形式，你更是耐心细致。

1980年4月27日，是我去杭州大学的第17天，距4月3日的“冲突”已有24天。在这天的信中我是这样“规劝”你的：

我首先告诉你，我做了一个奇怪的梦，醒后十分惆怅。

我提醒你：“你我都是40多岁的人了，已进入‘来日无多’的年龄段了，多关心些儿子，多关心些家庭，不要到时，后悔终生。”

我规劝你，“自私”一点儿，多留点儿时间给自己，少管些“闲事”“杂事”，把系总支委员的职务辞了吧。不要总感到对不起老李和同志们，老李和同志们会理解你，原谅你的。我和你商量，是否把双方的工作商调在一起，把房子就近搬迁，这样既可节省时间，又可免去你长途奔波之苦，也可不致我天天为你骑车的安全担心。我反复叮嘱你注意身体，注意一日三餐，准时服药，备好课、上好课，积累学问，写出有价值的文章，这才是立身之本，才是处逆境而不致被弃的资本。

5月2日，你就来了信。

你首先向我汇报了“五一”节期间你们父子俩的生活和你的心情：看了四场电影，接待了三批朋友，还见缝插针带着儿子溜达了一圈儿，生活真是既热闹又丰富，但你的内心深处却是单调的、孤独的。你想到了王维“每逢佳节倍思亲”的诗句。你也说到了你的身体。自从我走后，你的身体一直不好，常头晕目眩，而学校会议特别多，所以心情烦躁透了。因此你就更希望有亲人的安慰，可是我对你却不尽理解。

你说：

读了你节日前的来信，我的心情十分沉重。我是在沉默中度过的。我知道，生活中你是最了解我，也是最关心我的。因此，你信中对我那么多的劝说和埋怨，完全是为我好，这点我是完全理解的。但是，我感到你虽是最了解我的人，但却又并不是完全理解我。1949年后，在党的教导下，我是充满革命热情的人，为革命、为同志、为别人，成了我的生活习惯，而为个人、为家庭，确实是很少很少。长期以来，我以为这样做是对的，但是“文化大革命”以来，很多现实和我的信念发生了抵触，于是我产生了苦闷，随着时间的推移，我愈来愈感到在生活中，为革命、为同志、

父子逛朝阳（曹杨）公园

为别人的人是很难碰到的，这种人被看作傻瓜、书呆子，他到处碰壁。于是我的苦闷愈来愈厉害。这原因就是现实生活中，真正想为革命、为别人的人是没有多少出路的。但要我抛开革命，钻到个人的小天地里去，我又怎么也不习惯，我忘不了革命。一切苦恼都从这里产生。可是，我又没有能力解决现实生活中的这些矛盾，因此也就无法解除个人的苦恼。于是，我只追求有片刻的宁静，特别是在家庭生活中，我希望有一个安静的环境来慰藉我苦闷的心情。在这一点上，你并不真正理解我，而常常为一点并不重要的事情，破坏了家庭生活中宁静的局面，这是使我最失望、最伤心的。我认为家庭的平静、安宁比什么都重要，为了它，甚至可以付出代价。我认为，我的要求是很低的，几乎什么都是无所求，唯求有个宁静的生活环境。可是连这点也做不到。我知道，你同样也感到委屈，因为你辛勤了半辈子，并没有得到我多少关心和照顾。而很多地方是为我好，结果却适得其反。两个人就这样碰不到一起去，于是争论时有发生。其实，我们两个人都是好人，而且也都真正关心着对方，但为什么动机和效果都那么不统一？我寻思了好久，感到只有一条：就是一定得做一切努力创造一个和睦宁静的家庭。在对待生活上，我俩之间的观点有很多不同，但这不要紧，可以商量，但要尊重对方，不要强求对方服从自己的观点。要知道几十年形成的生活观点是难以一下子完全改变的。只能求大同，存小异。你说对吗？

最后你鼓励我，不要相信梦境，对不好的梦一笑了之，要用努力去创造现实的美境。

整整四页的长信，我反反复复地读，仔仔细细地想，得出的结论，只有“辛酸”二字。这天，我流了一晚上的泪，也想了很多事。你外表温文尔雅，而内心坚如磐石，我是无法改变你的。与其让你痛苦，不如放弃唠叨。结果，先生，你是做了极大的退让，但家中却仍然难以平静。原因是长时间的紧张、焦虑、烦恼，我的更年期提前了。我是 44 岁进入更年期的，且时间特别长，症状特别典型，反应特别强烈：莫名其妙地发火，莫名其妙地烦躁，莫名其妙地浑身大汗，半小时一次地循环，一年四季、春夏秋冬，24 小时周而复始。当邪火升起，烦躁勃发，我只想砸烂周围的一切；好容易控制着、保留着的一分清醒，是尽量不伤害你。但儿子就成了你的替身，我把一切不如意都撒在 14 岁的儿子身上。

更年期自 1980 年始，1986 年我年过五十才渐趋平静。它极大地折磨着我，苦了先生，害了儿子。儿子那时正值青春期，是长身体的关键时刻。由于我的伤害，儿子黑发里出现了白发，骨骺过早闭合，性格也变得郁闷孤僻。作为一个母亲，我是犯了无法弥补的罪过的。但是，你没有一句指责，没有一句埋怨，只是默默地呵护着我。你到处打听哪里有名医，陪我去就诊。自 1980 年到 1986 年，我整整喝了 6 年的汤药！在儿子的理解和你的呵护下，我的更年期终于“着陆”了！家中又恢复了“夫唱妇随”的平静日子。

儿子是个好儿子，当我更年期高峰渐过，邪火渐熄，人又渐趋正常时，他竟学会自我责备了，而且更懂得关心妈妈了。1984 年年底，我俩分别到老家探亲，儿子因将参加高考而留守在家。当他送我上了去老家的小火轮后，给我写了一封信。信中他说：

送走您后，我心里很乱。因为我们毕竟还从来没有分离过啊！尤其是春节里。别人家热热闹闹的，为什么我不能呢？但一想到我的任务，这些念头立即消失了。

回到家里，看到屋里布置得井井有条，真舒服。一开橱门，什么菜都有，心里便升起一股暖流。吃到虾、鱼，不就像看到您在眼前吗？想起日前我对您的态度，真过意不去。您要原谅我，那是我在气头上，千万别把我的话当真。

您在船上，一夜可安稳？我想来想去，越想越不放心，以后不能再让您一个人回去了，好歹我总要陪着您、守着您，我要做个好儿子。

你看，我们有个多好的儿子。我知道，这是你潜移默化影响着他。以后的发展，儿子以自己的行动，证明了他是个听话的孩子、孝顺的孩子，也是争气的孩子。前些日子，当我把这些往事重提，告诉他的时候，儿子只说了句："妈妈，真是的，过去的就过去了，还提它干什么呢？"儿啊，你可以宽恕我，可我无法宽恕自己啊！今天我对着你爸爸的遗像，在他的骨灰盒前，郑重地对你说："我一定会牢记过去，做一个慈祥的、充满爱心的妈妈，让你爸爸在天上看着高兴地说：'瞧这母子俩！'"

在儿子大学毕业的前夕，全家做了个民主的决策，每个人都制定了自己的目标：儿子是争取通过考托福、GRE（美国研究生入学考试），获取奖学金，赴美进修；你腾出时间，潜心研究魏晋文学；我则做你的助手。就在我们一家三口向前奋进的时候，55 岁的我，退休了！所幸的是我没有被打垮，而是擦去眼泪，改弦更张。

终于，我淘到了此生唯一的一桶金。在儿子的帮助下，在 21 世纪的第四个年头，我们买了一套新房。看着这所每块砖瓦都是用自己的汗水换来的大房子，看着你能在宽敞的卫生间泡澡，在宽阔的大厅中走步，在整整齐齐的书房中练字，我的脸上浮起了笑容。但我心底深处却实在快乐不起来，相反是无比的沉重。因为，在我们华夏民族亘古至今的历史中，对一个士人的评价，从来不涉及钱财房屋，而是能否为国为民立身修德、建功立业！我是既无德，又无功无业，算哪门子的读书人，却还顶着个"士人"的帽子！

可是，如果我还在岗位上，我会宁可把房子从高处向低处挪，把小三间扩大成大两间，而不走由小到大的扩张！我会全身心地帮助你实现你的理想。当时你的希望是能有一段完整的时间，潜心于你所钟爱的魏晋文学的研究，写出一些在学术界有一定影响的文章。这时的你需要一个助手、一根拐杖。你在精力尚可的时候，花大力气扶我走上了大学的讲台，让我能站稳脚跟；当我初涉《楚辞》领域，你毅然放下手头的研究，帮助我跨进了《楚辞》的殿堂。你是棵树，是棵枝叶丰茂的大树，荫庇我、呵护我、支持我，使我不致于少了章法，乱了阵脚。现在轮到我帮助你了，我也完全可以帮助你：我的精力比你旺，我的眼睛比你好，我写字比你快，我的手上没有你那些杂事，我又不喜爱走东家、跑西家，特别是你也欣赏我的思维敏捷，善于发掘新的研究角度，因此，你也喜欢我做你的助手。虽然这个助手只是一根拐杖，一根不粗又劣的拐杖，但归根到底还是一根可以支撑的拐杖，且这根拐杖正可弥补你的不足。

你的思维比较严谨，站的角度比较高远，善于从全局把握方向，发掘问题。但是你的精力衰退了，你的目力、体力都大不如前，所以拐杖同你的配合，虽不能说珠联璧合，却也相当默契。但我退休了，我不得不从学术殿堂走向生活的现实。

你的体力显然大不如前了，走路已非常迟缓，爬楼梯更是心慌、腿软，而我们的居室却在四楼；洗澡时已常要有人护着了，但我们的卫生间可用面积却只有1平方米；60多平方米的建筑面积，30多平方米的使用面积，对不久的将来只能在居室中行动的你，实在太小了。加上儿子出国欠了不少债，还要去还债！既然我在学校少根、无根，不能分房，不妨到社会上去闯闯，也许能找到允许我生根的土壤，找到我的用武之地。我终于找到了一块自学考试的土壤，我在这块土壤上耕耘。开始是每周两三次，后来是四五次、七八次，到最后是从周一到周五甚至周六，都一心扑在这块土地上。从20世纪90年代到21世纪初，十多年洒下的汗水，终于在这块地里有了一个不算细的根，我也挖到了此生唯一的一桶金。在儿子的帮助下，我们购置了这套150平方米的房子。

但你却默默地忍受着寂寞，默默地、艰难地支撑着这个家！你拖着有病的身子，在书堆中爬罗剔抉。当时你的血压很高，血脂也不停地往上升，还不时脑梗，又引发了帕金森氏综合征！但就是在这样的情况下，你写出了《广陵散——嵇康传奇》，与人合作写了《庄子直解》。为了记下生命留下的足印，为了探索一生的心路历程，你动笔开写了《尘迹心路》，虽终因病重未能竟章，但是，如此坚持，如此执着，其情可感，其志可嘉！

记得，当年看着新居室里竟有方方正正的两间书房，你脱口而出的感慨是："需要的时候，没有；不需要了，竟然有了，还是两间！"

在师大的时候，很长一段时间里，你的书房是在工会俱乐部里。有一年夏天，你读书忘了时间，值班员下班前也忘了检查就锁上了门。应该吃晚饭了，你还没有回家。我去找你，走过工会俱乐部，听到有喊声，抬头，只见你在“书房”的窗口喊我。最后找到了工会主席王老师才把你解救出来。

斗转星移，人物两非。我们从没有书房到有了书房，且一有就有了两间！

而你也从当年能自由自在在师大校园里寻觅安静的“读书房”，发展到举步维艰，蛰居斗室。

是高兴，还是辛酸？是该庆祝，还是有遗憾？

但是，你却转而对我说：月无常圆，人无全福。像我们这种情况，不说比比皆是，也实在是很多很多。何况，更有比我们下者。

是的，你是对的。但是为了让我俩永远记住这段艰辛的生活，我在此文之后，附了一篇《驴子》。这是2005年我第二次退休，在陪伴你的间隙写下的。当时为了不致再伤你的心，我把它压在抽屉里。现在你飞升了，留下的这段历史，我感到还是应该让我们共同铭记的，对吗？

弦断琴裂

你是个严于律已的人，也是个不张扬的人。要不是暮年读你的《童迹乡情》，我怎么也不知道你小时候性格中竟有如此“顽、野”的一面。

记得我初读你的这段回忆时，我怀疑这是不是虚构的。我再三追问：“是真的吗？”“是这样吗？”你奇怪地看着我：“怎么啦，我写的是实话啊！”我还是疑惑着。直到这次你“走”了，追悼会也开过了，侄女来电说：“婶婶，你这次没请志贤，他大有意见。”志贤，姚志贤，是你回忆中写到的“三个党”中的一个啊！我马上去电解释。志贤比你大两岁，虚龄83了，但辈分上却要叫我婶婶。他说：“婶婶，你知道，汉荣叔小时候和我是最要好的。我、汉荣叔和张冬生是‘三个党’啊！还和周边几个村的孩子打过仗呢，在西张是很有名的啊！”我说：“你们三个为什么会有名呢？竟然成了‘三个党’。”他说：“我们三个最顽皮啊，在孩子中是‘王’啊，关系又特别好，所以孩子们就叫我们‘三个党’。”这时我才真的相信，你写的是真的。我之所以会有这样大的怀疑，是因为，你的性格，在我脑中，反差太大啊！县师时的你，热情开朗、纯朴善良，既激情似火又充满理性，这种性格充盈在你每个细胞中，使你周身都散发出强烈的磁性，吸引着、点燃着周围的同龄人。你虽出身农家，却一点儿没有农村孩子身上的“顽劣、粗野”。你总是热情似火又文质彬彬，你怎么会去斗殴呢？

以后，你工作了，到了华东局、写作组。但这时各种信息传来，有的说，你是个拘谨、内向，不善言辞的“绵羊”“儒家”；有的说，你温文尔雅，喜怒不形于色，得失不露于形，是个有度量、能容人、有修养、有内涵的人。但这些说法都少了你性格开朗、热情如火，充满强烈磁性的一面。

记得头一个说你内向、拘谨的是胡锡涛。当时你刚被分配到华东局内刊写作组。我到丁香花园找你，是胡锡涛来接的我。一见面他就非常直率地告诉我：“听老姚讲话啊，真要有耐心，一句一句的，等得你心焦。”我立马顶嘴说：“胡说，我们老姚讲话滔滔不绝的，你瞎说。”他的话，我不相信，也没放在心上。后来又听到写作组的年轻人说你是“绵羊”“儒家”，说你在集体会上总是很少发言，说话总是慢吞吞的。我仍然不信。不说当年你在县师上团课时的那种风采，就说去市委写作组吧，刚开始是被安排去国棉二十一厂劳动，应该是“鲁迅学习小组”的邀请，你做了“鲁迅生平”的报告。听那里的同志说，你做这个报告，一口气讲了五六个小时，也不看手稿。你怎会口讷、拘谨呢？直到这次你走后，从朋友们回忆你的谈论中，从朋友们纪念你的文字中，我才悟到，我之所以不相信朋友们的这些指说，只是因为我把你的性格永远定格在我俩相遇、相知的那个阶段，定格在我狂热、挚爱你这一性格的阶段。因挚爱，我看不到，也不想看到，你性格的变化。而事实上，你的性格的确在变化。

青年时代，你遇到了千载难逢的机会，又身处梅里这样一个具有深厚人文历史传统的环境中，碰到了那么多的好老师，那么多的追求真理、要求革命的好同学。自发抗强暴、求正义的朴素性格，艰苦探索、奋发图强、追求革命真理的精神，使你如饥似渴地学习马列主义革命理论。一而再，再而三地研读《论共产党员的修养》，你坚信“共产主义是人类史上最伟大的事业”。你恪守“马克思主义原则，是个人利益服从党的利益；部分的利益服从整体的利益；暂时的利益服从长远的利益；民族的利益服从世界的利益”。你严律苛责，以此为镜，努力做到“党员如果在他的思想意识中只有党的共产主义的利益和目的，没有自己离党而独立的个人目的和私人打算，他真正大公无私，那么……他能对一切同志、革命者、劳动人民表示他的忠诚热爱，无条件地帮助他们，平等地看待他们，不肯为着自己的利益去危害他们中之任何人。他能待他们‘忠恕’‘将心比心’，设身处地为人家着想，体贴人家，使‘己所不欲，勿施于人’。他能最坚决地对待人类的蟊贼，为保卫党的、阶级的、人类解放的利益而与敌人进行坚持的战斗。他‘先天下之忧而忧，后天下之乐而乐’。他在党内、在人民中吃苦在前，享福在后，不与别人计较享受的优劣，而与别人计较革命工作的多少和艰苦奋斗。他能在患难时挺身而出，在困难时表示自己最大的责任心。他能有富贵不能淫、贫贱不能移、威武不能屈的最大的坚定性和气节”。“他也可能有最高的自尊心，自爱心，而在为了党与革命利益的前提之下，也最能宽大、容忍与委曲求全，以至在必要时忍受各种屈辱与虐待而无‘怨恨之心’。”（以上引文均见刘少奇《论共产党员的修养》，解放社1950年7月再版）

对照你一生的言行，我深切地感到《论共产党员的修养》对你影响之深。你的宽厚善良、你的忠诚正直、你的自信乐观、你的无私奉献，都是你以《论共产党员的修养》为镜子，自警自律的结果。因此，你如磁石般地吸引了无数要求进步的时代青年，也以如火的热情点悟了如我之辈的后进者。

到上海后，你的性格的确有了很大变化，你变得更成熟了。你从外向型逐渐转变成内向型，从开朗热情变得渐趋沉稳谨慎，从充满自信、勇往直前，演变到举手投足三思而后行。究其故，客观上，社会环境风云变幻，这时的天时、地利、人和同青年时代相比有了很大的变化；主观上，到了复旦大学，你面对的是古今中外浩如烟海的各种知识，面对的是基础知识扎实、知识面宽、多才多艺的同窗学友。毕业后，你服从分配所去的工作单位不是云集着很多具有资深革命经历的前辈、具有丰富实践工作经验的首长，就是集中了很多既学有专长又经过专业培训，经过很多实战历练的文章高手。遇事不三思，举止不谨慎，行吗？何况，你长期从事学生工作、团的工作，你习惯的是歌颂、赞美、启发、引导，现在却需要转变，一时难以习惯。因此，你性格中的变化，也在情理之中。但是，你的主轴性格更鲜明了，你的内心不仅热情如火，而且对党、对国家、对人民的爱更深沉了，这深沉的爱又使你从更多的侧面充实丰

县师时的恩师俞坚平

富你自己原有的性格。风云变幻，当残酷的现实无情地冲击着革命理想和信念时，你仍坚如磐石，韧如蒲草；受我国优秀古代文化的熏陶，你更倾向于温文尔雅，但绝不胆小懦弱，你原有的宽容谦让更具有了长者之风。你执着但不顽固，不断进取；对亲友重情义，“纸幅”之托重如千金（曾有友人把自己的重托写在五指宽的纸上，故我以“纸幅”之托形容之）！对不同意见，你静静地听，微微地笑，不经对方首肯，你只字不吐。因此愈来愈多的亲友愿意向你宣泄、倾诉，你也总是愿意倾听、接受，能分析的给分析，能解惑的给解惑，否则就是微微一笑，静静倾听，耐心地让对方倾诉、发泄。你喜怒不形于色，得失不露于形，有度量能容人，严自律苛自责，形成了有修养、有内涵的性格特色。你的侄孙张晓，当年曾在我家住过一年，小家伙常会傻乎乎地看着你的脸惊呼起来：“啊，舅公，你是越老越好看！”这也许就是德行充盈于内而溢于外的结果吧！不夸张地说，你这时的性格，也获得了不少人的赞赏。

上复旦大学时的恩师李庆云

先生罹病，旧市委写作组文艺组朋友们来探候（2010 年 2 月 18 日）

记得那是 2011 年 11 月 20 日，你胆结石突然发作。9 月的时令，天气还相当燥热，盖了两床棉被的你却仍然寒战不停。我是慌了手脚，你却在极度痛苦中嘱咐我：镇静、观察。到了后半夜，我实在无法镇静，终于说服你，送你去医院。化验结果：急性胆囊炎，转氨酶（GPT）升高到350，又引发“房颤”。病情来得十分凶险。当时你住在华山医院六号楼20楼，主治医生是张佳敏，床位医生是顾磊。感谢两位医生，尽职尽责，终于控制了病情。不久，你的病房里来了一位90岁高龄的老干部：童颜鹤发、精神矍铄。我奇怪他为何住院，他说是做一年一度的例行体检。他被安排在你右侧的一个加铺上。不到一星期他就换了房间，转到正式床位上去了。但他却天天来看望你，一坐就个把小时。我奇怪了，问你。你说你也不明白。话还没有说完，老人家又来了。他坐在你的床边，嘘寒问暖，鼓励你和疾病抗争。后来我才知道，老人家退休前是金山石油化工厂的总工程师、民盟成员。

不久，你出院了。回家检查药品时，发现发药的护士遗漏了一种药。我去医院补药。去时正值医院午休，出了电梯口，老先生正在这里散步。见是我，就迎上前来，开口第一句话就是：“我从来没有遇到过像你先生这样好的性格的人，从来没有。他的病很多、很重，要不是有这样好的性格，活不到这么长。”我想这位老先生大概就是因为你对疾病坦然处之，对痛苦不形于色，始终温文尔雅，有修养有内涵，因此才这样赏识你的吧！

但是，我对你后来的这种性格，却敬仰多于赞赏。因为喜怒哀乐是人之本性，发泄也是一种自我的舒展，是一种情绪的释放、自我的调节。虽然，我并不肯定、称道率直任性，但过分的自制、自责、自律，也并不是一种应该全盘肯定的好品格，至少它对人的身体不利。你之所以得帕金森病，和你的这种性格不无关系。

医生说你的帕金森氏综合征是继发性的，也就是说是由长期高血压、动脉硬化、脑梗造成的。而你的这些病又是怎样形成的呢？你自己也清楚，过度、长期的精力支出、精神焦虑，30岁刚过，高血压就找上了你。医生、家属、亲友都嘱咐你要重视病情，要注意休息，你一笑了之。终于你开始常常地头晕目眩了，之后又不断出现美尼尔氏症。记得1976年的一天晚上，过了十点你才回家。一进门你就告诉我说，你是同姜丕之先生一同回家的。一路上，“老姜不断嘱咐我：‘老姚，对自己不要苛责太严，放松点儿。生活是要懂得点儿辩证法的，你想想，一个人一生紧紧张张、忙忙碌碌，没活到70岁就见上帝了；一个人不紧不慢，但坚持不懈，活到八九十岁，谁对国家、社会的贡献大？”姜丕之同志是华东局老干部。我说，姜老真是党的好干部，说得真好啊！当时，你也同意我的看法。但是，你仍然我行我素，终于透支太多，就此被“秋后算了账”。

你不是人云亦云、随风摇摆、媚俗骑墙的人，也不会玩世不恭。在“清查”中，你的态度非常严肃，一就是一，二就是二，是自己的一定认下，是误传的一定解释，上不了纲、上不了线的，一定辩解。这是一个共产党员对自己、对历史应有的正确态度，也是中华民族传统知识分子应有的风骨。何况三十年党的教育，根种得既粗又长，能说砍就砍，说拔就拔？你也绝不是一块顽石，不思悔改，一条道走到黑。你只是想探求、反思，探求孰对孰错，反思为什么会犯错误。白天没有时间，夜晚躺在床上，反复地自拷自问，终于，慢慢地，你走了出来。你砍去病枝，你剪去败叶，珍惜地保护着主干主根。但是，十年啊，如此长时期的自我拷问，你的血压、你的脑动脉受了很大的损伤，终于种下了帕金森氏综合征的病根。

自 2010 年起，你的病情日益加重。自 2011 年起，你频繁地进出医院，在住院期间又一再地患上并发症：肺炎、尿路感染、肠道感染。病中你不烦不躁，无怨无悔，默然对待，顽强抗争。在你被疾病折磨得痛苦不堪，不肯张口、不肯吞咽、不肯说话的时候，我含着泪，给你唱《苏武牧羊》，终于，你艰难地张开了口，艰难地吞咽了饭菜，艰难地发出了声音，艰难地冲破了病魔的包围，回了家。你是一个缺少艺术细胞的人，你不太会唱歌，也不会跳舞，但是你非常爱唱《苏武牧羊》。童年，你唱着《苏武牧羊》跟着村中的大哥哥们为消灭日本侵略者，操练着“一二一”；晚年，在同疾病抗争中，你唱着《苏武牧羊》艰难举步；在失去信心、忧郁烦闷时，你唱着《苏武牧羊》鼓励自己。可以说《苏武牧羊》陪伴了你一辈子。

在医院里，在病床上，你从不说一句为自己疾病担心的话。而一旦回到家，你会喟然长叹地说：“益心，我总以为这次进了医院，就难以回家了。”

近年来，你常犯糊涂，常说呓语。清醒时的你，很少说话，总是默默地听着周边病友的议论，但一犯糊涂，你就呓语不停。请看，我当时记下的你呓语的日记吧：

十多年帕金森折磨得先生锐气渐消

2013年7月11日　周日　多云

先生住华山医院六号楼18楼。体温38摄氏度。中午我给先生喂饭，先生突然连声嚷嚷："中国是不会被灭亡的，中国是不会被灭亡的！"

2013年8月16日　周五

先生终于回家了。这阵先生晚上常有幻听幻觉。今晚他神志又很不清。仲夜十二时左右，听到阿姨在同先生辩论什么，起身视之。阿姨告，自十一时起，先生不停地要爬起来。我问何故，先生说，见很多人手里拿着一只只方方的牌，不停地上下翻动，所以想起来看看。我说："星月皎洁，四顾无声，何来人影？这是你的幻觉。"劝慰先生睡下后，我就坐在躺椅里陪他。后半夜二时三刻左右，先生又几次爬起身来说："窗外树下，有人赌博。党中央三令五申禁赌，我要去看看。"

2013年12月8日　周日　多云

昨夜我陪先生。先生净说胡话，一会儿是写文章，一会儿要我扶起他，让他发表讲话。讲话极有逻辑，很严谨。他说："现在我们在开会，在写文章。但是光写文章是不够的，要多开展各种宣传活动。希望我们党重视许多社会问题。"又说："如果不重视，明年日子就不好过了，会有暴力行动发生，这样就不好了。有志青年一定要关心国家大事。”

2014 年 1 月 15 日　周三　多云

近日电台接连播出中央政治局对公务员的种种“禁令”，又看到习近平主席在北京小店排队买包子的消息和他在中纪委第三次会议上的讲话。我转述给先生听后，先生热泪盈眶，哽咽起来。我惶恐至极，说：“今后再不敢向你传达这方面的信息了，你对政治入之太深，对国家、对人民，爱之太切，病中总说胡话，总是写文章、开会。”我真既感动，又深痛惜之。先生说：“一定要对我讲。我是感动、开心，我们党有希望了。”

这些呓语，应该是你被十年拷问留下的主干、主根。一个人在精神无法自控时说的呓语，是这个人真正的心声，你就是这样一个无限热爱祖国、热爱人民、关心着党的人啊！

病中，你也一往情深地思念家乡，思念家乡的亲人，思念过去朝夕相处的同学、友人。

2011 年 10 月 21 日，你因胆结石发作住进华山医院，2011 年 11 月 14 日出院。当时你因服“可达龙”导致体内电解质紊乱，甲状腺五个指标中有四个指标异常，造成神志不清，常说胡话。一天清晨，我帮你穿衣服，扶你起床，你却不肯起身，说要回家。我说：“这就是家啊，我们已经回家了啊！”你仍然反复念叨着：要回家，要回家。我明白了。我说：“你是想回陆区西张老家，等你康复后，我一定请张晓开车接你回家。”听后你就乖乖地让我把你扶了起来。2013 年 2 月 6 日，你又住进华山医院二号楼 19 楼。一天下午，你突然望着病房门口对我说：“我孙子来了，快去招呼。”我说：“没有啊，再说你只有孙女，哪来孙子呢？”你生气了：“姚淼不也是我孙子吗？他来看我了，已走到房门口了。”平时你常常想念榴英、榴秀、建华，盼望她们能来住个十天八天。今年好容易侄女、外甥女，甚至侄女婿都相约要来看你了，可是，你却走了，带着无限的遗憾走了。

2012 年 5 月 28 日中午，你收到无锡老同学朱学俊寄来的班同学庆祝 60 周年的合影，你既高兴又遗憾地说：“可惜大多已面目全非了。”第二天，你告诉我：“昨天白天看了老同学的照片，很思念，晚上做了一个梦。梦中到了梅村，又到了朱学俊家，但似乎和老同学没有深谈，一晃就过去了。”2013 年 10

月 18 日，老同学张行来看你。刚开始你神情冷淡，但是，当张行同你一件件回忆实小的往事时，你突然神情大好，几近兴奋，对话也响亮了。张行走后，你对我说："今天很高兴。"2013 年 10 月 13 日星期日是重阳节，天气晴好。这天上海复旦大学的老同学为你做八十大寿。你很高兴，早早就起了床，坐在沙发上迎候。我劝说你不用这么早起床，精力要难以支持的。你不听，结果真的支撑不住了。但是，刚上床，同学们却都陆续来了，正是欢声笑语满厅堂。李国章老师受徐志民老师之托，买来了"红宝石"的大蛋糕。行杰老师正好自山东来沪，被公推为寿礼主持人。他读了四益、东海两位老师给你祝贺的诗文、对联，还做了逐句剖析。你呢，先是严肃平淡少表情，后来慢慢地露出了感动的微笑。我代表你向同学们表达了真切的谢意。是啊，你暮年，整日与药罐针剂为伍，伏枥之志日远，饭否之问日殷，是同窗老友，借重九之日，盛情聚首敝庐，为你祝寿，怎能不感激涕零！你常说："我是在朋友们的深情鼓励下才活到了今天的。"

县师老同学寄来了"60 周年聚会合影"

2013 年重阳节，复旦大学五七级上海同学为先生贺八秩

八秩祝寿会上先生和我合影

2014年1月11日邹锡平、华丹宏先生受无锡梅中上海校友会委托探望先生，同年4月27日先生病逝

过去，我时常指责你对家庭关爱太少，你总是默然。你的时间实在太少了，何况你长期恪守的又是存之于心，不必定要现之于形的原则。但是在病中，在神志少清醒的时刻，你却把隐于心的深挚感情暴露无遗。2013年的春节，我也患了一场肺炎。医生、护士都劝我不要来医院，怕交叉感染。有一个多星期，我没有能来探望你。那天早饭后，我去医院吊了点滴，又去菜场买了第二天你和阿姨吃的菜，累极了，回家后就跌坐在沙发上，万念俱灰。想到你的病是那么重，想到吊点滴已整整一个月了，热度仍然一点儿不退，想到你一旦有事，我一个人怎能面对这个家！突然，铃声大作，是医院打来的！我顿时魂飞魄散！幸而是保姆小谢在，她告诉我："爷叔要给你打电话，他说明天要回家。"可怜的你，多日不见，思念哪，又不知我病得怎样，你要回来看我。我告诉你，明天我一定去看你，劝你一定好好卧床休息。你很听话，对保姆说："明天我不回家了，阿姨来看我。"

2013年5月8日，那是星期三，下了小雨，你那天体温走高。晚上七点多钟，"保不湿"的送货员敲门进屋。我找钱包，给送货员付钱，突然听到"噗"的一声，是你从床上摔下来了！原来你听到敲门声，又听到付钱什么的，以为坏人来了，我要被坏人抓去了，你竟然不顾一切从床上爬起来，想要来救我，结果跌倒在地板上。呜呼，一个病人，一个连一日三餐都需要喂的人，为了保护自己的妻子，竟然有如此的爆发力。但是我很“生气”，我郑重地叮嘱你，今后不管怎样，就算碰到刚才你设想的情况也不能爬起来。如果爬起来，就马上把房门反锁，拨打“110”。

病中，你同样非常关心儿子、儿媳，希望能经常看到他们。2012 年 8 月 23 日上午，你神志不清，不停地说胡话。这次你主要说的是儿孙们。你说睿睿将来一定会成就一番事业的，且是很光辉的。又说要你感谢儿媳，做了自我牺牲。又说你自己要去复旦大学开同学会了，不久，儿子也要去开，且要做报告。你说儿子已经在做报告了，你坐在右侧的坐席上旁听，感到儿子比你强很多，很有感慨，自愧不如。

这次我没有想到会出这样的大事。因此，我这次送你进医院，还是很乐观的。我只希望在医院里能获得一个取代抗生素的方法，这样你就可以从长期服用抗生素中解脱出来，你的免疫功能就可以逐渐恢复，我就可在春暖花开之日和阿姨推着小车让你去看看外面的世界。你已经整整两年没下过楼了啊。阿姨说一个星期或十天就可以回家，我说不够，一个疗程要 21 天。就是护士也说，主治医生告诉她们，你只是来检查检查身体，很快就会出院的。何况住院后的几次检查一切良好，仅肺部有少许炎症，检查医生说不重，主治医生也说是轻微的，床位医生还告诉我主治医生已准备开出院通知了。我也在医生开的一堆化验单里看到了主治医生写的出院通知。谁知就在出院前夕你又发烧了，而且输抗生素也不能阻止体温上升。换了三个医生了，换了五种抗生素了，体温不仅没有控制住，反而升得更高。之后医生说验出了“克雷伯氏菌”！自此，病情急转直下。“此菌何来？”“医院！”“为什么别人感染不到，偏偏你感染到？”“免疫功能。”“为什么你的免疫功能如此每况愈下？”我说：“近两年不停地用抗生素，是抗生素害了你。如果你们医生能换个思路，如果你们护士能严格执行规范的护理规则，病人何至于此！”你的体温从开始的肛表 38. 2 摄氏度一直升到 42 摄氏度，连续高烧二十多天，连钢铁也会受不住的，何况人！医院的医护有不可推卸的责任！更可笑的是，病人“走”了已五天了，医院还寄来了一封“病人出院调查报告”！这可是沪上一所著名的三级医院啊！但他们没有反思，没有承担责任的勇气，也没有一点儿对家属宽慰的歉意！要不是儿子劝说，我是一定会和他们辩论的，我是做好了必要的“论据”准备的。

父与子

爷爷和小孙女

正因为如此，对于你的“走”，我分外悲痛，2014 年 4 月 27 日的日记啊，我是放下又举笔，举笔又放下，至今大半空白，心痛难言啊。

体温不断上升：39、40、41、42。先生，你不哼不叫。细菌折磨得你浑身抽搐。双颚 24 小时不断叩打，一个上牙也叩了下来啊，我问你：“疼不疼？”你还是“不疼”。“有没有不舒服？” “没有”。医生查房，你总要说声“谢谢”，声音低微得听不到了，你还是双唇翕动，要说“谢谢”。“走”的前三天，小丽、钱朝阳来看你。你招呼保姆：“好朋友来了，沏两杯好茶招待。”“走”的前两天，陆丽芬来看你，你睁开了眼睛，又闭上了。我说再看看吧，再看看，你没有再睁开眼睛。

“走”的那天，是 4 月 27 日。清晨，我说：“你睁睁眼，看看我吧。”你努力挣扎着，只睁开了半只眼睛。我苦苦哀求说：“你再睁睁眼，看看我吧！”你的眼角，流下了一滴泪水。但愚蠢的我啊，还没意识到，这一天要出大事！我还是去护士台，要了张化验单，我要去复印啊，我要留下证据，告诉医院：对于你的医护，他们有不可推卸的责任！

我摸着你浑身如炭的身子，一筹莫展。我看着你不停颤抖的身子，心在流血。我紧紧地握着你的右手，希望把你的颤抖压下去。我强露笑容地说：“先生，比比手劲吧。”你，握了握，又松开。我明白：你的头脑是清醒的，你什么都知道，什么都明白，就是动不了。我知道，你有好多好多的话要对我——这个需要你一辈子呵护的女人讲，但你，不能讲了，没法呵护了。你担心她啊，你走了，她怎么办？“叮铃铃”，手机铃响。是王蕾老师，退管会负责联系你的老师啊！不能不接。我轻轻放下握着你的手。就不到三分钟，阿姨说：“先生血压没有了。”我奔走惊呼，救护车来了，医生抢救着。一次，无效；两次，无效；三次，还是无效。先生，你终于“走”了。守护我一辈子的至爱亲人“走”了！天崩地裂啊！万箭穿心啊！但，眼前，你的后事要办；此后，先生留下的家要撑。我强忍悲痛，为你擦洗，穿衣。可是，大殓的衣物没来！虽然鬼使神差，两个小时前我给小玲打了电话，拜托她放下一切工作，请给爷叔办好装殓衣物。时间太紧啊，要物色，要选择，又要最好的，可大殓是不能等的啊，我只能给你穿上旧的衣衫。快下午五点钟了，我还是紧紧地抱着你的头颅：哭泣、诉说、用热水不断捂着你的嘴巴，你的嘴巴还是张开着。突然，杂沓的脚步声从护士台前传来，邻居家的姐妹来了，给你买来了全套新装。陆熊说："姚叔叔，对不起了，把手弯弯。"话音刚落，我惊呼："你的双唇合拢了！"你任我们摆布，穿衣、换裤、戴帽、系领带。没有笑容，但平静安详。小玲哭了，爱莲、爱平哭了。我强忍泪水，和小吴、小陆把你送到了医院的遗体寄放室。

从此一别，天上人间！我再也看不到你的笑容，再也听不见你呼唤我的声音；你再也看不见我总是匆匆忙忙走进走出的身影，再也听不见我的唠叨。

去天堂的路上，是谁搀扶你呢？一日三餐，又是谁喂你吃饭？大小便，谁来帮你？擦身抹汗，又是谁帮忙？常常地，在你精神尚可的时候，床头枕边，我俩总会娓娓絮语：回忆我们的相遇相识、相知相爱；诉说我们的欢乐烦恼、悲愁痛苦。现在，四顾茫茫，孑身一人。谁来伴你回忆？谁来听我诉说？空落落的家，空落落的室，空落落的心。看着你的遗容，我双眼噙泪，满腔悔恨。对不住你啊！没有呵护好你啊，竟让你先我而去……

鸿雁孤鸣，弦断琴裂！

追悼会上张伯藩先生赠予先生罹病期间上海老友探慰合影

五十年的老邻居王家四兄妹、学生小方、亲家唐蓉自大殓、守灵、落土到祭七始终帮助我，留下没齿难忘的恩情

先生走了，亲人们来安慰我

情归故里

2014年9月7日是苏州二哥的孙子旸扬大婚的日子。借此吉日良辰，我偕“你”回了一次故乡，准备和侄孙辈商量，如何在冬至把你“入土为安”的大事办好。

说实在的，在回乡前，我还真有点儿顾虑呢。已经十多年没有回归故里，不知故里的情况到底怎样。几年前和侄儿为一点儿误会有些不愉快，虽然你的追悼会侄儿一家都参加了，但我总还有些尴尬。现在的小辈都忙，忙得甚至父母同住一个村子也常常难以见面。而我这次又是希望得到侄孙辈的帮助，因此心中颇为忐忑。

谁知这次我回家的消息一出，侄孙们就如迎“大驾”。先是二哥的儿子建伟决定请他姐姐建华跟车来接；再是你陆区大哥的外孙张晓，一定要自己或让司机开车来接。我告诉他们，我已买了火车票，上下车也都有接送，我不过借机会坐一坐火车而已。谁知怎么说也不行。我给张晓妈，也就是你的大侄女，先后打了四次电话，请她说服她儿子，放心让我独自回家。但大侄女怎么也不肯打这个电话。她说儿子不会听她的。结果张晓又打来了电话，说：“舅婆，你别说了，星期五上午九点，你在家中等，我派车来接。就这样定了。”不等我回答，电话就挂了，就像首长向下属下命令那样，干脆得斩钉截铁。怎么办？如果不听他的，车真的来了怎么办，总不能让它扑空而去！我也只能接受他的安排。

车子早上八点多到的，我把你的遗像嵌在汽车的窗玻璃上。沪宁高速两旁成片的楼房拔地而起，一幢幢公寓，一座座别墅，连片连片的安置房。司机说，这安置房是为农村拆迁建造的，里面的设施和商品房一模一样。我的脑海中突然闪现出青年时代班主任为我们描绘的共产主义社会的生活：“到时候啊，到处是楼上楼下，电灯电话。”而现在的农村安置房不仅是楼上楼下，而且电视、空调、网络样样俱全，而这仅仅是社会主义初级阶段的生活啊！迈向共产主义还要经历“中级、高级的社会主义”。到时人民的生活又何止是电视、空调、网络。那时天上的我们，定会偕嫦娥、吴刚，手捧美酒，同神州万亿子民共庆江山多娇！遗憾的是司机是陌生人，我不好意思和你絮语心情。

近十一时，汽车开进张晓的厂长办公室。此后几天，人事繁忙，活动地点不停变换，所以也就无法执子之像，与子偕行了，只能事后在这里向你汇报我这次回乡受到的种种接待和内心的感受，冀先生能如同身受。

还没有进张晓的办公室，张晓就热情地迎了上来，几乎是扶着我坐到了沙发上。他马上要沏茶，我说免了，我带了茶杯。他接过茶杯，帮我加满了水，随手塞给我一本画册，说是他新厂房的设计图册。我未及翻完，他又塞给我一本设计得更为精致的图册，说是他别墅的装修设计图。说为装修七百多平方米的别墅，请了个专业设计师。又说到冬至，估计装修得差不多了，那时可以领我去参观，等会儿领我先去看看这两个图册设计物的外观。正说着，侄孙媳妇杨虹来了，说是去吃中饭。我说："阿晓（张晓已是一个年生产毛利近亿企业的董事长了，但大家仍习惯沿用小时的昵称叫他阿晓），简便些吧，去看你妈妈，吃你妈妈烧的家常菜。"他说，不行，要听他的安排。结果是他、杨虹、司机，以及很快到来的他妈榴英带着我一块儿到了"农家乐"。这是一间小巧玲珑、精致雅静的包房，环绕着它的是各种各样高低参差的花草树木。一共五个人，点了一桌菜。我说："达南怎么不来？"榴英说："他吃过了，不来了。"张晓不停地把河鲜、海鲜往我碗里放，一盆草虾，一半倒在我的碗里了。我说："阿晓，还有别人呢，再说我哪里吃得下。"张晓说："甭管他们，吃不下就不吃饭，光吃虾。"吃完饭，杨虹去打理厂里的事。她是总会计师。阿晓陪着我和他妈去看他的新厂房。

新厂房由三个部分组成，其中一个是厂级干部办公室，共有三层。张晓是企业的法人代表、总负责人，办公室设在三楼。他一人占三间房，一间会客室、一间厂长办公室、一间休息室。三间房占了三楼的一半；另一半是他女儿的办公室，还附有一间母子室。他女儿刚生了小宝宝。这个还有三年才到50岁的张晓已经做了一年半的外公了。二楼是他媳妇杨虹主管的，设有总会计室、会计室、厂级干部办公室等。一楼大概就是停放汽车什么的。另一个部分两个大车间，都是上下两层，安装有精密车床。张晓说，他现在招聘的全是技术工，所以厂房要装修得特别到位，不能影响机器的精密度。再有一个部分就是食堂、浴室等。我说："阿晓，这厂房土地是租的还是……""全部是我私人的，我买的！"

20世纪80年代末，张晓以10万元起家，打拼了这些年，已拥有毛利近亿的企业了。他真是生在了好时代，占尽了天时、地利、人和啊！

看完张晓的新厂房，就去看我们的老家——西张。张晓先给我打预防针："舅婆，我们的老家现在只有真正的一点点了，周围都被外来户开的各种各样的小企业包围了。老家就像被高山包围的一个小墩墩。""真的？""真的，你看了就知道。"张晓的车七拐八弯，开了不多时，说："舅婆，西张到了，你寻寻哪里是西张。"我左寻右看，看不到我印象中的西张了，到处都是一个个水泥砖块垒的小围墙。当年进西张的那条河哪里去了？转弯就能见到的大弄堂哪里去了？我只能说："晓啊，西张在哪里啊？""不就在你的脚下吗？""这就是西张？""是啊，你看，榴秀的家到了。""啊，这么小，这么破，当年这可是西张规模相当大的一座房啊！"车子再往前开，转了个弯，张晓把车停了下来："舅婆，舅公的老家到了。"到了？那条淘米洗菜的小河呢？怎么变成臭水沟了？屋后的小园子呢？也没有了，赤着"膊"，露出可怜巴巴的模样。面前是一座两层楼的砖瓦房，砖块低着眉睫，畏畏缩缩。这房子没有穿衣服啊，脏兮兮的身子暴露在光天化日之下。张晓说："没有钥匙，你就隔着窗玻璃看看吧。没有涂水泥，外墙面容易破损，我对娘舅讲，用水泥糊一糊吧，用不了多少钱。"我说："钱没关系，还是和娘舅相商相商，用水泥涂一涂好。"张晓说："听说就要拆迁了，如果拆迁，就不用涂了。"

看完老家，车子就到了张晓家。房子是必须有人住的，张晓家因为他爸爸妈妈常年住在里面，所以这个家还非常不错。特别是门前的两棵大树，枝叶茂盛，亭亭如盖。在去老家的车上，张晓妈轻轻耳语："儿子要替我们买房，达南不要。婶婶，你帮着劝劝，他听你的。"我说："那旧房拆迁，如何处理？"榴英说："卖掉，拿点儿钱用用。"到了张晓家，达南在午睡，听到我来了，就下楼寒暄了一番，我单刀直入地说："达南，听说你儿子要给你买房，这是好事啊，让他买吧。""我要他们买做啥，我不用！"他回答得很干脆。我说："达南，你这就不对了。儿子给你买房，既是儿子在尽孝心，也是你给儿子面子啊！你想，儿子事业做大了，自己住了那么大的房子，可父母住得却很破陋，让儿子的脸搁哪儿啊！再说这扶梯，晃晃悠悠的，当年我上楼就怕。你让儿子给你买了房，你们父子俩都长脸啊！张晓在地方上带了头，树了榜样，有钱的都能给爸爸妈妈买房，你看多好啊！"达南不作声。

坐了一会儿，张晓就让司机送我去无锡外甥女家。临别，张晓叮嘱我，明天下午五点他准时开车来接，一块儿去参加聚会，接下来看戏，很好看的，有歌有舞。晚饭是外甥女明伟请我吃的家常饭，说是家常饭，却摆满了整整一桌子的菜肴，都是外甥女精心挑选的。全家八口，和和美美，其乐融融，一种同亲人相聚特有的甜美把我的心填得满满的。

第二天，外甥女婿送我和三位老同学去看你的恩师俞坚平。

恩师住无锡郊区东北塘，近期家中正在拆迁，所以他在老干部办公室接待了我们。恩师是地下党员、离休干部，晚年热衷书画，所以老干部办公室专门给他辟了一间书画室。恩师已经93岁了，但红光满面，精神矍铄，声音虽不能说如洪钟，却清亮如磬音。我们急于面见先生，所以上午八点多就出发了，谁知先生知道我们去看他，早早地就到书画室里了，听到我们上楼的脚步声，他已从座椅上站了起来，待我们快步向恩师走去，恩师也已迎了出来。我们跨上前向恩师深深鞠躬，恩师伸出厚实的大手，紧紧地握着我的手，长叹了一声。我很清楚恩师要讲什么了，就说："老师，学生失礼已多年，今天是专程来补礼、问候的，汉荣的事，不讲了，好吗？听说老师您这么高龄，仍沉浸在诗书字画之中……"恩师一听说诗书字画就兴奋，问我收到他那本诗书字画集没有，我说："没有啊，您补给我好吗？""记得不是给过你们了吗？"恩师一面喃喃自语，一面在书堆中寻找起来，半天找出了一本，我赶紧双手捧过，翻阅起来。"啊，老师这本我们是有的，您让刘炳福捎给我们的。我以为您最近又新出了一本呢。""就是那一本啊！"阿姨沏好了茶，大家扶着恩师坐下来。谈话就从诗书字画开始。恩师的话匣子打开后，滔滔不绝，一讲就讲到近上午十一点。领队柏楠，我们在县师时的老班长，出来阻拦："俞先生，不能讲了，十一点了，应吃午饭了。"保姆说："先生早准备了。"我们四个怎么也不让保姆忙。我说："我是专程代老姚来看先生的，应该我请。"柏楠说我是客，他是主，应该他请。我笑问："经济独立否？"他连说："独立，独立，绝对独立。"

在一个规模相当大的饭店里，我们吃了午饭。因为菜点得太多，虽吃得很慢，很尽兴，但还是剩了很多。下午两点了，要不是我说应该让先生休息了，饭局还会继续下去。

保姆说："今天先生非常高兴，早早就在书房等了。"

我想也是。先生今天话题很宽，由谈他的书画，到谈他的保健，再到谈今天他怎样礼佛，他还即席吟了他的一首诗："凡物色空两相变，人生苦厄紧相随。知足能忍康乐寿，回归自然游天涯。"我说："先生把这首诗赠给老姚吧！"先生欣然应允，还说他有这首诗的一幅字。我说："更好，连字幅一块儿相送吧！"先生允诺，让保姆找，可惜找了半天没找到。玉琪说："俞先生讲'色空观'讲了一个半小时，我们都听过的。"我心想，先生嘴上这么说，心中真能如是想。不知是谁，大概还是玉琪吧，把话题一转，转到目前的时政上去了。先生自然地加入，且成了这话题的主角之一。我想，先生仍是红尘中人。

在东西路口，我们同先生告别；先生东回，我们西走。临别，先生执着我的手叮咛着："过去的已过去了，向前看啊！"在往回走的车上柏楠说："今年是我们五四届毕业64周年，我们在无锡的同学要聚会纪念，外地同学就不邀请了。你最好能来。"学良也如是说。

回到外甥女家，已近下午三点。稍事休息，就静待张晓电话。

下午五时，电话打进来说车已到滨湖小区门口。外甥女婿送我上了车。车上有达南、榴英。不知怎的，说着说着我感到身底的车座特别柔软，车内空间也特别敞亮。我说："这辆车是什么牌的？""保时捷。"我心想：保时捷，我知道。嘴中就说："名牌啊，大名牌。"张晓说花二百五十万买的。我说："好阔气！晓，给爸爸妈妈买房子那就定了。"张晓说："那自然。""旧房的拆迁费你可不能要啊！"张晓说："我要它做啥？"

很快，车停在一座很华丽的酒店前的广场上。我说："这是哪里啊？""华美达，这酒店的主人是我朋友，今天我们来这里吃自助餐。"进去后，碰见很多亲友，榴英一一做了介绍。原来今晚是张晓同亲家公联合举办的迎中秋家宴，来的都是两家的直系亲属，竟然有四五十个人。菜肴甚丰：河鲜、海鲜、蔬菜、水果，都是现今时兴的清淡食品。张晓不时给我端来一盘盘美食：虾、海蟹、生鱼片、炸牛排、中式西式糕点。吃着吃着，榴英冒了句："如果叔叔也在，那多好。"我黯然。谁说不是呢！"每逢佳节倍思亲"啊！老姚晚年病重，一直念叨要回家，直到最后都没能回去。幸而儿子深知父意，坚持要把墓地买在无锡，说让爸爸回归故里。爸爸对他的故乡感情深啊！

饭后，步出厅堂，眼前就是一条人工开凿的河流。河水蜿蜒，绕酒店而去，转弯处还立有小桥一座。酒店右侧有一排排藤座椅，椅前都有放置食品茶水的小平几。对岸则是个戏台，客人刚落座，各色灯光就聚焦到戏台上，戏中人物即陆续登台。演出的都是流传最广、最深，最受人民喜爱的戏曲作品，有《白蛇传》中的“水漫金山”，有《梁山伯与祝英台》中的“化蝶仙去”，还有历史故事《乾隆皇帝下江南》。“皇帝”竟然还走过小桥，从河对岸走到我们这些看客中来，体现了“君民共乐的欢腾”。我突然想到鲁迅当年看“社戏”的情景。我们今天看的是“水戏”，其规模、其光影、其情景、其虚实相间的技术，鲁迅当时是很难想到的。改革开放后，故乡人民的奇思异想、故乡人民的丰乐生活，是我这个不探故乡已近十年的人难以想到的。但是有一点万变不离其宗，那就是华夏文化的瑰宝世世代代种在人民心中。

回到外甥女处，同外甥女共话，又是一分感慨。

明天的活动是：参加苏州二哥孙子的婚礼。

清晨，七点不到，张晓的车就到了小区门口，外甥女送我上了车。张晓说：“爸爸妈妈在前面的车上，这部车还要去接娘舅。”很快侄儿柳平、侄媳秀英上了车。善解人意的秀英上车后第一句话就是让我把略有尴尬的心情放平。她说：“婶婶，去看过我们的房子了吧!”我说：“看了，很好。就是墙面没有涂水泥，容易破裂。”柳平说：“听说就要拆了，拆就不补了；如果不拆，要补一下。已补过几次了。”我说：“辛苦你了。”接着秀英告诉我，她儿子在无锡太湖边买了一套160平方米的房子，要他们去住，他们不想去，觉得还是自己的旧房子住得习惯；又说孙子在复旦大学附中读书，将来考复旦大学没问题。柳平则和张晓在谈张晓新厂房和别墅的装修。一车四人，热热闹闹，其乐融融，谈的都是高兴事、喜事、子孙们努力奋斗的事。最后我说：“阿平，这次你叔叔在青龙山落葬的事，你要帮帮意弘。”柳平一口应允。我还没有表示感谢，张晓就说：“舅婆放心，冬至那天我开商务车来，可坐7个人。如果不够，我再开部小车。”我说：“你舅公以前常常想老家，有次住院回家，第二天我扶他起床，他说：‘我要回家。’我说：‘这不就是家吗？我们昨天就回家了啊!’你舅公还是嘟囔着要回家。我说：‘我知道了，你是要回西张的家。’他不嘟囔了。我说：‘张晓说了，你身体好一些，他会开商务车来接你，你可以躺在车子里的。’现在，你舅公走了，我想当天车子绕陆区西张走一圈好吗？”张晓说：“没问题。”

车子早上八点多就到了苏州，阿伟接我们去了他家。除了无锡二姐家，几乎所有人都到了，挤得阿伟家的厅堂都无法走步，年轻一点儿的都是两个人合坐一张凳。阿伟说："就去新房吧！"

新房可宽敞了，有200多平方米，临窗还有个小湖泊。装修虽说不上十分精致，但家具、什物应有尽有。侄孙旸扬是搞艺术的，还有钢琴室、音响室。两个工薪族的父母，为儿子大婚，操办了这个家，真是倾其所有呀，可感可叹。

不久新郎、新娘车到。新郎是在文化馆工作的，新娘是北京大学毕业的，在苏州一律师事务所工作，很般配的一对。两位新人拜见长辈后，就去排练节目了。今晚，新郎要率领演出队即席助兴，新娘则钢琴伴奏。现在的年轻人啊！

午饭说是便饭，却仍像酒水台面。饭后，张晓带我们去足浴。张晓说："喜酒要晚上七点多呢，还有四五个小时，去足浴吧！不做足浴的，就躺着休息休息。"结果是五位女士、三位男士，跟着张晓浩浩荡荡去足浴包房。这样全套的足浴服务，我是平生第一次体验。要不是借着足浴，舒舒服服躺了两个多小时，晚上七点多的喜酒，真还有点儿难以支撑。

三十多桌的喜宴，几十道菜，弄得口箸难停，笑语不绝。可惜的是把新郎、新娘辛辛苦苦排的节目冲了不少。在这样热烈、喜庆的场合，如果用通俗唱法可能好些，美声演出，应该放在高雅、宁静的场合比较合适。

喜宴完毕，我们西张姚氏还拍了一张"合家欢"。这是一张真正的"合家欢"啊！借二哥孙子旸扬大婚之喜，侄儿阿伟几乎把他祖父富根老爹留下的三个儿子、两个女儿的孙辈、甥辈能来的都请来了。几十个人哪，熙熙攘攘聚在一起，拍了这张有历史意义的"合家欢"。老爹的后代，有的干工业，有的经商，有的干实业，有的做学问，有的从政，"士农工学商"就少了个干农业的。老爹自己是从事农业的，但他的第四代子孙中却已经没有从事农业的了。反正，姚氏的子孙们全都在为国为民也为各自的老爹争光。你听到了会高兴吧！如果你也在，那我该多开心啊！

2014 年 9 月 7 日，借先生二哥孙子旸扬大婚留下了这张“合家欢”

喜宴结束，回无锡外甥女家已近晚上十点了，陆区西张姚家之行随之结束。

第二天，告别外甥女一家，外甥女婿就送我到了妹妹家。先生啊，我们陈墅姚家，显然不如你们西张姚家。前面说到大姐儿子子英已三年没有工资收入了。而汽车一到妹妹家，喇叭一响，出来接我的妹妹，几个月不见，脊背竟然弯曲如弓了。四个月前，在你的追悼会上，我见到的妹妹，还是个相当年轻的“老阿姨”，怎么四个月一过就成了个“弯背老太婆”了呢？我一阵心酸，透彻骨髓。进得家门，虽然窗明几净，装修精致，但鸟儿都飞出了窠，一种空巢老人的孤寂感扑面袭来，黯然神伤之感油然而生。

下午，我本要去拜访浦桂林浦大哥的，但浦大哥坚持要自己来，我只能恭敬不如从命了。下午 2 点半，浦大哥准时到达。我首先代先生你感谢浦大哥在青年时代对你的种种帮助。我说：“老姚生前，常说您是他年轻时政治道路上的第一位引路人。谢谢您对他的种种关爱和帮助。”浦大哥问了你这次病情的经过，又劝慰我节哀保重，还谈了不少老同学的情况。直到子香说小军车子快来了，才察觉已近下午 5 点。

陈墅姚家，就数我妹妹家人丁兴旺，一子三女，个个成才、家家小康。四个孩子中，小女儿一家更是妹妹家的翘楚。亲家公从事实业，很有经营头脑。

他从物流起家，后改做锻压，现在又从事高科技，在东港是很有名的实业家。我就是去参加他家的中秋家宴的。家宴开设在一条汽轮上。妹夫说："亲家公和他的朋友在太湖包了一条汽轮，他家的家宴设在汽轮的二层。"

又是别有一种情趣。

车到码头，就碰到这位亲家公。他步态轻捷，谈吐干练，神态老辣而极自信，哪像71岁的年龄。我和他并肩前行，问及他的事业，他说："交班了，老朋友都说，70岁还不交班，像话吗？"我说："我们小萍怎么样？"他说："太善良。"我说："善良好，能帮你守家。"我又说，"小徐呢？"他说："慢慢地历练吧！"我说："我发觉他成熟多了，像个年轻的企业家了。"他突然踌躇满志地冒了句："要看准方向，向前冲！"我悟到老徐这句话的含义了：他现在之所以把企业交给儿子小徐，一是要让儿子历练，二是他又看准了一个新起点——太阳能，他又要向前冲。真是老骥伏枥啊！

老徐的豪爽、小徐的内秀，一定会让这个家族稳稳妥妥，蒸蒸日上。这是我们陈墅姚家的骄傲，虽然小徐不是我们的直系血亲，他只是我父亲的外孙女婿。

妹妹的几个孩子，就内在品质来说，都不错。但由于成长条件的限制，没能得到充足的阳光雨露，各自的成才都受到了制约。这应该是社会学家研究和感慨的课题了。

中秋过后，假期也结束了。我得马上去青龙山张罗先生你的大事了。青龙山是妹妹、妹夫、小徐陪我去的。小徐接老徐的班不久，工作量大，压力也大，但他还是放下工作陪我，这让我非常感动。

原来我以为整修墓穴是很繁杂的：浇灌墓穴的水泥要到位，否则容易出现裂痕；墓穴的材料要选择好，碑刻的安排要大气；整修的时间、落土的时间都要一一落实妥当。谁知到了墓地，看到整个墓地的墓穴都已统一整修到位，墓碑亦已竖好，只要设计完"墓穴装潢图样"交给有关人员操办就可以了。所以手续办得很快，不到两个小时就一切办理完备。

十分感谢小徐帮我们选购了这块墓地。墓地的地理位置是出乎意料的适中：右边是我父亲、母亲和大姐安睡的地方，不远处是我二姐夫妇和弟弟选购的墓地，左边则是我妹妹、妹夫新购的墓穴所在地。一般情况下，家族的墓地能离得这么近，几乎是不可能的，而我们家族的墓地却如此相邻相近！是父母亲冥冥之中的指引，是老天爷的神助！

我也非常感谢我们的侄辈孙辈。我还未及开口说你“冬至落葬”的事，侄孙辈们已经全都帮我设想和安排好了。大侄女说“叔叔没有女儿，女儿应做的事我做”，侄孙张晓说冬至那天他负责开车接送。至于礼请亲友、安排午餐等事则由侄女婿达南代办。本来给我安排的是买鲜花、购供果，但外甥小军知道后，又被他拦了去。这样，我就成了个“闲人”了。

金钱有价情无价。亲戚们对我的真心相助，也是对你这归乡的游子最好的抚慰啊！

一件压在心中的沉甸甸的大事，就这样轻松地解决了。明天我可以轻轻松松地去故乡看二姐了。

我终于安安稳稳地睡了一夜。酣睡中我做了一个梦。

梦醒，我突然悟到：你一生追求的天下劳苦大众都能翻身解放，过上幸福美满的生活，不正在祖国大地上逐步实现吗？而你呢，也是这样地被装满了幸福。你看：

大地母亲承载你，
吴楚青山拥抱你。
锡中师友欢迎你，
故里亲人抚慰你。
儿媳孙女呼唤你，
糟糠之妻守护你。
赤子的你，泣涕了。
梦醒，我突然悟到：先生，你和我啊
弦未断琴未裂，
情归故里
弹宫商。
雁燕何处重双飞，
故土青山桂香园。

2014 年冬至，先生回归大地，亲友冒风雪前来相送

2014 年 10 月 8 日

（此文取自 2014 年《纯朴农家子——姚汉荣先生纪念文集》第 157～192 页）

离离原上草　青青子衿心

——读《姚氏宗谱·陈墅支》“席儒公系”述评

近年来，我的眼前总是浮现着这样的一幅画面：

一马平川的江南田野，蜿蜒起伏的徽皖丘陵，山顶耸立着一棵刚劲挺拔的古柏，古柏下站立着一个70多岁的老人：干瘦的肢体，黝黑的脸庞，布满刀刻般的皱纹。他张开双臂，一双闪烁着仁慈、睿智的眼睛，深情地凝视着前方：

前方，大地广袤，青色浩瀚，风吹草伏，人们看到了大群穿着青白衣衫的年轻人和头顶各种冠饰的壮实男子，他们躬身弯腰，双手伏地，正在向远方的老人顶礼膜拜。

突然，前排走出一个男子，快步向老人走去。快走到时，一阵清风飘过，男子不见了，只有一个黄口稚童，高举双手，跳跃着奔向前，扑进老人的怀中……

画面隐去，眼前一片空白，但心中积压多年的桑梓之情，却如秋水，如春潮，奔腾、冲撞，令我无法自已。

我的童年、少年是在外公家度过的。抗日战争时期，舅父舅母携老挈幼，沿江流亡，到了云南。父母带着我们，到外公家乡，为外公守家。新中国成立后，父母才带我们回归故里。少了童年和老家同族兄弟姐妹的追逐嬉戏，少了一年四季重大节日的拜亲串门，故乡对于我来说是陌生的，我对故乡是淡然的。何况这时的我，已考进本邑县立师范，住校读书了，冬夏两季的寒暑假，我只是故乡的一个过客。故乡陈墅，姚姓的家庭成分大多不好，父亲也在其列，虽然他有个小小的教职，没有“戴上帽子”，但成分不好是摆脱不了的。

1956 年后，本来就甚少往来的亲戚，这时避之唯恐不及，人们对成分不好家庭种种奇特的审视目光，更使我感到委屈和羞辱。要不是那里有父母、姐弟，我真的希望永远不要踏上这条归乡之路。改革开放后，虽然成分不好的帽子摘掉了，但几十年积压在心底的羞辱和委屈却怎么也化解不开。所以乍知陈墅姚姓要重修宗谱，要各家书写《总表》简历的时候，我先是惊愕，继而是不以为然，最后决定不写：觉得何必多此一举。

奇怪的是，我最终还是寄出了被索要的简历，而且还祈祷着希望宗谱能早日修成。

2015 乙未年重修《姚氏宗谱》（光裕堂藏版，2019 年 6 月周应诚先生摄）

2016 年春夏之交，新福弟电告："宗谱已成，开始订购。"我订购了一部。不久新福弟把宗谱寄给小妹，小妹又快递给了我。

快递来的是个紫红色的木箱。箱板正中用隶书镌刻着"姚氏宗谱"四个金色大字。右端和左侧下方分别用楷书刻印着此次宗谱编修的年月和所藏版别。可惜辗转托运，箱板被震裂了。

我轻轻打开被震裂的箱板，呈现在我眼前的是金棕色的镶花封页，左侧蜜梨色丝绸质的题名书条上，用墨色隶书写着《姚氏宗谱》的书名，端底盖着"光裕堂"藏版的朱红大印。端庄、肃穆、隆重而又精致，十厚本整整装了一箱。

我认真地一页页地翻阅着我家的宗谱——《姚氏宗谱》。

宗谱告诉我：陈墅姚氏源自安徽。安徽姚姓支系很多，最大两支是桐城姚、休宁姚。桐城姚多官宦之家，且在我国散文史上建立了桐城一派，其十六世孙姚鼐，更被尊为此派始祖之一，声名显赫。休宁姚始祖寿公，虽在此传了二十二世（其廿二世有两支孙迁无锡金匮怀仁乡黄土塘、陈墅，成为此处开系始祖。无锡在清雍正四年（1726）被分为无锡、金匮两个县邑。两县同在无锡城办公。1912年金匮县被撤，复归无锡县），但其从何地来，从事什么职业，曾是否有官品、官身，皆难考证，估计只是个布衣、素族。我陈墅始祖仲云（文义）就出于这一支系。就始祖爷爷见山公的经历来看，他是一个行贸于苏皖之间的商家。从他知书达理、睿智有谋和后代子孙的治家理念推断，儒道和举业，其心甚系之，只因种种原因，他未能专业于此。据《姚氏宗谱·仲云公传》可知，休邑地理环境甚差，多山丘、少平原，人们无法依附土地生存，只能懋迁求利存生。我始祖爷爷家人丁单薄，不仅二世单传，且夫人和儿子去世较早，只留下幼小的孙子仲云一人，祖爷爷只能选择行商育孙养家。又时值清兵入关，明室解钮，李自成、张献忠揭竿反明，民族矛盾、阶级矛盾交相纠结，中华大地战火连天。明崇祯十五年（1642）“张献忠破亳州、入英霍、据舒城，连陷庐山、含山、无为、六安诸州县，安徽全域戒严”（《姚氏宗谱》首卷第20页廷采公《族谱引》）。徽地本多亡命盗贼，至此，纷纷抢劫掠夺、屠杀无辜，乡民们纷纷外出避难。祖爷爷见山公就在此时携孙仲云，族孙廷采、泰符、羽长、翰云，避难徙至无锡金匮怀仁乡之陈墅、黄土塘。清顺治二年（1645），清太祖努尔哈赤十五子爱新觉罗豫通亲王多铎奉命南征淮扬，直逼正借长江天险据守南京的福王朱由崧。安徽危急，消息传来，见山吾祖焦虑故乡祖族安危，毅然只身冒烽火奔赴休邑，自此再无消息。如此家国乡关之思之恋，怎不令人可敬可叹！祖爷爷“走”了，他的思想、精神、情操却深深地刻印在他的子孙的心中。

祖爷爷携孙迁陈墅时，始祖仲云仅是一个7岁的垂髫小童。祖爷爷毅然离孙赴乡时，始祖也仅是一个10岁的“愿稚”（谨慎、老实的幼小孩子）。他是怎样在新迁之地生根、发芽、抽枝、繁叶的，在他生根、发芽、抽枝、繁叶的过程中产生了哪些人和事，又该怎样来对待和评价这些人和事，是我读宗谱最关切的一件大事。

见山祖携孙自安徽休宁迁至无锡金匮陈墅，至2015年再修宗谱已历370

多年，传了十三世子孙。370 多年，在历史的长河中，只是弹指一挥间。但这弹指一挥间，却是中国历史上天翻地覆的政权迭变时期：封建帝制被推翻了，蒋家王朝被打败了，人民当家做主的中华人民共和国诞生了。陈墅姚氏子孙的一至九世，是生活在清代。十世虽只是一世，短短的几十年，却经历了一连串的政权大变动，其变化之急骤令人瞠目。在《姚氏宗谱》里，第十代是革旧立新的一代，是经历了革命烈火洗礼的脱胎换骨的一代。以后的十一、十二、十三世孙是在社会主义新天地谱写自己崭新人生篇章的新一代。由于这几代的子孙大多还在新的人生道路上立业、奋斗，难以在家谱中对他们做出全面、公允的历史评价，所以我只撷取一至十世陈墅姚氏席儒公系子孙的人和事，做一己粗浅的述评。

民国时期的陈墅姚氏祠堂（取自百度，姚正如先生整理）

整修中的姚氏祠堂（**2019** 年 **7** 月 **8** 日鲍明伟摄）

陈墅务本堂文物保护告示牌

一

如果把陈墅吾祖的成长比作一棵树，那么它也经历了落地生根、抽芽长干、发枝繁叶、干粗枝壮、绿叶纷披、婀娜多姿的成长过程。吾祖的前三代是创业、立业、护业，处于播种、发芽、长干、抽枝的时期；四代至六代是干始粗、枝始茂、叶始繁的阶段，是吾祖家族建制立训迅速发展的阶段；七至九代的姚氏，干粗且高，枝叶丰茂，枝丫交错，婀娜多姿，是吾族子孙彰显个性特色、欲领风骚的多姿多彩的时期；而传至十代，树临“风霜”，是吾族在革命烈火中锤炼、脱胎换骨的时期；以后的十一、十二、十三代，树经“风霜”，分外苍翠，是吾祖子孙在新时代发愤图强的时期。

第一期的创业者是仲云。一个外地迁来的 7 岁小儿，一个 10 岁独当门面的“愿稚”，是如何在新迁地立足生根，创出一番家业的？他靠的是有一个睿智、明断、刚毅、干练的爷爷。爷爷见山公在故乡安徽休宁烽烟将起、战火在即的时刻携孙迁金锡怀仁陈墅是经过周密考虑的：“金锡在明时，未遭兵革之祸。吾乡离城五十里，地方尤为幽僻，因之仲云公得安居生聚，积蓄成室。”（《姚氏宗谱》末卷第 58 页《族谱跋》）这表明当地地理形势有利，环境安全。见山公在多年行商的过程中，为行商方便，在怀仁周边择点囤积了一些物资，为到新地改行商为坐商提供了货物和资金。说干就干，见山公到新地后就购房屋，开作坊，雇助手、佣工。见山公的宽厚待人，为仲云留下了人脉。见山公于 1642 年迁陈墅，于 1645 年获讯匆匆归“休”，这中间三年他对仲云手把手指点，耳提面命，辅助、教诲、传业。仲云自小经历了丧父失母之痛，既目睹了祖父为养护自己经历的种种艰辛，又有身经战乱、颠沛流离的历练，到了新址，他谦虚谨慎，任劳任怨，创业立业。新地民风淳厚，社会安定，管家、佣工都能悉心辅助。故见山公走后，不仅作坊营作有秩，且能“立家室，置田里，长子孙，隆然秩然”（《姚氏宗谱》卷一第4页《仲云公传》），创出了一番家业。

一期的继业者是长仁。仲云24岁生长仁，51岁去世，父子相守27个年头。一个27岁的人，在无父无母、无兄无弟的处境下是不可能终身业儒而不承继父业的。《姚氏宗谱》卷一第4页《仲云公传》说：“至长仁，而丰且厚。亦长仁之肯构也。”至于《总表》说他“业儒，苦志读书，年老不倦”（《姚氏宗谱》卷三第8页），说的只是：长仁在努力子承父业把作坊做大做强的同时，不忘祖上耕读传家之本，努力以儒为业。

父亡故后，长仁一心只想为父撰写“传略”，以备子孙修宗谱收藏。他终于通过郭武承，聘请到“进士出身，诰授奉政大夫，广东提督学院国子监司业，前翰林院检讨，乙未科会试同考，官南书房行走，江阴陈均”这样的大人物为父亲写了传。

长仁的子承父业，重传承、苦业儒、尽子孝、立父传的美德和精神，值得后代子孙学习。

创业的是祖父仲云，继业的是父长仁，光前裕后的是孙席儒（子珍）。

陈墅姚氏经过仲云、长仁两代的辛苦经营，家业日隆，终于有了积累。在这种情况下，父命席儒复“旧业”。旧业者习儒也。姚氏本是耕读传家，只因休宁多山丘，少田畴，居民很难靠土地立业起家，见山公被逼以懋迁护祖业。今新地陈墅，不仅水清土沃，而且豆制作坊又大有收益，故彰显旧业就有了充盈的经济基础。《仲云公传》说，席儒“青年力学，黄绢工词，羡家室之丰盈，谊联桑梓，庆庭帏之豫顺，荫受椿萱，从此殚精萤案”。席儒“殚精萤案”[①] 虽未获“青衿之荣”[②]，却以自己之力，恢复了姚氏以儒传家的旧业。

---

① 殚精，竭尽精思。萤案，明清时童生考取秀才后公布的名单。此处之意是：竭尽精思，盼望跻身童生考中秀才的名单。

② 青衿，明清科举时代专指秀才。青衿之荣，获得了考中秀才的光荣。

席儒力学未成，转而致力于开拓古村陈墅。陈墅在方志上虽早已有名，但见山公携孙至此时，陈墅只是散布一些村舍、茅屋而已，并无城镇的标志性街道。是席儒“增造房屋，招集乡邻，始成街道”（《姚氏宗谱》末卷第58页《族谱跋》）。席儒造福乡里的这一义举，是他后来能望重乡里，被举为“乡饮大宾”[①] 的重要原因。

《姚氏宗谱》首卷第103页收藏了《席儒公家训》全文。家训开篇就正告子孙，天生下民就该接受“父师之教育”，生而为人就该“奉贤圣为仪型”，为人应成为君子，君子之道首先要明辨是非，进退趋避不以利害为取舍标准。修身先要正心，为善必先去恶，子女不论贤愚，读书是第一要务。治家，不论贫贱，守业是最重要的。“腹有诗书之气，粗粝美于膏粱。名垂都邑之间，布帛荣于锦绣。”孝父母，敬叔伯，友兄弟，严于择友，宽厚待人，与邻、族相处有吃亏之度量，这才是人伦的至规常道。家训最后语重情长，谆谆教诲：

> 毋荒于嬉，毋隳于惰。毋助强以凌弱，毋附势以欺贫。毋见富人而生谄心，毋遇寒士而作骄态。至于离人骨肉，唆人讼狱，谈人闺阃，破人家产，阴骘昭昭，神明赫赫。固宜日省其身，尤当慎防诸口。常依训诫之词，尔子孙庶无愧矣。恪守箕裘之业，我祖宗亦稍慰焉。

席儒外和乡里，造福一方；内设家训，治家严谨。《传》赞曰：“宜其望重乡宾，乡里群钦模范。尊为家长，家庭共仰仪型也。”（《姚氏宗谱》卷一第7页）在其60岁的时候，江苏督学部院给予其“望重乡邦”的匾额（卷三第10页《总表》）。

席儒公光前裕后的佳言懿行，大大提高了陈墅姚氏的声望和地位，为“方雅之族”奠定了坚实基础。

二

在陈墅姚氏席儒支发展的第二阶段，有四位先祖是应该特别提及的，那就

① 封建社会县州府官遴选核审本邑德高望重的长者，报清督捶以至皇上批准，参加岁末“乡饮酒礼”置于首席的嘉宾，有时亦称为“乡饮正宾”。

是定周（鼎钧）、赞元（鼎钰）、荫城（枋）和谷书（楷、琢友）。其中定周、赞元更是我陈墅姚氏席儒支的两个重要的精神支柱。他们分别衍生了一群睦亲族、知礼让，爱诗书、重耕读，重德望、轻财利，垂惠邻里，热心助人，行商公正、公平的好子孙。

定周、赞元是席儒公的两个儿子，在席儒前，陈墅姚氏这支自休宁二十二世钤到陈墅二世长仁，是三世单传。仲云、长仁深谙独木难支之苦，后长仁虽育了佩儒、席儒两个儿子，但长子佩儒29岁早故，身边只席儒一人。而自生了定周后，席儒的夫人吴氏不仅再没添丁，且27岁就早早离世。席儒虽又连续三室，却都无出，且继室逐个早亡，直到再次进门的赵氏，为他添了一子赞元。这时席儒已42岁，可以想象席儒的心理和对赞元的宠爱。兄弟相差22岁的定周，面对自己亦已娶妻育子，长子琴堂还反比弟弟年长一岁的情状，如何同这既非一母同胞，又小己22岁的父亲爱子相处？如何消弭这22年的代差？定周“自检身心，知百行无亏为最难”（《姚氏宗谱》卷一第9页本传），即要做到行为举止各方面都是完人是非常困难的，只有抓关键、抓锁钥才能事半功倍。定周本是个敦行古道、憨厚老实的孩子，他决定以“孝悌”两字为锁钥，努力践行。结果父母欢心，家庭和美，兄弟怡然。每当邻里看到22岁的哥哥领着一两岁的弟弟晨昏定省的时候，都啧啧而叹。定周并把这一“锁钥”以箴言的形式铭写在积产本上：“易得者田地，难得者兄弟。”（同上）

定周的这十字箴言，影响至深。

读完《姚氏宗谱》陈墅支全部传、序、铭、诔、行述、行略、节略、传略和世系对每人的简述，发现其中均无兄弟为争家财而反目之记载，可见其垂训后人之深。

更可贵的是，定周认为自己孝悌之责已尽，竟然“结屋数椽，避嚣尘，居别墅。编竹为篱，种花为窟。题其草庐为‘居安’，怡性养情”（同上）起来。始祖仲云七世裔孙、吾祖定周曾孙日熙曾给五祖的画像写了这样的赞辞：“祖貌清癯，祖心澹泊。古道古敦，浮华是逐。惟孝友于兄弟兮，天伦最乐。睹形神之宛在兮，笑容可掬。”（《姚氏宗谱》首卷第43页《定周公像赞》）可谓深知吾祖心者矣！

今天，定周孝悌持家、洒脱恬淡的人生态度，更深深地打动了我的心。我把吾祖的这一处世态度谓之的“定周态度”！

定周的人生态度是洒脱恬淡的，赞元则是积极进取、致力创业而有所建树者。在陈墅姚氏席儒支发展的第二阶段，使本族支“干始粗、枝始壮、叶始繁”的，就是这个赞元。

他承业、继业后，姚氏家产迅猛增长。《传》说他家藏粮的仓库周幅犹如浑圆粗壮的树干，高大如耸立的山峰。但他富而不骄，富而不吝，生财有道，用之有方。他亲亲重祖，爱族爱家：“捐祭田，建宗祠，所费万计，不少吝。”他勤敏治家，克己俭约：“俭朴自奉，无重绮兼膳。”他诗书立人，课子严毅：长、幼两子均获太学生[①]身份，二子临川得进邑庠名籍。他仁厚待人，垂惠邻里：“平居遇贫乏，饥者粟，寒者衣，病者药。”他赈灾救灾，造福一方贫寒：“乾隆甲辰乙巳间，岁大祲。君独出赀倡捐。先平糶，次赈贷。悉心经理之，全活甚众。”他行贸公正、公道：“与人贸易，使人获利而后快，买田宅则昂其价，见积卷，辄焚去。”至使“卒亡日，乡里父老多有为之流泪者”（《姚氏宗谱》卷一第 10 页《赞元公墓志铭》）。因此我把吾祖这一精神称为“赞元精神”。

近读邹序欣老先生的《桑榆集·地方志·陈墅古镇》篇。邹先生在此书第 316 页写到了古镇的祠堂。他说：

> 镇上有姚家祠堂、孙家祠堂和郭家祠堂，已有 150 多年的历史。说明这三个姓氏是陈墅原有的大族，其中最大的是姚家祠堂……此祠堂高大宏丽，梁柱森然，方砖铺地，现虽年久失修但大体上仍算完好。其他两个祠堂，今已面目全非。

这高大宏丽的姚家祠堂就是族祖赞元出资率子侄创建的。姚氏三世祖席儒公生前就有创建宗祠的想法，并置办了三十五亩五分的祭田。其子赞元，待经济有了基础，即于嘉庆乙丑年（1805）率子侄创建宗祠，以圆父愿。该宗祠

---

① 太学生、国学生，一般指在太学、国子监肄业的生员。中国古代大学名“太学”。两汉时太学大盛，收录学生甚多。魏晋设国子学，隋炀帝改国子学为国子监。以后历朝或设太学，或设国子监，或两者同时并立。在太学、国子监肄业的生员名太学生、国学生，是生员中品学最优秀者。明景泰后，以国用不足，允许生员以纳粟入学。清沿明制，允许地方推荐未获生员资格，学行优良的童生，以赀银粮获取国学生名号、身份。本书第 202 页提到的“援例成均”（援例：引用成例；成均：国子监的别称）说的就是这种情况。本文中提到的国学生，大多属于这种情况。此类国学生，可以不一定入国子监学习，但具有国学生名号、身份。

于丁卯年落成。宗庙已成，赞元又令两侄三子（琴堂、运青和百川、临川、剑川）各捐十亩（共五十亩）土地为“备修辑祠宇”之专用。

赞元公倡议营建宗祠时已近古稀之年，“赞襄其事，朝夕督工”，辛勤操持的大侄琴堂，更是比他还年长一岁。两个老人，一个携近49岁的弟弟运青，一个搭上43岁的长子百川，自始建到落成，耗时两年有余。赞元公感慨地说：“因思祖宗捐祭田，建祠宇，成此事业，何等经营辛苦。所以然者，皆发于仁孝之不容已。”（《姚氏宗谱》末卷第7页《宗祠规例》）他告诉子孙，营造宗祠不是为他自己，只是一片仁孝之心驱使，不容自已不办。因此，他谆谆告诫道：“凡我后人，各宜矢志冰清，丕大前基，无愧前人。”（同上）

古代祠堂祭祀之制，有程子（程颐）说和朱子（朱熹）说两种。程子主张“祠堂之制：上祀四世”。而朱子则认为“祗宜祀三世考”，祀四世则“为僭”。四世裔孙赞元公建造宗祠，长兄定周去世已近35年。这时长兄系琴堂、运青财力尚无承担建造之资。如赞元公取朱子之说，祀三世，亦无可言说，但他却取程子之说，“以仲云公为始祖，以长仁公、席儒公、定周公从祀之”，且“祀典肃然”，并告诫子孙：“世守勿替，诗书世泽，永远绵延，由其恪守”。则赞元公之敬兄、爱兄，亦已至矣。（《姚氏宗谱》末卷第5页《宗祠规例》）

赞元公倾一己之力，耗资逾万，修建了这个宗祠。20世纪末，无锡市文物管理局曾上报修葺“无锡东港陈墅宗祠”，后因经费原因未果。无锡市文物管理局已正式把陈墅姚氏祖宗祠列为锡北片区的文物保护建筑，正在抓紧整修，不久就会对外开放。

宗祠落成，族祖赞元公亲自撰写了《宗祠规例》，对祠内公田等诸事的管理，如银钱支付，账目清理，每年祭祀的时间、次数、开支总额，设宴席数，经管人员、守祠人员的劳务费，都有明确、严格的规定。如此规定，严明、严正，巨细不漏，慎密周详，从中可见族祖之性格、作风、手腕、魄力。宗祠的建立是陈墅姚氏席儒支第二期发展史上的第一件大事。

陈墅姚氏席儒支第二期发展史上的第二件大事是1855年六世裔孙荫城、谷书率领陈墅、黄土塘同族子弟编修第一部光裕堂《姚氏宗谱》。

姚氏编修宗谱之愿由来甚久。

清顺治十一年（1654）春三月，黄土塘始祖廷采氏就写了《宗谱引》，希冀“后人有志修辑家谱”，并指出当年迁锡因“行色匆匆，旧谱散佚”，但保存有“本支世系”，虽“多阙而不详”，亦可“留示子孙，以为徵信”（《姚氏宗谱》首卷第20页）。

乾隆二十九年（1764）甲申十月之望，陈墅三世裔孙席儒也写了《陈墅支谱序》告诫子孙。

昔始祖仲云公于陈墅：

> 恪守贾业，积聚成家。常恨兵燹飘零，宗谱遗失，所存不过大略，其详莫考。未尝不抚膺太息也……予父生吾兄弟两人，日后子又生孙，孙又生子。瓜瓞渐繁，支派将分。设不及今追序其端委，图存其谱系，后代子孙虽有水源木本之思，其孰从而徵信焉？今上自始迁祖，下及曾孙，录其世次，一一详明，至于徽州祖系照旧本录之，不敢遗佚，以备徽族之采访，后之人嗣而葺之。则本支百世庶可不坠也已。（《姚氏宗谱》首卷第21页）

待到四世裔孙赞元：

> 于嘉庆乙丑率子侄创建宗祠，丁卯落成，旋欲赴徽采访，刊梓宗谱，卒以岁祲（归谓阴阳相侵的灾祸之气）中止。（《姚氏宗谱》首卷第23页《陈墅姚氏族谱序》）

可见姚氏修宗谱是禀承了四代世祖之愿，是有扎实的家族心愿基础的。

这次宗谱编修，设有严密的组织机构，参加编修的有六至九世共21位姚氏子孙。有辈分高、享誉尊的六世裔孙郡增生谷书、荫城承担纂修之职，黄土塘支德荣敬舆氏、居仁涵斋氏负责协修。余七至九世共17名承担誊录、司财、校刊、监局等具体工作。这次编修陈墅支共有子孙12人参加，其中举人1人，岁贡生、增贡生[①]各1人，郡增生2人，郡庠生1人，邑庠生1人，国学生2人，余3人亦是在嗜学业儒、品性才学上被首肯者，可见这次编修宗谱的代表范围之广和实力之强。

赞元生前虽未能完成编修宗谱之愿，但却亲笔写了《姚氏宗谱》里的

① 贡生科举制度规定州府都有向国子监进贡生员的责任。清一般每年或两三年遴选学行优异生员一名，递补生员两名，进国子监。生员可分为岁贡生、增贡生、附贡生。

《凡例》；六世裔孙荫城在主持编纂时又写了《续凡例》。两个“凡例”对宗谱的编修做了严格的规定，如明确规定“世系”和“图表”的编辑取简而明的欧（欧阳修）法，而不取苏洵的苏法。

对“传文”材料撷取和行文的要求是“皆以记前言往行，遗示后人”以“录实行、昭有德”，“俾知法守意，贵谨严辞，须雅驯其要，归于核实，否则不得滥列编内”。

余如对宗谱哪些人可入、应入，哪些人不该入，哪些人该另立系表附于编尾等，都做了具体、周全的规定。

宗谱整部十卷，首卷前有序，卷后有跋，中有图像、像赞、遗训；分卷收各支本传、图表、世系；末卷收陈墅祠堂图，并附有记、规例、祭礼仪、祠产、议据，内容丰富翔实，编写严谨。

于咸丰五年（1855）编成的《陈墅光裕堂宗谱》具有以下特点：

（1）“尊祖宗，序昭穆，明伦理，惇恩义”，敬宗收族，目的鲜明。

（2）编修刊刻组织严密，动员面广，人员精良。

（3）宗谱体制规范、内容翔实、去取严正。

故赐进士出身，诰授光禄大夫、吏部左侍郎、加二级，钦赐紫禁城骑马，国史馆副总裁，前兵部、礼部侍郎，内阁学士、翰林学士、国子监祭酒……浙江大主考、奉天提督学政侯桐，在为此次宗谱写的《谱序》中叹曰：

> 余展卷而读之：首像赞，敬先祖也；次训词，昭典则也；次宗支，辨长幼也；诔表传序碑铭，以世为序，则以重德行而彰文献也。自辑是谱，而水源木本，皎若列眉。派别支分，灿如指掌。则于祖宗为善继述，于族姓为惇亲睦，于子孙为笃佑启。而仁孝之心，不已油然不可遏哉！（《姚氏宗谱》首卷第25页）

赐进士出身，诰授朝议大夫，江西吉安府知府，吴江陈宗元为陈墅支谱写的《序》中更以“春秋之义，在乎纪实”赞美此次所修宗谱：

> 今姚氏支谱，授仲云公为迁祖。以前居徽州者，因服穷亲尽，录其旧本，并不妄加修饰。春秋之义在乎纪实，盖世远则繁而易紊，世近则简而无讹，以之惇叙九族，则本支百世可徵信焉！（《姚氏宗谱》首卷第27页《支谱序》）

三

陈墅姚氏席儒支的第三个阶段是七、八、九世裔孙的阶段。这是姚氏家族干粗枝壮、绿叶丰茂、婀娜多姿的时期，是吾祖子孙始显个性、欲领风骚的多姿多彩的时期。

（一）重儒习举，取得了不少实质性的成果

首先是出现了一批通过院试而取得生员（即秀才）资格的子孙。他们中不少还先后被县、州府举荐为岁贡生、廪贡生、增贡生、附贡生等，同时又出现了一大批国学生。六至九世，定周公、赞元公两系共有男丁189人，其中国学生38人，生员22人，佾生3人，举人1人。这大批国学生，特别是佾生、生员和举人的出现告诉我们：这时的陈墅姚氏子孙，其学养已日益向深处、广处拓展，出现了不少有自己独特个性、风格的文章，甚至开始了自己的著述。

七世裔孙章卿（廷焕），是个学行兼优的岁贡生。他老师的老师，是乾隆年间本郡（常州府）"以词赋执骚坛"牛耳的王晴耕先生。清代大文学家、文学评论家袁枚在《仿元遗山论诗》中写道："常州星象聚文昌，洪顾孙杨各擅长。中有黄滔今李白，看潮七古冠钱塘。"在《姚氏宗谱》卷一《筱湘公传》中撰"传"的拙苍老人徐士佳也说道："乾隆中叶，杨蓉裳、荔裳兄弟号称为大宗。其次则顾立方、孙平叔、章芝眉、王晴耕，皆以词赋执骚坛牛耳。"（《姚氏宗谱》卷一第60页）虽然袁枚在他的诗中并没有提到王晴耕，但拙苍老人提到的杨蓉裳、顾立方、孙平叔都被袁枚提及并予以了好评，从中也可见王晴耕对当时的骚坛应该是有一定影响的。作为王晴耕再传弟子的七世族祖，受其影响也是必然的。章卿公资质聪颖，个性豁达洒脱，被时人赞为"神姿高朗，善谈名理，有晋人风致"，其为文"镕经铸史，才气坌涌，尤工律赋。自六代三唐，下逮吴顾诸家，皆心摹手追，得其神似"（同上）。

再如八世裔孙庆堉（寅生），虽然是个国学生，却"根柢槃深，下笔为文，天然绝去雕饰，沉思独往，一空依傍。高者力追震川，次亦雅近桐城方氏。侪辈敛袵推服"（《姚氏宗谱》卷一第70页本传）。他的儿子大由（用和）是邑庠生。本传说："为文真气坌涌，如天马行空，不可羁勒。商较古今人物，平心静气，绝无刻核之论，盖得力西京贾马诸家，尤与苏氏父子相近。视时贤涂泽刻画诸家，不屑置齿颊。”（卷一第 72 页）他的侄儿镜弟是个廪贡生，十五岁童试[①]时以院试第一进入无锡邑庠生之列，是这年童试院试中，同郡新进生员中年龄最小的一个。但其为文却“平正简练，凡当时杂凑空泛语，一扫空之。骤读其文，若甚平易，而精当处虽宿学不能窜易一字。以少年颖异之资而无矜才使气之迹，颇具老成练达之概，可谓善承家学矣”（《姚氏宗谱》卷一第 83 页本传）。

又如集陈墅九世子孙之优才，唯一考上举人的七世裔孙缉菴公，“工制举文，典重华瞻，非偃蹇老儒所能。兼擅词赋，清俊如开府参军”，“士子皆敛手叹服”（《姚氏宗谱》卷一第 97 页本传）。

特别是他们中的不少人，已开始有自己的著述。学而思、而文、而著述，在六世前，仅赞元公次子剑川就有《一愚轩》文稿（《姚氏宗谱》卷一第 19 页本传），到六至九世，试笔为文稿者大增。如六世裔孙云浦公，《总表》说其“性敏能文，著有文稿”（《姚氏宗谱》卷四第 30 页）。六世裔孙漱芳公是国学生，《总表》说其“绩学工书，著有文集、诗稿，藏于家”（《姚氏宗谱》卷四第 35 页）。七世裔孙筱湘（坤寿），是个廪贡生，“本传”说其“著有记事珠三卷、身世范言一卷，又史事类札十卷，未成书。其他诗文杂稿俱散佚，仅有题画四绝载入《续梁溪诗钞》”（《姚氏宗谱》卷一第 58、59 页本传）。七世裔孙仲华公，是佾生，《总表》说：“绩学砥行，耄而弗衰……著有诗文稿，因兵燹散佚。”（《姚氏宗谱》卷四第 43 页）其子翰臣，是邑庠生，《总表》

---

① 童试：清代科举比明代多童试这一等级。明代是三级考试，清代在明代乡试、会试、殿试基础上，加了个童试（童生试）。童生只有通过童试取得了生员（庠生、秀才）的资格，才能参加乡试。

童试由县试、府试、院试组成。

县试是童生应试生员的第一级考试。县邑举行，主考人员为知县。县试通过后是府试，主考人为知府。府试通过后就是童试的最后一级考试——院试。这是决定童生能否进身仕途的一次关键考试。1737 年乾隆曾在一篇上谕中说：“各省学政考试生童，为士子进身之始。”（《钦定大清会典事例》卷三）院试由各省学政主持，考取，就是生员。

童生考上生员，就获得了县州府学名籍，成为县州府的学生。明清称初入学生员为附学生员（附生），在县邑学习的生员为邑庠生，在州郡学习的生员为郡庠生。博士弟子员也是庠生的一种。

清代把生员分成三个等级：一等名廪膳生员，简称廪生；二等名增广生员，简称增生；三等名附学生员，简称附生。遴选为廪生，就可享受国家每年给予的银粮之助，叫“食钱”。食钱有一定名额，但名额常有扩大、递补，这时增生、附生就获得了“候廪”的机会，因此就有了“增廪生”“附廪生”等名称。

说："同治癸酉，光绪壬午年两科本省乡试房荐。著有时敏斋文稿藏于家。"（《姚氏宗谱》卷四第42页）侄慧修是附贡生，《总表》说："著有诗文稿五卷，丙午家庭变故遗失。"（《姚氏宗谱》卷四第45页）

不仅如此，这时的陈墅姚氏子孙们的学识和兴趣开始向更广的范围发展。如六世裔孙荫城，是郡增生，本人及其长子、二子都既业儒又精通医道，且工于书楷。其中在这方面最突出的七世裔孙筱湘这支，我将在下面专门另述。

更令人瞩目的是，此时姚氏子孙中，不论是国学生，还是各类庠生，还出现了不少学有所专、学有所长，父子相传、祖孙相继的家庭。在传承中这类家庭逐渐显露出本支支系独有的文化特色。不过，应该看到的是，由于朝中无人，邑中无官，他们有的只是桀骜不驯、倔强固执的性格，张扬个性的强烈欲望，因此，这种家族文化特色的形成，往往经历了很多的艰辛、很多的无奈，甚至是生与死的冲撞。下面以三个支脉为例予以说明。

1. 伯勤（振勋）支

伯勤是仲云公的七世裔孙，父漱芳（柷）、祖临川（涟）、曾祖赞元公，虽是三代绩学隐德之后，而他却只是个国学生。他个性刚正忠直，处事精干诚笃，待人宽厚诚信，为人慷慨而颇有才情，但却常遭非议，因此晚年发出了"半生寥落至发白""安分守己自不辱"的感慨。其之所以会发出如此深沉而痛彻心扉的感慨，是因为他经历了无数的"无奈"：

他是应该业儒的，却偏偏"佐父经纪"，只因"十三丧母"，无奈。

他是理该习举的，却偏偏又遭"父没，事务日繁"，无奈。

他应举命中率应该是很高的，却偏偏因"诗文词赋皆不合时，趋好幽僻，尚奇古"而"数奇，屡试辄蹶"，无奈。

与人交，言信行果，却偏偏因"过于忠直，好论人长短，故当世亦恶之"，无奈。

"兵燹后有假公济私者，人人唯诺，公独以大言斥之"，"痛责人，由是豪暴侧目"，无奈。

…………

种种无奈，使他年逾七旬闭门潜修，以此平静自己那苍凉、落寞之心。也正因如此，他几十年来一有闲暇就博览经史的习惯又"复燃"起来，终于成就了父子相传、子孙相承的一支家族文化。（上事均取自《姚氏宗谱》卷一第

66、67 页本传）他的次子寅生（庆垍），同样穷研历史，特别喜欢左氏内传和外传。他们捉笔为文，“取法先正”，“天然绝去雕饰，沉思独往、一空依傍”，坚持自己的风格，不肯低头俯就时风，虽也被拒于邑庠之外，但亦成为表里如一、操履不改的儒家子弟。（以上内容取自《姚氏宗谱》卷一第 10 页本传）

使伯勤这支真正形成家族文化特色的，是其孙大由。他年纪轻轻就成了邑庠生，31 岁又被学使唐公赏识，补了博士弟子员，是个有真才实学的年轻人。其祖其父虽也爱读史，也能“穷研史书于左氏内外传”，但与之相比，还只是一般的喜爱、偏好，而他却是投之以全部身心，忘了病痛和生死挚爱。他不仅挚爱史学，同时也挚爱经传、百家。他读经、传、百家是“探赜钩玄，深造自得”，深入探寻其中玄妙精深的道理，使自己能有所得益。他学习历史则“商较古今人物，平心静气，绝无刻核（苛刻）之论”。也就是说，学习历史，评论古今人物，要公正、公允，不苛刻求全于古人。他指出，要努力学习西汉贾谊、司马迁等人，特别要借鉴北宋苏氏父子。他日夜穷研，在书中磨砺，结果确有心得，且产生了宏伟志向，希望自己能“文史结合”，在“近代桐城阳湖诸家外，自辟町畦”，自成一家，独开一派。他志宏意坚，虽得了咯血之病，时时发作，也不稍加休息，甚至在病重将死之时，还在背诵贾谊的《治安策》，“以为是千古奇文”！（以上事迹取自《姚氏宗谱》卷一第 72 页本传）读书至于此，不用个“痴”字无法概括。

如此痴儿，归天之时年仅 26 岁！试想，如老天延他阳寿四十年，此子将会怎样？此支又将如何！

为大由撰写“本传”的，是礼部考胜出者，“赐进士及第”的名贡士，受赐封于“直隶承德府知府”。直隶承德历来是清廷的第二个政治中心。受封主持直隶承德的政治要员，能为大由写传文，客观上说明他在宗族中的地位之高。而这个出生于莒州的政治要员管廷献说，他之所以撰写此文是感于：

> 余读杨王孙、赵元叔诸传辄为之废书三叹。士生三代后，既不能长枪大剑以功名自显，又无崭绝环奇之行震耀流俗，徒抱遗经守师说，欲以文学表见於时，用志良苦。然数十百年后音尘寥阒。其昂霄注壑之气泯没於鸿冥蝉蜕之乡者，何可胜数！然则阐幽光，传独行，非后起者之责耶？
>
> （《姚氏宗谱》卷一第 72 页本传）

所以，当他听到大由竟有如此之痴情、痴劲，不顾生死之大事，而沉浸于贾谊策书之中，不禁深为感动，感到中华士气未泯，仍有“阐幽光”“传独行”如杨王孙、赵元叔之大由在，故遂允诺，提翰笔，写下了这篇“阐幽光，传独行”的《姚君用和家传》。这难道不是一个“后起者之责耶”！

2. 谷书支

谷书，是赞元公小儿子临川的第二个儿子。这支同上支相比，并没有学有专承的爱好，我之所以选它，是因为这支从仲云公六世裔孙谷书，至九世裔孙钟毓，四代之间符合应试的男丁有八人，其中有五人考上了秀才，三人拥有国学生身份。更令人注意的是楷的长子绢菴（熙绩）一支，自熙绩起，其子其孙个个都是秀才，而且都是以最高的考分获取的。长子瑞生（起麟）以府试第一，入邑庠。次子吕笙（起凤）年仅 14 就凭县试第一，入了邑庠；丙申岁试，仅十九岁又以第一名补为廪膳生。孙申伯（锺毓）虽没有像叔像父，考出那样冒尖的成绩，但却身兼双重学位：既是清朝的邑庠生，又是民国上海政法大学的毕业生。至于绢菴，更是咸丰戊午科顺天举人。楷次子晴轩（熙宇），则父、子、孙都是国学生。一门八个男丁，正可谓芝兰玉树，满庭飘香！这在陈墅《姚氏宗谱》中是个唯一！应该说他们是世代传承的书香门第。

这是我遴选这支的一个原因。

另一个原因是，这样一个书香门第，在传承中必然会留下不少可歌可泣的往事，值得我们深思。

试以此支直系始祖谷书来说。楷年幼丧母，是在父亲的管教下束发受书，年龄稍长就提笔写文，其文却没有时下庸俗气，被其师赞为“庭前玉树”。嘉庆二十四年（1819），他 21 岁，参加县、郡童生考试，得第十名。院试他参考了科“古学”，考出了好成绩，被破格收录为庠生。第二年参加科考，得了一等。道光二年（1822）正科被推荐，没有考中，过了一年（1823）考取“暨阳正科”，跟随李中耆先生学习。道光五年（1825）进入乡试考房，考房试官张家棉读了他的文章，十分赞赏，但主考官却认为该文章抑扬太过，予以排除不加录取，张家棉就把这篇落第的文字刊印出来，大江南北那些考上孝廉的举子，都感到惭愧，且为之叹息。道光七年（1827）考取紫阳书院。应该说他的仕途并不顺利，却还是在逐步攀登的道路上。谁知道光九年（1829）慈父归天，他时年 31 岁，英年丧父，刻骨铭心的哀痛使他瘦得就像副骨头架子，看着这大大小小的一家子，他打消了图取功名的念头，决定弃儒从商，“买棉易布以图生”。结果是他发展了家业，也为子孙筑造了房子，为子孙习儒业举创造了物质条件。他又与同族兄荫城合力修辑了陈墅姚氏的第一部宗谱，凝集了陈墅姚氏子孙尊宗睦族的同心力，为子孙族人奋斗立业指明了方向。

谷书是个奋斗者，也是个有成就者，但是在应举上，应该说是个无奈的失败者。不过他的失败却成就了他的儿子。

谷书的儿子缉菴是咸丰戊午年（1858）顺天府举人，不过他应举之路也不平坦。童生考，他只是被选了个佾生。佾生者，半个秀才也。他只是中不了秀才，但成绩尚可，所以就被选为孔庙祭祀先师孔夫子时乐舞中的成员。但他个性执着，有韧性，刻苦攻读，终于在咸丰戊午年考取了顺天府举人。虽然中了举人，但仕途并未向他伸出欢迎之手。光绪丁丑年（1877）、光绪庚辰年（1880）两次应礼部试（即会试），都额满见黜。这时摆在他面前的有三条路：继续搏击，再次应试；等待楝选，做个知县（考上举人，已踏上仕途之路，是可以被遴选在底层为官的）；像父亲一样弃儒经商。但他却选了一条“以取其学，教授乡里”之路，即用自己的学识、学问去教育乡邑子弟的“就馆教职”之路。由于他学丰才高，又由于陈墅的地理位置是一河相隔，地分两界，河北是江阴地界，河南是无锡所辖，又同常熟相邻，犬牙相错，故三邑弟子纷纷慕名而来，致使“门下著籍弟子多至数百人”。不少弟子科举成名，踏上了仕途之路。缉菴虽然没有像父亲一样获得大量钱财，创下家业，但名声之动，甚至有关主管推荐他为无锡县的“东林掌教”“东林山长”（东林：东林书院；掌教：明清称书院主讲为掌教；山长：书院院长），他却“谢不往”，理由是现在的东林已不是当年的东林，近百年来“士以气节相高”之“风流歇绝矣”！（引文均取自《姚氏宗谱》卷一第97、98页本传）

表面看来，缉菴公是个严谨、雅正、博学、有识见的儒者。但去取之间的达识高行，也显现出士人的高风亮节。

缉菴长子瑞生，是院试第一的邑庠生；次子吕笙，更是接连获县试、岁试第一，是名动士林的廪膳生。当时担任江苏督学使的侍郎林天龄、黄体芳，祭酒王先谦，这些丰才实学、学者望之如泰山北斗的人物，都对缉菴分外关注，甚至还有人把他和会元陶世凤、明经侯家凤，同明清之际，被梅村祭酒看成“江左三凤”的宜兴陈迦陵、吴江吴汉槎、云间彭古晋相比拟，称为“角逐名场”的“三凤”。如此高的声誉和吹捧，和他性格中固有的风流倜傥，行为举止中文人的一些“狂”态结合起来，更助长了他的自信、自负之情。他深知作为儒家子弟的他，经过多年的寒窗苦读，理当对生养他的父老乡亲、关心呵护他的士林侪辈、儒家泰斗们有所报恩。他认为报恩的最好方式就是科场高中！因此，他执着于参加会试，并非主要是热衷功名，而更多的是因为他在外界的这种声誉和倍受关注所带来的压力。他认定当得以报，也自信定当可报，却偏偏无法相报！因此，落第的噩耗犹如自高山冲下的瀑布，这种上下落差如此巨大的冲击，使他顿时被击倒了。但他并不是一击就倒的懦弱者，他决然奋起，但屡屡奋起，屡屡失败。最终那种天地将闭似的孤愤，使刚而立的他，离开了他如此热爱的奋斗、挣扎过的人间！

吕笙，是宗谱中难得的有两篇“传文”的先祖。将其收录的原因并非有名动乡邑的事迹，也并非大有功于宗族的建树，而是由于其才高命舛的悲摧，是“墓悲宿草，虚负楹书”的结局，是“庶青云其展翼兮，何秋风之铩翮”，一种英才遭忌，深沉的同情和哀叹！（《姚氏宗谱》卷一第99、101页《吕笙公哀词》）正是昔人已乘黄鹤去，墓碑宿草孤雁飞！

3. 云浦（栋）支

下面写的这支，是三支中秀才最少的一支。自六世到九世，四代七个童生，却只有两个半秀才！而且这支的直系祖云浦，24岁就早早离开了人间，其原因，既非疾病也非灾难，而是投缳自缢！投缳的原因是：一次参加院试，偶然得中，旋即又失去了，回家悲愤难解，于是就投缳了。其结果是，既在宗族、乡邑、士林中遭到了种种议论，又给年老的母亲、年轻的妻子、未满2岁的儿子留下了说不尽的悲痛、诉不完的苦难。其直接后果，就是他的儿子，由于没有了父亲的教护，只考了个佾生，成了半个秀才，而且也在人世间只待了短短的27个年头！但是，偏偏是这一支，在陈墅姚氏的众多支系中脱颖而出了。这给后人留下了很多遐想。

提升和改变这一支系的命运的，是他的三世长孙筱湘（坤寿）。

筱湘，5岁入塾；8岁毕诵四子书（论语、孟子、大学、中庸），同年父亲离世；10岁值李自成同清军鏖战于江南苏锡等地，战火持续至同治二三年才渐渐平息。战乱中，人民背井离乡，四处避乱，筱湘也随母外出避难。乱定回家，家室残破，生活窘迫，艰辛万状。母亲不愿儿子就此中断学业，自甘食荼，助儿苦读。筱湘 19 岁参加童生试，录入邑庠；33 岁食廪饩（科举时代官家发给在读优秀生员的膳食津贴）。一生执着于乡试（每 3 年一次的举人考试），前后共 13 次，皆未能如愿，仕途不可谓不迍邅。但他能豁达处之，不汲汲于科场得失，热衷于自己挚爱的诗词辞赋、金石书画。本传写了这样一个故事：

39 岁时，长子云韬（辰纬）出生了，由于家中原住房低矮狭小，所以就扩建了三间。他竟然在新屋白色的壁面上，亲自绘画了王右军（王羲之）、谢文靖（清代画家）、陶靖节、王子安（王勃）、李太白、杜少陵、张僧繇（六朝梁著名画家）、王摩诘（王维）八位诗圣、诗佛、诗仙和其他著名诗人、画家的像，用小篆题额，并命工匠篆刻装饰，以之作为做人、写诗、作画的偶像，并且把三间小屋署名为“沧海一粟生拳鸥”，可见寄托之深远。

筱湘这种精神境界，这种洒脱豁达的性格，和他本人的性格、气质有关，也同他所从师尊有关。他一生不以家产为计，挚爱的是诗词辞赋、金石书画，甚至还涉及法律。他一生敬爱的师尊，是他的同族伯叔章卿（廷焕）先生。廷焕是个“学行兼优”的岁贡生。“贡生”的本意是以人才贡献给朝廷。“岁贡生”是县、州、府（甚至省城等）学政每年或每三年挑选出来，贡到国子监读书的最优秀生员。廷焕能被选拔为岁贡生，可见其学、行之优秀。但因廷焕祖传家业清寒，“经咸、同兵火，生计日迫”，故只能放弃科举，开馆设教，使他成为一方名师。他个性洒脱，善谈明理，有晋人风姿，并不以科场成败论得失，为文镕经铸史，才气坌涌，尤工律赋。这种性格和才情，很自然地影响了筱湘这个“入室子弟”。筱湘和伯叔师尊一样，以才情和气质影响着自己的后代子孙。筱湘一生笔头甚勤，雅爱记述，著记甚多，本传说他“著有记事珠三卷，身世范言一卷，又史事类札十卷，未成书。其他诗文杂稿俱散佚，仅有题画四绝载入《续梁溪诗抄》”（《姚氏宗谱》卷一第 58 页本传）。

筱湘不同于他师尊的是，他既有文学的爱好、文艺的天赋，也有一种精明强干的处事作风。他虽不善经营产业，但却热心公益，擅长处理本邑事务，曾以祭酒身份董理乡邑十八年。平时凡有请他排难解纷者，他总是徒步行走，还再三劝诫：“毋治肴馔，面食果腹可矣！”他曾说：“农民终岁勤勤，食力艰难，不幸有事，若更扰之，其何以堪。”他常用善人之语警诫：“排难解纷亦读书人分内事，只要不爱钱耳。若徒作自了汉，读书亦何为哉？”这些善言和规劝使乡里同人、其他董保也“不敢娄索”（同上）。

在他任上，处理解决了地方的赌博事、苏常澄三邑的屠牛事、地方耶教（天主教）教民依靠耶教势力作威的乡里事，还募款改建了无锡海都庙旁观音阁为文昌阁，使士子有了讲学之所。其他诸如修桥铺路、救灾平粜等例行公事，他都一一用心经理；董职十八年，乡邑之民交口称赞。咸丰十年（1861），陈墅本族宗祠毁于兵燹，他又联手族兄渊甫（思垌）在族伯畅定（春煦）的基础上，自光绪戊戌年（1898）始，历经三年，雕刻髹漆，修筑完工。此祠如今已成为无锡市的一处文物。

筱湘一生对文学、文艺的执着、偏爱，对乡邑祖族的无私奉献，传承给后代的是一种超越了物质积累的无价的精神财富。他的长子辰纬（云韬），22 岁就是邑庠生，他既有父亲的学养，“好为诗古文辞，尤工金石篆刻，并能作擘窠（书写大字，划界书法），书规欧抚柳，偶渲染作小画，泉石竹木亦楚楚有致”（《姚氏宗谱》卷一第 64 页本传），也有父亲热心公益的精神。筱湘“遇有大事或相轇轕（交错纠缠），小湘公恒询于君，君详审而后对，小湘公辄为之首肯”。他还常“慨然有经世之志，读黄梨洲明夷待访录，顾亭林天下郡国利病书而好之”。本传赞其为文学家、实行家，抱人道主义者。他的次子诵浒（羡），1906 年毕业于县立师范学堂，是个教育工作者。“历任怀上四校校长、教员。民国四年（1915）省长韩奖给三等银质褒章。”后来他自己开了个私塾，教化乡里诸子。中华人民共和国成立后，古镇陈墅还有河北、河南两所私塾，河南那所就是筱湘次子办的。他同时也“擅行楷篆籀。兼涉医相金石诸学，并研究法律”（《姚氏宗谱》卷四《总表》第 17 页）。他的儿子宏任也雅好金石书画，还研究史论，而且像祖父筱湘一样，晚年给自己起了个号，叫“力今老人”，并以“力今室”“芙蓉江畔容素楼”（《姚氏宗谱》卷四《总表》第 30 页）自署其居。

如此父传子、子传孙，一种家族文化的特色自然鲜明起来，云浦这支也就在这样的情况下跳了出来。

筱湘是个处事精明干练、慷慨爽直的洒脱之士，但他同时也是个至情至性的性情中人。他对乡试屡试不成，虽似豁达随意，但内心还是志如钢铁。他前后奔走闱门十三次。光绪癸卯年（1903）他还在参加“南闱”乡试，而 24 岁的儿子却已先他而去。云韬的死，很离奇，他“癸卯七月就试高等学堂，归而二、三日病，病而数十日卒，年仅二十有四。卒之日，里人闻之多有失声者”（《姚氏宗谱》卷一第64页本传）。这伤筋动骨的父子之情，终于使这个一生刚强、刚过天命的51岁男子，在乡试归家后不满十天，也撒手人寰，随儿子而去，岂不痛哉！

云浦的次子少华（培英），是个国学生。他最大的贡献是竭尽全力倡议并主持编修了《姚氏宗谱》第二版，即1923年民国癸亥版族谱。他增修、保留了自六代至十代姚氏子孙的全部《总表》和部分传文。如果没有他主持编修的第二版宗谱问世，2015年的《姚氏宗谱》第三版是无法增辑、编修得如此顺利、周详和严谨的。我们后人绝不能忘记云浦之系培英先祖父子的功劳。关于1923年版宗谱，后面我还会说到。

（二）开馆、教读、倡办学校，致力于提高本土文化教育、道德修养

这一阶段的姚氏子孙，都努力重儒应举，虽然亦有不少子弟获推荐参加秋闱会试（生员参加的省级考试，考上就是举人），但获中者却仅有缉菴一人。那些落第的秀才，有的承父志经商辅本，提升家业，继续扶植子辈业儒理举；有的董理乡邑，热心公益事业；也有不少选择开馆、教读，培育本族和乡邑子弟。陈墅姚氏自始祖仲云公起，到清光绪末年，世代只是“布衣”（平民）、“素族”（寒门）之家，但他们在就教的道路上，执着耕耘、教诲族子、开化乡邑，为本族、本乡，甚至周边村集和本郡县邑文化的开拓、道德精神的提振，做出了很大贡献。

在这个阶段中，姚氏先祖逐渐由为子孙觅名馆、找名师、拜师求教，走向被聘赴馆，甚至开馆、教读，广收四方学子的道路。他们学识渊博，学养深厚；他们自尊自重，不为斗米折腰；他们课读严谨，戒浮夸，重实学，逐渐出现了一些名振乡里、郡邑的名师。

八世裔孙秋霞（凤陛），是个才学兼优的邑庠生，也是个极重礼仪的士林之子。他坐馆就教，绝不仅仅是为养家糊口，所以要让他为五斗米折腰，他是绝对办不到的。一次，他受聘于一富绅。当他正衣冠庄肃地步入富绅家时，却见门庭冷落，不设拜师之礼，他立即转身拂袖而去。他认为，为师者，一定要授徒以实学，“务以经史实学为勖（勉励）”；从学者，一定要严守学礼，尊敬师尊，互守师生之道。

七世裔孙廷焕，是个很有个性的馆师。他也是个优秀的岁贡生。就他的才

情而论，完全可以进入仕途。但咸丰、同治年间的战乱，使他本来并不丰裕的家境更是生计日逼，不得不中止仕途，选择开馆、教读。他神姿高朗，豁达洒脱，善谈名理，颇有晋人风致的性格；“镕经铸史，才气坌涌”的文风，都影响着他的学生，尤其是他的“入室弟子”筱湘，致使筱湘为文同样才丰气盛，“如三河少年，风流自赏”。筱湘后来曾主要督理乡政，但也就馆于外，如其师一样名声远播，致使邻邑江阴豪士周筱塘在主持奉贤学政时聘请他去课责己子。

七世裔孙仲华（继勋）、缉菴更是声动三邑的名师。虽然继勋院试因受名额之限只被拔取为佾生，但他并不介意，而是一面刻苦攻读，一面课督儿子和族中诸侄。他是一个督责十分严格的老师。“本传”曾写他在咸丰十年(1860)、庚申战乱时，虽絜家徙避，处境艰险，却仍课督子侄不停。结果是“弦诵声与枪弹声相应”，同行的人都认为他迂，而他却从容自得。他住的房子离街市很近，他却“恶商习浮嚣”，竟然不步入街市几十年，还常常说：“积金以遗子孙，不如积德以遗子孙，区区阿堵身外物也。”如此德才兼备的士子，亲自执教，其声望可知。所以当他开馆、教读时，“远近从游者以百计”。不幸的是，他刚过耳顺就双目失明，但他还是早晚孜孜不倦地教谕孙辈。这感动了吴县训导王公，王公赞赏他“耆年硕德，学粹品端”。光绪二十二年（1896）丙申冬，王公特地推荐他为“乡饮正宾”，还胪列事实，汇总后，详细向督（总督）、抚（巡抚）、学（学政）三大宪呈报，都得了“允准”，又赠给他“儒林矜式”四字匾额。（《姚氏宗谱》卷一第76、77页本传）。

至于缉菴，前面已讲过不少。他是以举人执牛耳于教坛的大名师，三邑名士纷纷从之游，门下著籍弟子多至数百人。他为本郡县邑培养出不少举人，不仅提高了邑望，也大大提升了陈墅姚氏的族望。

在这一阶段，九、十世裔孙中还出现了不少捐资兴学关心教育、提倡教育、兴办教育者，如仲云公九世裔孙凤笙（锡旒），是清末邑庠生。光绪丁酉年，本省乡试获荐卷堂备。他在民国四年（1915）曾捐资兴学，本省省长奖予他三等银质褒章；诵浒毕业于清末本邑县立师范学堂，曾任怀上四校校长、教员，在民国也捐资兴学，省长韩亦奖给他三等银质褒章；粹瑜（莹）是荄的同堂兄弟，非常热心教育，在宣统元年（1909）、民国二年（1913），相继倡兴本镇小学，韩省长奖给其三等嘉祥章；陛芬（铭芳），树勋孙，国学生，“捐资兴学，蒙江苏省长奖给银质三等褒章”；冠千（钟玮），荫城公曾孙，“捐资兴学，蒙韩省长奖给三等银质褒章”，他历任怀上市私立怀新小学、本县县立第五高小、私立公益高小教员，天下市第四、第十一小学校长。仲云十世裔孙鸿祖，其父亲就是邑庠生大由，是非常关心国事的一个庠生。鸿祖曾捐巨款资助中国革命，也捐资兴学，江苏省省长奖给他银质二等褒章。仲云十世裔孙鸿泰，又名雁君，后来任教于福建省立金门中学，又转赴金宁国中执教，热心教育，誉满杏坛。鸿泰于 1970 年离世，时年 50 岁；卒之日，“金门县金宁国中师生协力办理出殡典礼，奉厝葬遗体于金门金城公墓。遵其遗志，校方特设姚雁君老师奖助学基金，鼓励学子，专心向上”（《姚氏宗谱》卷四《总表》第 26 页）。

君芙（镜第）的祖父仲华是清末本邑名师，父亲翰臣（庆增），亦承父业，坐馆就教。他自己是个廪贡生，十八岁那年，父亲“翰臣公以授徒积劳咯血症，旋捐馆舍”，由是对举业稍稍弃置。不久科举停，他决心培植后进，提倡地方公益事务。民国元年（1912），地方自治初创，他凭着自己的乡望被推荐为怀上市的议员（《姚氏宗谱》卷一第 83、84 页本传）。陈墅原来有所私立务实小学，但经济常感拮据，他和市长相商，“改归市立，俾得长久”。他又看到周边的张缪舍，地处乡僻，儿童多失学，“君芙提议于市，设第五小学于张缪舍，由开创以底于成，皆躬亲经营之”（同上）。

在父、祖辈如此重视教育、倡导教育的情况下，姚氏子孙纷纷从事教育。从事教学工作的有九世裔孙锡旒、葵、莹、锡绶，十世裔孙文海、文藻、汝芳、汝采、汝嘉、鸿本、鸿祖、鸿泰、宏任、鸿逵、鸿远、鸿达、涤新等。其中汝采，历任本邑泾皋学校、常熟里仁乡立学校校长；葵，曾任怀上四校校长；汝嘉，曾任本邑保滋二校校长；汝芳，任陈墅小学校长。

在陈墅姚氏子孙中，也出现了父、子、孙相继从事教育的世家。如定周公系的六世孙锡旒，其子文海、文藻都从事教育事业，父亲捐资兴学，曾受韩省长奖给的三等银质褒章；儿子因教授周详，蒙县知事传令嘉奖。赞元公系五世裔孙筱湘子诵浒、孙宏任，都在家乡任过教职；诵浒还做过校长，开过私塾，民国四年韩省长曾赠予其三等银质褒章。赞元公系四世裔孙仲华，其长子翰臣、次子砚臣、孙君芙，或是方圆数邑的名师，或是关心教育、支持教育、兴办学校的本市议会议员。他们都父、子、孙相承，为提升本里、本乡、本邑的文化教育和精神面貌做出了不懈的努力。

（三）对陈墅本土和周边村镇、县邑商贸经济与村镇建设的贡献

读从祖侄萤照的新浪博客《无锡陈墅姚姓 370 年 · 迁异地勤劳诚信创业（一）》知，始祖仲云公是以务商立业起家的，他做的是豆制品生意。但从第二代儿子长仁起，就沿袭了安徽休县先祖们“重儒、应举，以商辅本”的兴家立业之路。以后陈墅姚姓各支，都沿袭了祖先这条治家路线，只是由于各支各家当时不同的实际情况，在“儒、举”和“商贸”去取的轻重上有所不同而已。

细读《姚氏宗谱 · 陈墅支》席儒公的两个后代，次子赞元系，举业不成，大多就馆执教，以教读和祖上遗产为生，总体上仍是儒业为本；长子定周系，应举不成，从商较多，总体上是个儒商之家。待到定周公孙用舟（楹），曾孙畅定（春煦），重孙渊甫（思垌）、鲁瞻（颂垌）、叔明（治垌）之时，在经商、贸易上大有发展。他们抓住了同治、光绪年间，频繁战乱带来的一个商机，做起了布当生意。我曾祖母渊甫公夫人回忆：“吾家故业布当，有清同、光间，大乱之后，井邑为墟，百物荡然。小民力田不足以自给，以纺织佐之，故布业大盛。日入多至千匹，少亦数百匹。”（《姚氏宗谱》卷一第 47 页本传）可见其规模。曾祖父渊甫公在为三子“析箸”（旧指分家，各起炉灶）时写的《渊甫公分授遗书自序》中回忆：“余读书不成，去而学贾。佐先父经营货殖二十年，而家道隆隆起。先父为余兄弟析箸，余复力经营垂二十年。而婚事五而嫁事二，而建造四五次，期间又为祖父请封，以至长、次二男游庠。先后由余一手费去者，计不下万数千金。”（《姚氏宗谱》首卷第 113 页）可见当时布当收益之丰厚，因此曾祖母才会说“吾家故业布当”。记得母亲有一次回忆祖上事，也对我们几个子女说“祖上布业起家”。当时先祖畅定公、渊甫公父子经营商贸有这样的规模，在一个小小的陈墅镇上，应该是相当突出的了。何况，当时经营布业的并非仅畅定、渊甫父子，应该是有相当多的姚氏子孙参与其中的。就以赞元公系谷书这样重儒的先祖，在国难当头、生活日渐困顿的情况下“弃儒业贾，买棉易布以图生”（《姚氏宗谱》卷一第 95 页本传），结果是收益甚丰，偕族侄伯勤（作斋）共同购买了河北江阴界沈、陈两姓白字号田共十亩，费数千金建造了新宅（此宅于 1937 年毁于日寇之手）。之后陈墅

姚氏子孙承祖业经商者，其商贸货种渐繁，规模更大。鲁瞻（颂坰）子绥菴（锡福号德茂），是个国学生，但就是我的这位族祖爷爷，竟然在本镇开出了规模和名气都最大的商行——德茂昌商行。他不再做零售买卖，而是专营官盐、糖、油的批发生意。据说周边顾山、王庄、港下、黄土塘等镇的商人，都到陈墅来批购他的货物，店面大至七开间，用了近 20 个员工。中华人民共和国成立前，《无锡县商业志》还专门记载和评说了“德茂昌”，说它经营批发的油、盐、糖、南北地货及百货，对繁荣商业有一定贡献。（见邹序欣先生《桑榆集·古镇陈墅》，第 314 页）

20 世纪 40 年代，定周公次子运青（鸿）的重孙璞如（蕴辉），任民国陈墅镇镇长，他决定为小镇装上电灯，这样热闹的夜市就开张起来了，陈墅就成为周边村镇中很早具有夜市的一个名村镇。他的族弟导新（汝勋），又置办了轮船。那时虽然已进入了民国，但是汽车运输和公路，像陈墅这样的村镇是没有的，只有肩挑、手提或独轮车和土路，人员往来、货物吞吐主要靠的是水运。陈墅虽得天独厚，有应天河（现名澄虞运河），可以四方沟通锡、澄、虞三邑和河两岸众多集镇，辐射面较宽，但河面运行的都是用手摇橹的木船，舟行慢，货载少。现在有了轮船，应天河的辐射就更广、“乡脚”就更宽，成列的货船密密麻麻地停靠在沿河的几个大码头，陈墅很快成为附近著名的商贸繁华之镇和文化教育娱乐的中心，而且很快就成了能管辖周边诸村的政治中心。“中华人民共和国成立初期，古镇老街是张泾区的陈墅乡，后为港下乡的政法办公所在地，1958 年，港下乡更名为港下人民公社，政社合一，但公社机关驻地仍在陈墅。”（见邹序欣先生《桑榆集·古镇陈墅》，第 312 页）

如果说德茂昌商行的开办和轮船、电灯的置办，有利于乡邑陈墅，也有利于开创和购置者自身财富的积累，那么，下面我说的这两件事，却是一种义举，是一个家资并不丰厚的人，竭尽一已之力，心怀故土家乡的无私奉献，是陈墅姚氏，循祖上之教，发出的最亮的闪光，是我们后代子孙要永远铭记于心，继承、发扬、学习的榜样。

这两件事都发生在 20 世纪 40 年代。

仲云公九世裔孙赞元公的后代循南（钟康），是个国学生。在他 76 岁那年，其子鸿逵、鸿远、鸿达商定给他做大寿，但他却怎么也不同意。原来他想的是，陈墅北街和小桥圩之间，因应天河支流相阻，两岸乡民来往全靠小船相渡。为此他心中常常不安，却无解决之法。这次，儿子们提议给他做大寿，他想，与其把大把钱财花在红烛高烧、饮酒吃饭的祝寿上，还不如给两岸乡民修一座往来沟通的小桥。他把自己的这个愿望提出来后，三个儿子齐声说好。因为其中两个儿子学的是城建，于是说干就干，很快一座小桥就架设在河面上。（见新浪博客：姚家茶庄转载萤照《无锡陈墅姚姓 370 年》）

仲云公九世裔孙赞元公后代粹瑜，是筱湘公的侄子、少华公的长子。少华公主持编修《姚氏宗谱》时，粹瑜积极协助父亲。他一生热心教育，宣统元年（1909）、民国二年相继倡兴本镇小学，韩省长奖给他三等嘉祥章。（《姚氏宗谱》卷四，《总表》第 32 页）。可惜的是，他年轻时患了青光眼，导致双目失明。1948 年，他听到本镇小学因生源日众、教室紧迫，学校呼吁捐助时，他出资捐助建造了标准教室两间。虽然因失明，无法到校监造，但他常召承建商到家共商建筑结构、用料和建造进度等关键事项。（同上）

粹瑜公比我母亲高一辈，母亲常常在我们面前念叨这位叔公，当时我不了解母亲为何总念叨他。读了宗谱，我理解了母亲念叨的原因。

（四）自奉俭约，热心援急解难，赈灾救灾，造福一方

陈墅姚氏后辈在祖训、祖规的教导、制约下，都能做到自奉俭约，富而不骄，富而不奢，援急解难，赈灾救灾，济人、助人、救人于窘迫无奈与无望之中。

仲云公四世裔孙赞元，是个能独立出资建宗祠的家业富厚者。他“俭朴自奉，无重绮兼膳”，严于自律，对人宽厚大方：“平居遇贫乏，饥者粟，寒者衣，病者药。”“与人贸易，使人获利而后快。买田宅则昂其价，见有积卷（债券），辄焚去。”“乾隆甲辰乙巳间，岁大祲，君独出资倡捐。先平粜，次赈贷，悉心经理之，全活甚众。”（《姚氏宗谱》卷一第 10 页本传）

其长子百川（汇），亦“性慷慨，好施与。邻里戚党困乏必周。岁或不登，捐缗给票，动以千计”（《姚氏宗谱》卷一第 16 页本传）；次子剑川（泉）对“贫乏不能自存者时周之”（《姚氏宗谱》卷一第 18 页本传）；三子临川：“嘉庆十二年丁卯，岁大旱，悲鸿遍野，府君慨然独赈一图。”“十九年甲戌岁又旱，府君董理赈务，昕夕劝捐，不辞劳苦，乡里德之。大宪汇其事以奏，蒙恩加一级记录一次。”（《姚氏宗谱》卷一第 20 页本传）

仲云公四世裔孙定周公是个“德之厚者”，其长子琴堂（治）也是个“性厚重”之人，他“立心，公以平。其待人，宽以厚。凡遇急者必周之，求者必应之，欲为善而力不足者，必助之”（《姚氏宗谱》卷一第14页本传）。次子运青，“居乡遇公事，必董其事。若赈济、平粜、修桥，一一任其劳剧。虽冒寒触暑不少懈，用不足则出金以助之，事成不矜己功”（《姚氏宗谱》卷一第15页本传）。

先祖们如此，影响所及，后世子孙纷纷效仿。

仲云六世裔孙，赞元系漱芳长子伯勤：“常闻所往来者，无子劝以再续。又为之称贷之，身既死而代偿其债也。邑中钱姓来乡，死无所归，其子不在，夫子助之以木椁。其待人有如此者。”（《姚氏宗谱》卷一第66页本传）次子仲华：“十二年癸酉岁大旱，飞蝗遍野，民不聊生。府君慨然助赈捐例纳赀，钦加五品衔，赏戴兰翎。”（《姚氏宗谱》卷一第77页本传）三子叔成（树勋）“三十八岁粤寇至”，“方乱离后，有宋姓者，毗陵故家子也，陷于匪，逸出，失所依。府君怜而食之。旬余辞去，询其故，泣曰：‘公减己食以饭我，我不可以久累公。’问其行，曰：‘得归则归，若不得归，仍复为匪耳。’府君再三谕以不可，徐取其衣纳以银洋一绳，穿豆饼二，布裹米二升，送以行别。后十余年寄言道谢，并曰：‘今已娶室有子矣。’又当于昏夜见鼠窃入货房。烛之，则所识也，遽灭烛任逸去，不以告人。府君待人，大率如此。至于持己则行乎其素，不骄不谄，毁誉不惊，荣辱不校，衣食服御不从俗尚”（《姚氏宗谱》卷一第87页本传）。

仲云公七世裔孙，定周公系畅定：“每岁暮，天风凄厉，见里人之号饥寒无以自存者，量予钱多寡辄满其愿而去。日入篝镫（古代放食物的器具），子姓环集，又戒之曰：‘博施济众尧舜犹病，汝曹其勉旃。’”本传赞曰：“今吴中富人处阛阓（huán huì，街市）间，大率鲜裘怒马相驰逐，或入赀为郎攫取金紫；人有以缓急告，则掩耳疾走，若甚不愿闻者。迨积金满籯（yíng，竹笼），顾甘子若孙之挥霍而不肯以一金相饷遗。以视公之所为，其贤不肖相去何如哉？”（《姚氏宗谱》卷一第43页本传）

其贤不肖相去何如哉？

正因为陈墅先祖是贤者，子孙无论在学识、教养、德行、品性、文化教育方面，还是在商贸、旅行、城镇建设等方面，都为乡土做了些工作，留下了影响，因此先祖们在本土留下的声誉才逐节提升。他们从三世裔孙席儒、七世裔孙仲华，相继被推举为“乡饮大宾”，获望重乡邦“奖额”“儒林衿式”匾额，到五世裔孙运青，“居乡遇大事，必董其事”（《姚氏宗谱》卷一第15页本传）；六世裔孙临川，“十九年甲戌岁，又旱，府君董理赈务”（《姚氏宗谱》卷一第20页本传）；六世裔孙谷书，同治三年癸亥：“是年大旱，先祖父又董理赈捐，昕夕不辞劳瘁。”（《姚氏宗谱》卷一第96页本传）

如果说上述姚氏先祖们，还只是以“乡望”受了些荣誉头衔，或承担了些临时性的“董理”事务，那么到了筱湘、叔明（治垌），九世裔孙耀文（钟珩）、景荣（锡庆）、君芙，十世裔孙璞如等，他们或被举荐为能决策本镇工作的镇长，或被推荐为能参与决策本邑大事的市议会议员。

筱湘（坤寿）“任董职历十有八载”（《姚氏宗谱》卷一第58页本传）。

叔明（治垌）“光绪癸卯董于乡”（《姚氏宗谱》卷一第49页本传）。

耀文（钟珩）民国期间任“陈墅镇长。新四军地下抗日干部，深受乡民爱戴”（《姚氏宗谱》卷四《总表》21页）。

璞如（蕴辉）“民国陈墅镇长”（《姚氏宗谱》卷三《总表》第71页），给陈墅镇夜间照明者。

景荣（锡庆）“民国二年任市议会议员”（《姚氏宗谱》卷三《总表》第82页）。

君芙（镜第）“民国元年，地方自治制初创。君芙以乡望被举为怀上市议员”（《姚氏宗谱》卷一第84页本传）。

他们都为本镇、本乡、本邑做了很多有益于民生的实事、大事，深受邑民赞扬。

（五）重建宗庙，增修宗谱

在这一发展阶段，子孙们在走出家门，融进社会，热心公益的同时，没有忘记对宗族内务的建设，没有忘记对祖恩祖德的缅怀、追思，没有忘记对自身道德教养的修炼，他们同时办成了两件大事——重建宗庙和增修宗谱。

陈墅姚氏宗庙始建、落成于四世裔孙赞元公古稀之年（1806—1809），历51个春秋，被毁于咸丰十年（1860）的兵燹战乱之中。仲云公七世裔孙定周公系畅亭，战后主持重建家庙，时间大约是在他45岁（1864）时：

里中故有家庙，自经兵燹，荡焉无存，公蠹（xì，伤痛）然伤之。乃

鸠工庀（pǐ，治理）材，择日兴筑，费不敷，即耗己财，无所吝。（《姚氏宗谱》卷一42页本传）

但只重建了前进五开间“光裕堂”大厅，又历时近35年，至1898年仲云公八世裔孙赞元公系筱湘时，才同族伯渊甫联手，完成了后进主屋等的建筑：

陈墅本支祠宇毁于兵燹，承平后，先恢复前进。迨府君任事与族伯渊甫等筹建后进飨堂三间左右，耳楼各一间。凡规划材料及建筑工程，一切皆府君主之。经始于光绪戊戌，阅三年而雕刻髹漆之，工竣，约费银币三千五百有奇。其出入经账，则族伯渊甫之任。（《姚氏宗谱》卷一第58页本传）

从畅亭公主持重建，到筱湘、思垌两支联手修筑完成，宗庙的修建历时近35个年头。从中可见姚氏子孙那种前后相继、锲而不舍的意志和毅力，这意志和毅力，源自对祖先的一片至诚仁孝之心。修座家庙，前后竟然历35年之久，倾父子、伯侄两代之功，从中可见姚氏并非家业丰厚之大户，又历经战乱，人人家事维艰，但当有休养、有生息之后，第一件要做的事，是如何安置祖先，如何继祖先之教，“矢志冰清，丕大前基业，无愧前人”（《姚氏宗谱》末卷第7页《宗祠族规》）。

抚平了战乱的创伤，重建了家园宗庙，从1855年至1923年，姚氏男丁215人，凡财力允许者，几乎都积极参加童生考试，中秀才者27名，有国学生著号者34名，占男丁总数的15.8%。秀才们努力参加会试，不少还获得“乡试荐卷堂备”“本省乡试房荐”的机会，但最终都受阻了，他们并不因此而消沉、气馁，而是纷纷走出家门，融入乡邑，为家乡做了很多实事、好事。面对家族欣欣向荣的大好前景，眼看本姓宗庙重建起来，八世裔孙少华想到手头的宗族谱牒修纂至今已68个年头，68年来世事多变，人事更迭，很多令人缅怀、追思的先祖却在宗谱上没有他们的身影；四个世代，春秋更迭，很多新苗出生、成长，如果不在谱牒上一一周详备案，长此以往，必然会出现“尊卑长幼之失次，昭穆伦序之不明”，陷入数典忘祖的境地。为了稳固、亲睦、维系宗族的秩序，他决定修订宗谱。

少华是六世裔孙云浦的孙子，即八世裔孙筱湘的亲弟弟，在族中是个很有威望的人。他振臂一倡，“询谋于族”“佥以为然”，就立即偕子酉生（莹），不远数十里专程聘原籍骥渚的宿儒（学养高深的读书人）陈康祖老先生担纲“校核厘定之责”。少年又立即和房兄瑞生，相商组织民国十二年（1923）癸亥版的编务班子。仅历年余，新版光裕堂《姚氏宗谱》就问世了。应该说，这次宗谱续修如此顺利，如此快捷，是定周、赞元兄弟，黄土塘再从兄弟们的后裔，无间无隔、同心协力的结果，也是和少华始终担当重任，昼夜操劳分不开的。编修中，他始终尊重兄长，团结子辈，谦逊退让，不以功自居。当房侄诵浒为这次续修宗谱作序时，他郑重地告之曰：

> 犹有说，是役也，吾发之，吾非能成之也。房兄瑞生齿高望重，凡事禀承焉，是于主修之任宜。房侄凤笙理繁治剧，实资臂助焉，是于分校之任宜。至综理出入，责无旁贷，聊以毕吾愿耳。其他本支及黄土塘支各房分任职务者，并详记名。(《姚氏宗谱》首卷第 7 页《姚氏续修宗谱序》)

这种事前积极倡议、事中躬亲操劳、事后谦让的精神，值得子孙们学习。

癸亥版续修宗谱：

（1）增补了自 1855 至 1923 年间陈墅支、黄土塘支存在的和新增的男丁世系图、世系表。

（2）增补了自 1855 至 1923 年间陈墅支、黄土塘支子孙中一些公知的、有影响的祖先的图像和像赞。

（3）增补了自 1855 至 1923 年间陈墅支、黄土塘支子孙中德高、业精，有功于方邑、宗族的已故优秀子孙的本传。

其中以增补的本传为最佳。从陈墅支定周公、赞元公系新增的 35 篇本传和乙卯版 20 篇本传的比较来看，其不同之处有以下几点：

1. 作者身份的变化

版次	作者						
	无亲属关系的官员	与远房姻亲有关系的官员	子孙、兄弟辈	姻亲（子婿、族侄、姻侄）	受业门人	朋辈（世交）	本人自撰
1855 年（咸丰五年）乙卯版	2 人	6 人	1 人	4 人	2 人	5 人	0 人

续表

版次	作者						
	无亲属关系的官员	与远房姻亲有关系的官员	子孙、兄弟辈	姻亲（子婿、族侄、姻侄）	受业门人	朋辈（世交）	本人自撰
1923年（民国十二年）癸亥版	2人	0人	13人	11人	3人	5人	1人

从上表可知，两部宗谱就撰“传”作者来看，最大的不同点是咸丰年间乙卯版以官员担纲撰著的最多，占近半数，而直系子孙承担撰写传文的仅一篇；到了民国癸亥版，则直系子孙、兄弟承担撰著的多至13篇，占总数的37.14%，如加上近房姻亲（子婿、族侄、姻侄）本人自撰，则占了“传”作者的71.43%。

2. 传文材料撷取、构章设篇、用词造句上风格的变化

撰传作者的变化直接带来的是材料撷取、构章设篇、用词造句上风格的变化。由于乙卯版的作者主要是外聘的官员、名家、写手，他们并没有同传主一起生活过，哪怕是短暂相处的经历，他们都没有，他们都只是依据传主子孙们提供的“行第”等材料进行撰写，因此，其主要精力往往只是放在构章设篇和用词造句如何突出子孙们对传主的赞美和歌颂。这种客观式的记述、赞美，极易导致内容苍白、空泛，遣词造句多套语、溢美之词，或以华丽的骈四骊六之文来掩盖其对传主生活不熟悉这个缺陷。这在乙卯版《始迁陈墅仲云公传》《席儒公七十寿序》以及赞美节母贤妻的传文中非常突出，难怪八世裔孙少华在他撰写的祖母张太孺人的文中说：

> 兹届垂暮之年，幸未即填沟壑。经修家乘，伏诵旧牒所载节孝传，用骈四骊六之词，写万苦千辛之状。在我后嗣，学识粗疏，徒见其眩于目，而莫得其意旨之所在。记曰：“至敬无文，父党无容。”家人伦序之间，奚为多文辞哉！谨质言之。（《姚氏宗谱》卷一第55页，《旌表节孝祖妣张太孺人节略》）

这种“‘至敬无文，父党无容’”“家人伦序之间，奚为多文辞哉！谨质言

之”，既是癸亥版编修兼任总理的培英公的主张和实践，也可说是癸亥版《姚氏宗谱》的总体文风。由于这部宗谱增写的35篇传文几乎都出于传主的子孙、兄弟和近房姻亲之手，他们同传主都有共同生活的经历，都有千丝万缕的血缘关联，撷取的都是直接的、第一手的、深深打动自己心灵的、朴素的生活实事，对他们来说，抒发对祖先们的感恩、感激、感动的情感是第一位的，随着这种情感的喷发，过去生活中桩桩件件的大事、小事、琐碎事一一流露于笔端，让人看得见、摸得着，这样一来，繁文虚词自然一扫而光，留下的只是详情、实证、声情并茂的纪念文章。癸亥版宗谱新增的35篇传文中，这样的好文章很多很多。

如严毓芬，以小门人、受业弟子，写有关恩师父子的《缉菴公传》《吕笙公传》，以子婿、孙婿身份写的《渊甫公传》《夏恭人传》《畅定公传》；诵浒以降服子（封建社会规定儿子为生身父母服丧3年。子出嗣为生身父母服丧降等为1年。在服丧期的出嗣子自称降服子）身份写的《筱湘府君行述》《本生母事略》，以侄子的身份写的《砚臣公传》；少华以次孙子的身份写的《旌表节孝祖妣张太孺人节略》；凤笙以孙子的身份写的《心葵公事略》，以从弟身份写的《楚生家传》；君芙以孙子的身份写的《仲华太府君行述》，其子曙晖（涤新）以孙子的身份写的《王太孺人事略》；芝生（庆堦）以儿子的身份写的《叔成府君行述》；钟岳（铭芳）以儿子的身份写的《慧修府君行述》；瑞生以孙子的身份写的《谷书公行述》，都是此类中的佼佼者。

这里，我特别要提的是和姚氏并非宗亲，以世愚弟童斐的身份，在民国十二年冬拜撰的《姚君芙先生传》，其中对45岁就英年早逝的君芙，其文才、事功、品性、德业一生情状的描述，读之令人潸然泪下。文后对“同治以后，吾苏文风之四变”的议，对“时学校之设虽遍于海内，但种种弊端”的论，都很有史料价值，值得后代子孙拜读。

总之，如无民国十二年癸亥版《姚氏宗谱》的诞生，2015年重修光裕堂《姚氏宗谱》这件事是很难完成的。遗憾的是，为癸亥版《姚氏宗谱》出力的很多先祖先后走了，我们却无法在宗谱的传文中留住他们的行事、功绩和一颗颗青青子衿之心！

四

处于内忧外患中的姚氏家族第十代，浴火重生。

（一）科举结束后姚氏子孙就学的走向

自第十代起，姚氏子孙就不再奔走于科举之途，转而走上新兴的学堂求学之路。其大的背景是：清政府废弃了科举制度，大力倡导兴办新式学堂、奖励游学等办学新政。

清政府的这一转变，是在有识之士的推进下，不得已而做出的。列强入侵，瓜分中国，丧权辱国的卖国条约接踵而至，清王朝犹如一艘风雨中即将破沉的大舟。若不听从朝中有识之士的建议，例如实施新政，奖励实业，兴办学堂，派遣留学生，改革旧军制，编练新军，则这艘破舟必然很快沉没。故1901年9月4日，清政府命令各省城书院改成大学堂，各州府及直隶州改设小学堂，并多设蒙养学堂，1902年2月13日又公布推广学堂办法。1905年9月2日，光绪帝诏准袁世凯、张之洞奏请停止科举、兴办学堂的折子，下令“立停科举，以广学校”（见林昊洋文）。在这样的背景下，江苏无锡地区新式学堂纷纷兴办起来，如很多姚氏子弟选读的荣巷公益工商中学就是无锡荣巷工商大家荣宗敬、荣德生兄弟创办的，它既传授科学知识，又配有实习工厂，是设施完整的工商中学。又如姚氏子孙中很多人选读的无锡县立师范学校，其前身是清光绪二十九年（1903）留日的杨荫杭（杨绛父亲，钱锺书岳父）和蔡文森、顾树屏等在无锡北门外江阴巷创办的锡金中学，后锡金中学1904年改名为锡金公学堂，1906年改为锡金初等师范学院，即无锡县立师范学校。

这里我还想说一说创办于清光绪二十八年（1902）的江苏省第一乡村私立新式学堂——严氏私立经正学堂。这所学校设立在金匮县寨门镇，首倡创办者是严毓芬（尧卿，1874—1936）。严毓芬是金匮县人，出身书香门第，清光绪举人，未仕。他喜欢诗文书法，热心公益，教书育人，后任无锡县图书馆馆长，有《砚罣斋诗集》（二卷）存世。我之所以要写这所学校，是因为这位首创江苏省第一所乡村私立新式学堂的严毓芬先生，恰恰是以“孙婿严毓芬顿首拜撰”“子婿严毓芬拜撰”“子婿严毓芬又识”“小门人严毓芬拜撰”“受业严毓芬拜撰”的名义，为我直系高祖畅定、曾祖渊甫、渊甫公夫人夏恭人和我七世族祖缉菴、吕笙写本传的作者。严公以一人之力为《姚氏宗谱》写了五个传文，且篇篇声情并茂，读之令人钦佩、感慨，当和我们姚氏家族是何等亲密！说实在的，我第一遍读姚氏传文，深深打动我的，就是他和九世族祖诵浒写的传文，以后是每读一遍就加深一次对这位先生（正确地说应该是祖姑爷爷）的尊敬和钦佩。现在竟然得知他还创办了本省第一所私立乡村新式学堂，而且这所学校在1912年又改名为私立经正高等小学。这所学校校风良好，教育质量优良，教学设施、设备完善，专业影响超越其他县邑，各地如常熟、杨舍（张家港）、江阴，甚至宜兴的学生，都慕名而纷至沓来，寄宿求学。民国九年（1920）四月，大总统徐世昌曾赠予“敬教劝学”的题匾，著名教育家黄炎培曾亲书墨宝“敬老劝学”，以示嘉勉。

我七世族祖缉菴公是举人，不仕，“以取其学教授乡里”，遗泽所及，自己钟爱的学生亦趋其后尘，且做出如此这般应在教育史上大书一笔的事业，怎不让人感慨！

我的三位族伯鸿逵、鸿远、鸿达，在经正学校读过书，我的父亲也在经正学校读过书，而且受到该校资深语文老师孙衷佑先生的宠爱，孙先生甚至把他的长女许配给了我父亲，和姚氏结成了姻亲，成了我的外祖父。

陈墅姚氏十世孙，大多出生在清光绪末年、民国初年。待他们到了读书年龄时，科举废除已多年，故父辈们都清楚“进身之阶惟学校”耳。凡经济基础能支持其儿孙就读的，就纷纷就学于学校。

定周系就《总表》所载，十世裔孙男丁33人，其中1人读了江苏常州第五中学，3人读了无锡县立师范学校，5人读了荣巷公益工商中学，3人读了县立高级小学。读书人数占总数的三分之一。

赞元公系就《总表》所载，十世裔孙男丁41人，其中没有登载过学历的19人，读过高小以上学历的22人。22人中，进入大学，或肄业，或虽未注明大学名，但综观简历，理该具有同等学历的，有12人；具有中学或中等专业学校学历的有8人；具有县立高级小学学历的1人。读书人数占总数的一半以上。

对比定周、赞元兄弟两支的十世裔孙，在就学、学历、就学方向和专业选择上，的确存在着很大差异。弟弟赞元一支，就学比例较高，出现了不少走出邑里，游学四方，就读北京、天津、南京、上海、广州各类大学的子孙，更出现了仲云公十世裔孙中第一位留洋美国、公费留学的高学历子孙（八世裔孙筱湘次子诵浒长子宏胄，上海交通大学土木工程系毕业后，去美国公费求学）；这些人就读的专业面较宽，有就读上海交通大学、南洋大学、天津北洋大学、北京大学的，亦有就读上海商学院、民国南京中央政治大学的，更有读了大学又入军校的。如总理陈墅姚氏 1923 年版宗谱的少华公之孙树新、树基，其中一个光华大学肄业后转入黄埔军校，在该校陆军十六期毕业后又转入民国中央航校，成了十三期毕业生；另一个则成了国民党《青年战士报》业务股股长、中华时报社经理，兼海军军官学校物理教员，其触及政治、经济、商务、军事各领域。

而我直系始祖定周这支，大多希望续祖上春煦、思坰以儒兼工商的身份，立足故里，开拓祖业，服务乡邑，以本土经济、政务、文化教育的开拓为努力方向。故选择荣敬宗、荣德生创办的荣巷公益工商中学的较多，其次是从教、就读于无锡县立师范学校。我堂叔漱六（汝芳）在本镇陈墅小学执掌了多年的总理（校长）之职，我伯伯绩成（汝嘉）出任了本邑保滋二校校长，堂叔芹生（汝采）历任本邑泾皋学校、常熟里仁乡立学校校长。

但是，差距是客观存在的，如果撇除主观上的诸多因素，那么客观上父辈经济基础、家族文化学养积累、年寿短长、子息多寡都会对子孙产生很大影响。

定周、赞元兄弟两支后来的这些差距，其实在始祖时代就留下了。陈墅姚氏席儒系在刚立业起稳的关键阶段，定周、赞元兄弟两人的年龄、寿数都存在近乎一代人的差距。席儒公生定周时年仅 20，生赞元时，却已步入不惑，兄弟年龄之差高达 22 个年头！赞元出生时，定周长子琴堂已近 2 岁，是侄长于叔；定周年寿不高，55 岁就离开尘世，而弟赞元正当盛年。赞元 27 岁慈母离世，29 岁父亲见背，只能弃举子业，理家务，但“家不贫，君又勤且俭，业益饶”（《姚氏宗谱》卷一第 10 页本传）。但定周青年时，却逢“家政中阻”，故虽“少嗜学，过目辄能成诵”，但因“家政中阻，援例成均”（援例：引用成礼；成均：国子监别称。意思是用金钱买了个国学生身份）。其次子运青，父亲离世时年仅 15 岁，而仅“遗田百亩，用不敷。弃儒而业贾”（均见《宗谱体传》）。而赞元三子百川、剑川、临川，父亲专聘馆师在家设馆课子整整八年（《姚氏宗谱》卷一第 10 页本传）。后虽长子百川因父亲年高，“乃弃举子业，佐理家政”（《姚氏宗谱》卷一第 16 页），但两个弟弟“剑川补博士弟子员，临川以弱冠应童试”（《姚氏宗谱》卷一第 10 页赞元本传）；而这时，定周长子琴堂，却背负着沉重的家累负担，竟然前后育有六子！

兄弟两系，如此不同的起步，造成了后代子孙在业儒、应举、学养积累上的种种差距。

定周公（鼎钧）	六至九世		六世		七世		八世		九世		合计	占总数百分比
	男丁	总数	国学生	邑庠生	国学生	邑庠生	国学生	邑庠生	国学生	邑庠生		
琴堂公	41	69	1			2					3	7.3%
运青公	28		2		2		3	1	5	4	17	60.7%
赞元公（鼎钰）	六至九世		六世		七世		八世		九世		合计	占总数百分比
	男丁	总数	国学生	邑庠生	国学生	邑庠生	国学生	邑庠生	国学生	邑庠生		
百川公	25	120	3		2	1	2				8	32%
剑川公	43		3	1	1	2 佾生 1	1	4	1		14	32.6%
临川公	52		3	1	3	举人 1 佾生 1	3	3 佾生 1	3	3	19	36.5%

我们在看这张表的时候，特别应注意的是“邑庠生”“邑庠生数量”，因为邑庠生才是生员，即秀才。明清时考上生员是非常难的，必须通过县试、府试、院试三大关。县试，是县太爷主持的，连考五场，五场均通过才能参加府试。府试，由知府或州府的官员主持，连考三场，三场通过才获得个“童生”称号，然后参加每三年两次的院试。院试，由各省学政或学道主持，童生们考上生员，才算得到了一块晋身仕途的敲门砖，才能有资格参加每三年一次的乡试，即选拔举人的考试。故院试这关十分重要，唯其重要也就十分艰难，很多童生就被卡死在院试这个门槛。而生员中还有最优秀、优秀和一般之分。只有那些具有岁贡生、廪贡生、增贡生、附贡生、邑廪生等头衔的，才是秀才中的佼佼者。定周公系六至九世 69 名男丁（《总表》中有简历的男丁）中，有庠生 7 名；赞元公系六至九世男丁 120 名中，有庠生 16 名半（含三个佾生，清

代佾生被称为半个秀才），另有举人 1 名，比例超过定周系，且庠生中优秀庠生有 7 人。这证明了我前面所述之经济和学养基础对科举考试的影响。

定周系的秀才，集中出现在八、九两世，即运青系心葵（日煦）和畅定父子两代。西定周系此前子孙都比较清寒，直到此时才有所改变。我高祖畅定和曾祖渊甫，是非常清醒的两位老人，此时决心让子孙辈奋起，操持举业。此时正值七世族弟赞元系缉菴中举后，弃仕从教，设馆授徒，“门下著籍弟子多至数百人”，这么大的一个学馆，就借设在族兄畅定之家。族兄把孙辈托付给族弟，自己严加苛责，本传说：“公虽以货殖起家，然喜读书，雅以未得成名为憾。故晚年于孙行期望甚切，历延名师督课之，不少懈。复设文社以觇其能否课之？日炷香于炉，记晷刻。公则往来周巡，目左右顾，即有跅弛（跅（tuò）弛，放纵无羁）之士，亦皆变色易容。或劝公头颅如雪何自苦，盍少休乎？则对曰：‘吾以贫，故失学。今幸粗温饱，忍令诸少年作没字碑耶?’比耳课卷甲乙，定必嗫嚅问某孙，甲乎？曰甲，则色然喜。设对以乙，则蹙额不怡。故诸孙多以学问相砥镞，无敢失老人欢者。”（《姚氏宗谱》卷一第 42 页本传）又思垌本传：“自以遭时离乱，家窭（jù，贫穷）艰不能竟学，时戚然以为憾。有丈夫子四，延名师教督之，期以必成。闻诵声则色然喜，或荒于嬉，则嗃嗃（hè，严厉）斥辱，不稍宽假。及公子锡珍、锡纶策名于庠，犹欿（kǎn，不自满）然不自足。戒之曰：‘云程万里，此特发轫耳，愿益奋励毋自画。’”（《姚氏宗谱》卷一第 44 页本传）

正因我高祖、曾祖如此严督，高祖 9 个孙子，出了 3 个秀才、5 个国学生。可惜学养之积累，遗及子孙，非朝夕之功！待到科举停，学校兴，定周系子孙就难似赞元系的族兄弟那样“自由飞翔”，纷纷步入各类自己心仪的高等学堂。

但是，应该肯定地说，席儒先祖的两系子孙没有尸位于世，我的直系叔伯们，也以各自的聪明才智，在乡邑肥沃的土地中，留下了诸多深浅不同的印记。

（二）第十世子孙对古镇陈墅的贡献

关于这方面的内容，前文已有涉及，这里就不再赘述。只是在清末民初中华民族发展的大环境中，我陈墅子孙的努力奋斗和做出的一些努力，同周边先进乡邑相比，还只是“小荷才露尖尖角”！

（三）在伟大的抗日战争中姚氏子孙的遭遇和表现

卢沟桥事变后，华北大片国土沦陷。同年，上海爆发了淞沪会战。这是我国抗战史上一场规模最大、战斗最惨烈的会战。战士们整整坚持了3个月，但由于蒋介石11月8日发布的全线撤退令，上海失守。上海失守后，日寇长驱直入，直逼蒋氏政权首都南京。11月25日无锡失守，12月1日江阴要塞被攻占，同日，日寇下达进攻南京的作战令。南京保卫战只坚持了十天，唐生智就在蒋介石的授意下仓皇逃窜，致使南京人民遭到了日寇史无前例的大屠杀。

关于吴淞战役，上海失守、锡澄沦陷，百姓慌恐、仓皇逃难的情景，2015年《姚氏宗谱》中有我族伯鸿达的亲笔回忆。

> 由于日寇不停地轰炸烧杀，三天后在火光烛天的惊恐气氛中，为安全起见，市政府和各局临时移至租界内办事，作抗日战争的后方。历时三个月，日寇从长江常熟沿岸登陆截取我军的后方。我军不得不放弃淞沪前线后撤。此时我们的家乡常、锡一带，正在要冲，沪锡间交通全断，信息不通，直至十一月才由品玙带二老及船夫母子经江北来上海。嗣后听母亲和品玙告述，在上海战事后撤时，苏南一带十分紧张，南京中央政府动摇。品玙在南京随即搭火车奔回，乡间已是人心慌乱，纷纷作逃避计。她就商定由老船家陈根和母子，包用小船一只，载同二老、二嫂直驶江阴至苏北。在过江时船只成群，遭受日寇飞机投弹轰炸，在混乱中进入内港，河道生疏，不知去向，随船群驶至蛤蟆圩，听到天生港有江轮通上海，决定去天生港。丢掉小船上岸，带同船家母子、二老坐上一牛头车，父亲行动困难，用绳带缚着，登上江轮都由船家背上直到上海码头雇车摸到龙德屯大哥家，紧张旬日，才算心定神安。烽火连天中，合家庆幸团聚。隔了一个月余，乡下传来消息，说是日寇在过境时烧杀拉夫，吾家整个宅基因在要道上，被日寇作为烽火报信台，烧了三昼夜全部焚毁。经历三代所积聚的大量家具、饰物、文具、书籍等等都成灰烬，说不尽覆巢倾家之痛……此时沪锡两地都为沦陷区。
>
> （《姚氏宗谱》卷一第128页姚鸿达《回忆录》）

鸿达是父亲族兄，1923年夏获国立北京大学采矿工程科学士学位，时任职上海工务局。回忆中道及的这座宅子，就是仲云公六世裔孙赞元系谷书，联手堂侄伯勤，耗数千金，在十亩大的宅基地上建造起来的。传到十世，这大宅里应该有达十户孙、曾孙分户立业。三天三夜的大火，毁掉的不仅是一家一户三代的存储，而且是十户三代之积累！其中还有陈墅姚氏唯一一个举人缉菴公留下的文墨书画，怎能不痛心！

日寇那次过境，我陈墅祖先仅宗庙和定周系的一所老屋未遭毁灭，其余较大的三座建筑全毁。先是烧去了河北江阴境内的我族伯鸿达家族的三代祖宅，接着在河南老街闹市区焚烧了我堂叔祖绥菴创办的有七开间门面的德茂昌商行，临出陈墅镇又点燃了地处古镇南端末梢的一座崭新宅园。

这宅子建于民国初年，应该是仲云公九世裔孙定周系的锡珍兄弟所建。我曾祖渊甫生了锡珍、锡纶、锡恩、锡庆 4 个儿子。次子锡纶无出，从长房、三房各选一子为嗣子；三子锡恩虽生有 5 子，但唯存 2 子，且长子汝英（吾父）又成了二房嗣子；四子锡庆仅有一子。故二、三、四房合计也只有 4 个儿子（其中还有一名是嗣子），但长房锡珍却连生 7 个儿子，除七子幼殇，二子出嗣，还拥有 5 个子媳。思坰这 9 个孙辈，到了成家立业的时候，祖居老房就甚感逼仄，大约 4 兄弟相商，就在老家南端末梢造了一座新宅安置二房、四房汝英、汝训、汝昌 3 个子侄。高大的围墙内簇拥着二十多间新屋，颇为气派。

当时，几个日本兵走进街梢，看到这座惹眼的房子就走了进去。他们见偌大的厅堂空落落地坐着一个三十多岁的男子（吾父汝英），以为有诈，遂严厉盘查。吾父机警地回答："商人，经商。"日本兵细察其形，见只是一文弱书生；再察其手，柔软无茧，就要父亲随伍，替他们记账。父亲不走，就胁迫之；胁迫不成，日本兵就把父亲推到厅堂墙壁举枪就射，但子弹射偏。日本兵就在堂屋四处点起火来。冬日干燥的空气，助推火势，大火很快破屋而出，整个宅子都陷在大火中。由于是日本兵放的火，人们不敢去灭，结果大火烧了一天一夜。待到住在外祖父家的母亲接到讯报赶回，主屋已成瓦砾一堆，火苗还在瓦砾中窜突。这次的大火，不仅烧了我家，还波及亲叔叔、族叔叔两家。三家的祖遗财物、新置家什、书籍细软全成灰烬。

这件事，父亲亡故后，母亲曾给我们讲过。当时我既震撼又愧恨，震撼、愧恨之余也有些疑虑：事实真是这样吗？是否有夸张之处？现在我读着族伯、族叔们记在宗谱上的对父亲的评价"抗战时坚拒为日伪服务，忠节可嘉"，又联想到当年母亲回忆时还讲到父亲因"那把算盘"而被敌伪军追寻逃躲的种种事。日伪统治之下，父亲直面家被毁灭、生命受到威胁，而无惧无悔，始终保持了一个华夏士子最可贵的民族气节！好一颗“青青子衿之心”！

在我们族中，还有一位族叔，在敌人的枪口下英勇地献出了他年轻的生命。他就是我族祖赞元公长子百川公第四个儿子荫城的重孙葆祥（鸿吉）。

荫城公是第一部《姚氏宗谱》纂修时实际上的总负责人。他所处的支系是一支非常注重学养、气节的支系。他生有8个儿子，其中2子牺牲，2子未娶。长子灿霞，其孙钟珩抗日时期出任过陈墅镇镇长，真实身份是新四军的地下抗日干部。次子灿雯是增贡生，他的孙子钟玮曾捐资兴学，获得韩省长奖给的银质褒章。曾孙鸿儒本是上海滩的自由撰稿人，民国三十一年（1942）在上海被土匪劫掠、杀害，年仅26岁。三子灿英，有个曾孙鸿吉，就是这个故事的主人公。因叔父钟琨无子，父亲钟驹就把他出嗣给在清末同治年间战乱中投河自尽的弟弟钟琨。民国二十六年（1937）冬，在日寇枪杀其母的关键时刻挺身而出，扑向母亲，被日寇枪杀，年仅20岁。鸿吉以死保护的并非生母，而是嗣母。当我读到“为护母被日寇枪杀，存年20”这十几个字时，不知怎的眼前出现了一连串的“啃老、弃老、打老”等新闻，两相对比，怎能不震撼！

荫城公四子灿衡、五子灿华，清同治三年（1864）二月十二日在陈墅邻镇之东湖塘让村碰到了当时正在苏南地区同清政府鏖战的太平军，战乱中被胁迫至江邑（江阴）祝塘内角桥，投河自尽。殉难时，兄29，弟26。这里我不评价这一偶然事例的性质，只是强调这两个姚氏子孙在遇到危难时的态度。

面对日寇的胁逼、残杀，姚氏子孙除坚拒、护母、牺牲和参加抗日地下工作外，还有辞职返乡者、坚决不合作者和投笔从戎者。百川公长子晋庐的重孙海泉，毕业于上海商学院，后在上海铁路管理局任职，“抗日战争爆发，拒绝为日伪政府服务，铭志隐居乡村”（《姚氏宗谱》卷四第13页总表）。1923年版《姚氏宗谱》的实际操持者、剑川公五子云浦公的重孙、少华的孙子树新，本在上海光华大学读书，后慨然投笔从戎，就学于黄埔军校，毕业后又入中央航校，成了十三期毕业生。正所谓“宁为百夫长，胜作一书生”。

总之，姚氏十世的叔伯长辈，虽都是些布衣素族的一介草民，但当国家、民族处于生死存亡的危难时刻，始终保持了一颗忧国忧民、忠贞爱国的赤子之心。

（四）陈墅姚氏在时代的洪流中砥砺、锤炼，服从党的政策，听从党的教导，努力改造自己，做新时代的合格公民

雄鸡一唱天下白，华夏万姓庆新生。对陈墅姚氏来说，也的的确确获得了新生。当然这个“新生”，是经过艰难的磨炼才得到的。父母一生，前后经历了一次灾难、两次变故：灾难是1937年日本兵烧了我们的家，我们失去了居住的房屋和数代积累的物质和精神财富；变故之一是20世纪50年代交出了所有田产；变故之二是“文化大革命”中的抄家和1968年的住房被征，一时之间我家成了“无根之木”，几乎遭到了灭顶之灾。幸而后来党和政府落实了政策，父母又回到那两间灶披屋中。

虽然我们失去了借以温饱的土地，但是党和政府还是尽力帮助我们解决了口腹之饥。先是大姐被安排去张泾区粮库当会计，父亲被安排到南桥头小学教书，之后大姐又把我带到粮库参加秋征、夏征工作。张泾镇泾皋中学鉴于我们的家庭情况，免去了二姐的学杂费，让她读完了初中。我的舅父孙运昌更是无偿帮助姐姐，还动员两个妹妹帮助老姐渡过难关。父母对待这个变故是理智的、平静的，因为他们知道这是“制度性的大变革”，是“一个阶级推翻一个阶级的大变革”，而这个变革是符合先贤一生追求天下为公、人人平等的真理的。五四学潮前的各种思潮和进步青年的反帝反封建活动，父亲在省常中读书时是亲见耳闻的。特别是在女师读书的史良，当时她任女师学生会会长、常州市学生会副会长。她非常有演说之才，当年父亲和同学们经常听她的演说，所受影响至深，以至父亲垂老之年（72岁）还能回忆起当年听史良演说的种种情景。父亲的亲生父亲，即我的祖父，是个国学生；父亲的嗣父，即我的嗣祖父，是个邑庠生，癸卯科参加乡试受到“荐卷”的荣誉。但他们的思想都不守旧，嗣母还为送父亲去日本留学卖掉了嫁妆田，准备了留洋的资金。而且父亲也是很希望能成行的，他准备留洋的学科是法政，这也是受史良的影响，因为史良在演说中说要以法律干预政治，作为救国救民的武器，可见父亲受史良影响至深。但后来因种种原因，父亲的留洋终成了一场梦！所以我的父亲，并不是一个蛮横凶恶，有大把钱财的土财主，他骨子里只是一介书生。留洋梦碎后，他过上了守祖业的“不劳而获”的生活。20世纪70年代、90年代父母先后离世，我们也不知道父亲到底继承了祖上遗留的多少田产，只知道五个子女的衣服、鞋子，是母亲一针一线做的，一年四季的主菜咸菜（萝卜干、黄鱼

干）是母亲腌的，炒菜的油是母亲用黄豆请作坊榨的，烧菜的酱油是母亲自己做的，一年四季的蔬菜，大部分是母亲带领我们在地基上、坟地里种的。过节时有鱼有肉的，平时父亲是有咸肉吃的，孩子们是吃咸菜和小黄鱼干的；至于水果，除夏天的西瓜，其余季节是看不到的；偶尔过年的时候，父亲在麻将桌上赢了钱，会买十多个小橘子，孩子们一人会分到两三个。压岁钱也是有的，攥在手中的红包可以买两碗豆花、几片麻花糖片。

其实对我们家来说，真正的灾难，是有了弟弟之后。弟弟 3 岁时高烧不退，请了个“铜针姑娘”，金针下去，烧退了，弟弟的右腿却从此不能正常走路。16 岁考高中，他的成绩达了标，但因残疾，没有被录取，收到通知单的当夜他就精神失常了。直到他 77 岁去世，此病一直缠着他，60 多年中，给父母、给姐姐、给他自己，带来了说不尽的灾难！

凡此种种，让我们深深地体会到创造财富的艰难、物质来源的不易，养成了勤俭节约的好习惯。特别是当我已活成一个 83 岁的老人，面对现实中的种种奢华景象，耳边竟会时常响起儿时妈妈抱着我时的吟唱：

> 黎明即起，洒扫庭除，要内外整洁。既昏即息，关锁门户，必亲自检点。一粥一饭，当思来之不易，半丝半缕，恒念物力维艰……

眼前也就看到了外祖母严厉训斥我们的情景：

> 把饭粒捡起来，吃饭掉饭粒不捡，会遭天打的！

我的双手不由自主地又翻起了宗谱上先祖们的“家训”。

> 腹有诗书之气，粗粝美于膏梁。名垂都邑之间，布帛荣于绵绣。农桑不惮其劳，毕世无亏衣食。商贾不离其货，每日自有赢余。
>
> （首卷，《席儒公家训》，第 103 页）
>
> 余幸获天佑，遭遇平顺，益以夜思早作，一本俭勤，故支持至今。尚觉有赢无绌。今余年六旬，精力亦稍惫矣，亦宗析箸法，为汝兄弟析产。各自炊爨，立门户。夫齐家重孝悌，祖训具在。余不赘告矣。今余别有为汝兄弟戒者。慨人心不古，世道日非。弦诵之声不闻里巷，而烟酒、赌博、流娼诸项，百出其计，智以引诱子弟。一或不谨，即入其彀中而不自知觉。念汝兄弟资产，非有如余昔日所席之厚。勤俭克家，仅敷衣食，岂

可再染时习耶？特是时习之害人，与人之受时习害者，汝兄弟非不见之，非不知之。而究之所以受时习之害者，汝兄弟未见及未知之也。何也？人之性，可智可愚，可上可下。而惟人之有职业，有操守者，无暇务外，而并不敢务外。彼时习安得而扰其胸？否则，饱食煖衣，优游荒废。虽贤智亦中无主宰。其有不坠魔障而流荡忘返者，什不得一也。

今愿汝兄弟有操守，有职业。驯至于不染时习。然后以祖训孝悌二字，反复体验，实力奉行。庶几去成人之道不远而家道可以永昌。（《姚氏宗谱》首卷，《渊甫公分授遗书自序》，113 页）

虽然这些都是前人之训，而他们因为生长在旧体制中，必然会受到不少封建伦理道德的影响，但其中仍有不少应代代相传的道德精神。上引言论，在我看来，就是应该代代铭记的警语格言。人的信念的确受到阶级的制约，但人的信念也可越过阶级的门槛，关键是处于社会中的人，他的心中是否装有祖国、民族和人民，是否有一颗明辨事理、判断对错的坦荡、正直的心！如是，他就会站在时代先进思想的一边，支持、参与到那股引领祖国、民族、人民进步的洪流中，成为人们追随、赞颂的榜样。《姚氏宗谱》中就有一位这样的子孙，他以身实践了自己追求的理想，成为我们姚氏子孙的楷模，这就是《姚氏宗谱·黄土塘支》廷采公十二世裔孙姚桐斌。惭愧的是，按宗谱的辈分，我竟然可以称呼他一声贤侄！

姚桐斌，是黄土塘、陈墅姚氏子孙中第一代留学生，是我国第一代火箭专家、航天材料的奠基人。1922 年 9 月 3 日，出生在锡邑怀仁乡黄土塘。1924 年至 1938 年，先后在黄土塘小学、无锡县立初级中学、黄土塘怀仁中学、上海私立成康中学、江南中学读书。

1940 年年初，赴江西吉安，在江西国立第十三中学读高中。1941 年，全国各大学联合招生，他以江西省会考个人总分第一的成绩，被保送入贵州平越唐山交通大学工学院矿冶系，1945 年毕业时因在全班成绩第一，被推选加入美国斐陶斐励学会，任国民政府经济部矿冶研究所助理研究员，开始致力于金属材料的研究。

1946 年 10 月至 1957 年，他先后在英国伯明翰大学、伦敦帝国理工学院获博士学位，并先后在英国皇家矿业学院冶金系、伦敦大学、德国亚琛大学做研究和教学工作，同时积极从事进步活动。1956 年 9 月，他在瑞士加入中国共产党。

姚桐斌于 1957 年回国。当时的国务院副总理兼国防科委主任聂荣臻将军，通过国务院专家局，指名他到成立不久的国防部第五研究院一分院，任该院第七研究室主任。1960 年，姚桐斌任航天材料及工艺研究所所长，1965 年调七机部第一研究院，历任中共七机部一院委员，703 所党委委员、所长。

“文化大革命”中，他同样经受了当时群众运动的历练。1968 年 6 月 8 日中午 12 时，他下班回家时突遭歹徒毒打，不幸遇害，年仅 46 岁。1978 年 3 月，经中共中央批准，他被追认为革命烈士。1985 年和钱学森、任新民等第一代火箭专家一起，荣获国家科技进步特等奖。1999 年 9 月 18 日，中共中央国务院、中央军委追授他“两弹一星”功勋奖章。2000 年 6 月，原国务委员兼国防部部长张爱萍，为姚桐斌塑像题词，称他为“我国航天材料工艺奠基者”；中国科学院力学研究所所长、第七机械部副部长、国防科工委副主任、中国科技协会名誉主席钱学森，题了“鞠躬尽瘁为航天，德昭日月感后人”的敬辞；原国防部五院一分院院长刘瑄题了“航天战线的楷模，科技报国的典范”的赞词。为他题词的还有一些党和国家领导人。(《姚氏宗谱》卷二第 42 ~46 页《两弹一星功勋科学家——姚桐斌生平》)

我虔诚地拜读着中华人民共和国国史学会、两弹一星历史研究会、人物研究专业委员会主任姚炳华先生所写的《两弹一星功勋科学家——姚桐斌生平》(全文收录于《姚氏宗谱》卷二第 42 ~46 页)，看着宗谱首卷第 97、98 页中那留德冶金博士，中国航天材料工业奠基者，中国导弹与航天材料、工艺技术研究所主要创建者，中华人民共和国“两弹一星”功勋科学家的像和像赞，突然，我的双眼模糊了，可我的大脑却分外清醒，它告诉我，姚氏的优秀子孙、中华民族的好儿女、党的好儿子姚桐斌没有乘鹤而去，他只是把那一腔热血和还年轻的躯体，留在了他如此热爱的祖国大地，和慈祥、宽厚的大地母亲融为一体，化作滋生新苗的春泥！阳光洒在他身上，雨露润在他体内，在春泥的滋养下，成片成片的新苗破土来到人间。阳光向他们招手，雨露润着他们的躯体，春风拂过，小苗惬意地张开了双臂。看着这一片欣欣向荣的景色，春泥激动地吟哦起来，这浑厚的吟哦声撒向了广阔的天际。

2018 年寒月

宝图的故事

拍卖场外到处贴满了大幅的宣传广告："弥足珍贵——清宫珍藏传国重器宝鼎一件""墨宝之魁——明《玄秘塔》真迹一册、雍正珍藏传世精刻善本一部""惊世再现，藏之深山，秘而不宣，明代逸名《天地人和图》一幅"……广告栏前，人头攒动，嘈杂喧闹。一个老人拄着手杖，颤巍巍地走到《天地人和图》的广告牌前，喃喃地低语着："看到它了，看到它了。"身旁搀扶的是一将近40岁的中年妇女，凝视广告的脸上闪烁着惊疑、痛苦、悲愤的神色；一个穿着相当讲究的中年人，走到老人的身后，仔细地读着广告，然后取出手机拨弄了几下走了；两个珠光宝气的妙龄女子，招摇地走到广告牌前，嗲声嗲气地读着"惊世再现，藏之深山，秘而不宣"，对看一眼，扭着腰肢走了；一个身材挺拔的中年男子，不紧不慢地走在人群中，悠闲脱俗，一脸闲云野鹤的神态，似乎他只是在悠闲散步，偶尔双眼中射出逼人的英气。

拍卖会入场的铃声响了，人们一拨拨地登上楼梯，走进会场。老人和中年女子选了正中偏西的两个位子坐下；拨弄手机的中年人，不客气地选了第三排一个正中的位子坐下；那两个珠光宝气的女子却选了东排靠后的两个位子，似乎她们只是来看热闹；至于那个闲云野鹤般的人，端端正正地坐在后排正中的位置上。

拍卖台上槌子敲响，敲槌子的是一个胖乎乎的中年男子。他边挥槌子，边扫视台下数百双紧盯着他的眼睛，高声宣布："××市古文物拍卖专场开始!"随着阵阵槌声，竞拍热浪阵阵掀起。拍卖已进行一个半小时了，还有三十分钟这场古文物春季拍卖会就要结束了，但预告中的主件《天地人和图》还没展拍！人们窃窃私语起来。

主拍者迟迟不举槌，他在蓄势，他在期盼，他在聚集能量，等待激动人心的高潮到来。突然，他举起槌子定在半空中足足五秒钟，然后落下，大声高喊："现在主拍《天地人和图》。这是明代一位佚名者留下的一幅著名古画。传说朱元璋赶走蒙古人，建立大明王朝后，此佚名者为歌颂大宋河山光复，寓意大明王朝昌隆，而于酒酣之际乘兴作了这幅名画。可惜此画未题真名，画成后又被藏于深山，致使历史上空有记载，却很少有人目睹过此画风采。现千年古画惊世再现，看哪位幸运者有缘获此至宝，收藏于石函金柜之中。"

百来双眼睛齐刷刷地盯着这个胖乎乎的中年人，只见他慢慢地从柜中取出一画函，打开画盒取出一轴长 120 厘米、宽 45 厘米的古画。他走向挂画架，唰地一下，只见千山竞翠，百舸争流，一股逼人的葱茏灵气扑面而来。足足两分钟，人们被这股灵气镇住了，随后惊呼声由台下响起。坐在正中偏西的那位老人颤颤巍巍地拄着手杖站起身来，身旁的中年女子小心地把他按回座位上。人们不约而同地鼓起掌来。主拍者等人们发泄得差不多后宣布："竞拍开始，底价五百万。""五百二十万。""六百万。""六百五十万。""七百万。""七百五十万。""八百万。""八百万一次，八百万两次……""两次啦，谁还想竞拍！""九百万。"在紧靠一个中年人的右排，一个三十多岁的男子举起了牌子。"九百万，九百万啦！""九百五十万。"全场所有人的目光都落到了这个举牌子的四十多岁的中年人身上。坐在正中偏西侧的那个老人握着手杖的双手哆嗦着，两个珠光宝气的女子似乎也收起了她们那搔首弄姿的丑态，瞪着愚昧无知的双眼。"九百五十万一次，九百五十万两次。"突然一块竞拍牌由前排中座伸起，牌上赫然写着"一千一百万"。老人的手颤抖得更厉害了，两个女子的眼睛瞪得更大了，会场里的空气紧张得似乎凝固了，只有后排那个闲云野鹤般的人却跷起了二郎腿，身子半仰斜靠在椅背上，悠然地看着自己口中吐出的烟雾，听着主拍者喊着："一千一百万一次，一千一百万两次，一千一百万三次……""噔——""《天地人和图》一千一百万，成交！"所有人都长长地吐出了一口气。在数百双眼睛的注视下，前排中座那个穿着相当讲究的中年人站起来，一步一步走上拍卖台。

宁海路，街面宽阔，两旁耸立着一座座高大的楼房。当夕阳还在西面的橱窗上闪闪发光的时候，朝北的街面却早已开起夜市来。各色霓虹灯在玻璃橱窗中闪烁着。街面车水马龙，熙熙攘攘，人们或安闲地游荡在街头，或忙碌地出入于商场。蓦然，转角处驶出三部清一色用窗帘严严实实遮住车窗的轿车，它们之间不紧不慢地保持着一定的距离。渐渐地，人们发现这三辆车似乎在相互追逐。只见打头的那辆，一会儿快一会儿慢，一会儿又停在某栋大楼旁，似乎要摆脱后面紧跟着的那两辆车子，却又始终摆脱不了。幸而前方红绿灯闪烁起黄色的信号灯，司机不顾一切地猛冲过去，终于在红灯亮起的刹那冲过了斑马线，而后面两辆却被交警挡在停车标线的那端。待这两辆车冲过去，打头的那辆车早已无影无踪。窗帘被拉开了，原来坐在第二辆车内的就是拍卖场上搔首弄姿的那两个女子，而第三辆车的车窗仍然被严严地遮着，它一个斜刺超越过第二辆车，飞驰而去。

一辆列车飞驰东去。两个戴着墨镜的女子由列车车厢那头走来，她们边走边张望，很快在门号为202的包厢前停下来，迅速地按响了该包厢的门铃。门内露出一张黝黑成熟的男子的面庞，其中一个女子突然滑倒在门口，双手捧腹，口吐白沫，另一女子趁机一脚跨进门槛，连喊：“救命，救命！”随着喊声，左右包厢走出很多人，一边七嘴八舌地嚷：“叫列车长。”“喊医生。”一边问女子座位在几号车厢、住哪个包厢。喊救命的女子只是把手向包厢门口一指，求助黝黑脸庞的男子帮忙抬同伴。黝黑面庞的男子虽稍露犹疑的神色，但还是伸手相助。哪知这女子竟然这么沉，一时还拉抬不起来。喊救命的女子摘下墨镜，用眼神求助坐在包厢内正在看报的一个中年男子。为了防止门口那些好事者走进车厢，中年男子只能伸手相助。就在中年男子刚把躺倒的女子抬起时，五六个人簇拥上来，迫使他不得不朝前走。就在中年男子跨出包厢门的那一刻，卧铺旁的一块木板突然移动起来，一只手把这男子随身携带的一个旅行包拉了过去，又迅速地换成一个同样品牌和型号的旅行包。木板刚恢复原位，门口又闪进一个披着大衣的男子，只见他从大衣底下取出一个也是同样品牌和型号的旅行包，倏忽间就换下了刚刚被调换过的旅行包，整个过程几秒钟就结束了。当中年男子急匆匆扒开人群回到包厢时，一切都已恢复原样，他看到卧铺边的旅行包安然无恙，用手捏了捏，一丝难解的笑意浮上脸庞。

一间豪华的客厅中，一个五十多岁的男子正在打开画函，一个旅行包斜躺在沙发旁，而旅行包的旁边就是那两个搔首弄姿的女子。

一间雅致的客厅中，一个男子正背着身打开画函，随着画轴的展开，该男子侧过身体，原来他是“闲云野鹤”。他仔细地端详着手中的画，画幅右上角赫然跳入眼睑的是“天地人和图”五个墨光四射的大字。

十天后，《宁海日报》头版刊出了一条消息：“本市企业家傅宏毅先生愿向原持有《天地人和图》的收藏家奉归原物，诚请原收藏家于本月十日到十五日间去傅宅认领。”一石激起千层浪，宁海市的市民奔走相告，疑虑、赞叹、企慕、好奇等种种情绪弥漫于宁海上空。

那间豪华的客厅中，那个五十多岁的中年男子正瞪着悬挂在西壁的《天地人和图》生气。手下人通报：“张先生到!”随着中年男子手一挥，一个戴着眼镜的老年人颤颤巍巍地走进客厅。这老人来到图前，举起手中的放大镜反复看着题头、画身，喃喃自语着直摇头。中年男子焦急地紧瞅着他。老人又举起手中的放大镜反复审视着画面、题头，终于说了句：“不似明人手迹。”中年男子生气地一挥手，老人退了出去。

那间雅致的客厅中，“闲云野鹤”来回踱着方步，不时走到桌前审视着铺展在桌面上的《天地人和图》，眉头、眼角显出内心的紧张。

一座小洋房坐落在宁海市最繁华最幽雅的地段，这里繁华但并不喧嚣，幽静但并不冷寂，是宁海市的富人区。今天，这里的气氛似乎有点儿不同寻常。大门外虽然还是静悄悄的，但洋房坐落的大道两旁显然有两个一对三个一群的人在不时地走来走去，甚至在重重叠叠的绿树后面似乎也让人感到有一双双警惕地注视着的眼睛。一辆汽车驰来，车门被打开，一位七十多岁的老者精神矍铄地走了出来。一位侍者打开大门，恭敬地引导老者沿着石子路走进了一间小巧玲珑、古色古香的小客厅。老者刚一落座，这时屏风后走出一男子，哦，就是拍卖场中以一千一百万拍得《天地人和图》的中年人。

“贤侄请。”老者站了起来。

“江伯父请。”中年人快步上前扶着老者坐上座。

“伯父今日降临寒舍……”

“前来一睹贤侄拍得的《天地人和图》。”中年人话音未落，老者就忙着解释道。

“伯父也有此等雅兴!”

“哪里，早听人说贤侄以天价拍得这幅宝图，今日借贤侄归还宝图之豪举，特来开开眼界。”

“原来如此！伯父请看。”

循着中年男子手指所指方向，老者看到客厅南壁正中就挂着那幅天价拍得的宝图，不觉肃然敬立，仔细端详起来。但见万里无云，千山竞秀，一轮红日吞吐于东山之巅。近处万壑争流，层林竞翠，点点风帆竞逐于浩荡的春水之波。整个画面是宇宙清澄、祥气笼盖，但清澄中股股逼人英气又勃勃而来。老人不觉“啊”了一声，道：“贤侄此画如此珍贵，既以天价拍来，为何又要无偿奉归‘赵者’？”中年男子肃然恭立，仅说了句：“谨遵母命。”老者又问：“贤侄登报寻‘赵者’，不怕招来冒牌者？”中年男子自信地说：“本人自有主张。”话语间侍者报：“有客认宝。”中年男子坦然道：“请。”老者不自觉整了整上衣。进门者也是个中年男子，主人尚未开口，他就率先做了自我介绍：“傅先生，家母冯国英，嘱我代她认宝。”傅先生顿了顿，说：“知道认宝规则否？”“知道。”“那就开始吧。”傅先生嘱侍者取下宝图铺展在长桌上，一任来者查看。只见来者自题首到画尾瞅了几遍，就斩钉截铁地说：“是家母收藏之宝。”傅先生嘱侍者取出砚墨，令认画者在登录簿上签录下认领者姓名，然后说：“请先生转告令堂十日后听取回复。”男子尚未退出，侍者又报：“来客认宝。”如此一个下午来了十多个认宝者，傅先生一一恭请他们登录在簿。

上述五十多岁的男子、“闲云野鹤”、公安人员，分别在他们豪华的、洁净敞亮的客厅，和布满一台台计算机的办公室内，一张张地审视下午在傅家门外拍到的那十几个认宝者的照片。五十多岁的男子看一张骂一张，最后他把照片一摔，大喊：“都是冒牌货！”“闲云野鹤”和公安人员不约而同地从档案橱中翻出案卷，一张张和拍得的照片比对，最后定格在一个人身上：此人中等身材，脸黝黑，脖子左侧有一伤疤。

伤疤人出现在豪华的客厅里，五十多岁的男子正在嘱咐什么，他认真地听着，然后退了出去。

仍然是那座小洋房。一辆出租车由远而近，在小洋房的大门处停了下来。人们在拍卖场中见到的那位老人，拄着手杖，从车中走出。他仔细地看了看周围的环境，举手按响了门铃。守门人打开大门，引导老人进入客厅。老人走进客厅，顿时瞪大双眼，双腿不由自主地迈到屏风前。他左手抚摸着屏风的转角，嘴里喃喃着：“这，这，这……”客厅的主人傅先生注视着老人问：“先生您说的‘这’是……”老人警觉起来，搪塞着说：“这宝、宝图呢？”傅先生恭敬地指着客厅南壁正中悬着的宝图说：“请先生认宝。”老人警惕地答道：“老身非来认宝，只是希望瞻仰宝图真容。”“真容？先生见过宝图真容？”

“没，没，没有……只是那天拍卖场中，老身座位离宝图甚远，未及仔细瞻观，故今天借先生招请‘认宝’的机会前来一睹。”“嗬!”只见老人走近宝图，仔细地看着，最后他请求说：“老身老眼昏花，这宝图高悬南壁，不少细微之处难以观赏揣摩，可否铺展于桌上，容老身有生之年能得一尽兴欣赏中华瑰宝的机会?”“应该，应该，是学生疏忽了。”傅先生即示意侍者取下宝图，铺展于长桌之上。只见老人并未躬身桌前仔细看宝，而是径直走向桌端，举起画轴上端，迎着东窗一瞅，脱口喊出“宝生”。注视着老人的傅先生，猛听到“宝生”二字，两道粗黑的眉毛拧成一个疙瘩：“宝生？宝生何意?”老人自知失口，解释说：“此宝生于我泱泱大国，也只有像我大汉民族才能画出如此宝图。今天老身能一睹此宝图，真是三生有幸，三生有幸。感谢。”老人抱拳，匆匆退出客厅，都没容主人相送。

一辆出租车从前方驰来。老人招手，司机迎上去，打开车门扶老人坐进前排。车轮滚动，老人不自觉地回首凝视着小洋房的大门。出租车刚驰上大道，司机通过后视镜猛然发现有两辆车在尾随。司机加大油门，但怎么也甩不掉这两个尾巴。远处一幢五层楼上国徽高悬，“宁海市公安局”几个大字扑入眼帘，司机在驰过公安局大门时猛地把车掉过头来，其中一辆尾随的车由于刹车过猛而车身晃荡，之后车子直往后退；另一辆车，却一溜烟地从斜刺小道溜走了。在转弯的瞬间，人们发现坐在溜走的汽车中司机右侧的人，脖子上清清楚楚地有一条伤疤。

出租车司机打开车门，径直向尾随车辆走去。车内跳出两个男子，司机向年长的一个伸出手去，热情地说：“刘队，幸会了。”被叫刘队的男子兴奋地一拳打去：“是你呀!”司机摘下墨镜，原来是“闲云野鹤”。刘队请“闲云野鹤”和老人一同进了公安局。

刘队把老人引进自己的办公室，沏了杯茶，然后和“浮云野鹤”退至隔壁。

刘队说：“想不到这件事把老兄您也吸引了进来。”

“闲云野鹤”说：“说来话长，我是为了结20多年前的一桩心事。”

刘队说：“心事？啥心事?”

镜头转到20多年前。宁海市到处是铺天盖地的大字报，“打倒”“砸烂”声不绝于耳。还只是夜晚八九点钟，原来繁华的宁海市，家家户户已是漆黑一片，只有个别车辆还在街道上来回疾驰。一辆公交车到站停下，车上走下来一个十六七岁的姑娘。她右肩挎着个挎包，挎包虽破旧，但那特宽的宽度、紧握着挎包的手和不安地环视四周的眼睛，总让人感到有些特别。离车站十多米远有一个十字路口，姑娘扫了四周一眼，穿过马路向左边走去。街道上静悄悄的，静得只能听到她自己匆匆的脚步声。这条街道的两侧是一个个黑黝黝的、深深的胡同口，姑娘小心地走过一个个口子。前方又是一个胡同口，她知道这条胡同特别曲折，特别复杂，所以屏着气，如燕子似的一跃而过。可就在这时，一个黑影从胡同口斜刺而出，还没待姑娘反应过来，她那挎包已到了黑影手中。姑娘拼命追，拼命喊，但两边街面住房里的人们就像睡死了一般，竟然没有一道门打开！姑娘仍然在呼喊、追赶。终于，前面出现一个年轻人。听见喊叫，他猛一回头，同黑影撞个正着。就着街灯，他们厮打起来，但慢慢地年轻人被黑影压在身下；对方一个扫堂腿，又把他踢出很远。待到他爬起来，黑影已不知去向。后来他才知道，姑娘被抢去的是一轴宝图——《天地人和图》。这是其父视如生命的宝图。这次之所以拿出来，是因为其父被牵连打成黑帮后，接二连三地批斗、抄家，其母因连连受惊，心脏病突发，撒手人寰。其父在走投无路的情况下，把红卫兵抄家前匆匆藏在废弃水管中的这幅宝图取出，嘱姑娘送到一位老朋友处典押，但不幸遭遇抢劫。

“这个与黑影相斗的年轻人就是我。姑娘诉说时的情状一直深深地刻印在我的心头，多年来我一直以没有帮这姑娘抢回宝图为恨事，因此当此画再现时，我就决心一探究竟。”

刘队问：“那您怎么会注意上这老人的呢?”

“闲云野鹤”说：“当时在拍卖场外，我一见到这位老人就心头一颤，后来又见搀扶他的是一位四十多岁的妇女，心头更是忐忑起来。在拍卖场，他们坐在左侧，我坐在后排正中，全场的一举一动，尽收眼底。待到《天地人和图》一出，这老人激动的神态更向我证实了什么，所以当这个老人出现在傅宏毅家门口，我就立即警觉起来。接下来发生的事，你已经全知道了。”

刘队说：“观察、推断有理。我们不妨从这老者入手，把围绕宝图发生的一切弄清楚。”

刘队办公室，老人安详地等待着。见刘队偕“闲云野鹤”出来，老人迎上前去，一边向“闲云野鹤”道谢，一边向刘队请示是否可以回家。

刘队说："老人家，对不起，让您久等了。不过，我还有些事相问，请老人家务必相助，告知实情。"

三人坐下，刘队单刀直入："老人家，请问宝图何时入于您家？"

"宝图并非吾家之物。"老人断然做了否定的答复，但眉宇间的一丝震惊还是被"闲云野鹤"捕捉到了。

"宝图既非老先生家中之物，何以今日去傅家认宝？"

"敝人自幼酷爱书画，曾知明代有高手画有《天地人和图》一幅，但从未见过，当获知有人拍卖此图，我就去拍卖场看，但座席离宝图甚远，加上年老眼花，未能尽情欣赏，故今日冒昧去傅府求睹。"

"老先生既非前去认领宝图，何以竟有歹徒相逐竞追？"

"老身实为爱宝识宝而去，至于何以会遭此等惊吓，实非意料中之事。"老人的回答滴水不漏。

刘队和"闲云游鹤"对视了一眼，客气地说："谢谢老先生的配合，以后可能还得麻烦老先生。"

老人走出了公安局。

刘队说："看来老人别有隐情，他应该是宝图的原持有者。"

"闲云野鹤"说："从他在拍卖会上的一连串的行为举止来看，你的推断在理。我们不妨以老人和傅宏毅的关系为切入口，宝图故事之谜也许能得以破解。"

刘队点了点头。

电脑显示屏上出现了老人的相片和资料：

施柏生，1923年生，浙江滨湖人，出身教员家庭。1942年由滨湖大学地下党支部推荐，参加浙江抗日部队，长期从事文化宣传工作。1949年后历任《宁海日报》文化教育版负责人，宁海日报社副社长、社长。"文化大革命"中被撤去社长职务，并被监督劳动；"文化大革命"后被平反、复职。1992年离休。

电脑显示屏上又出现现持宝人的相片。但资料十分简单：傅宏毅，1943年生，浙江滨湖人，企业家，宁海集团董事长，外祖父为国民党军官。

刘队和"闲云野鹤"的目光不约而同地落在两人的共同出生地——滨湖。

滨湖市公安局、派出所，滨湖的小学、中学、大学频繁出现刘队和"闲云野鹤”的身影，最后，他们到了滨湖大学教务处。接待他们的是教务主任，他听了刘队说的来意后，抱歉地说道：“滨湖大学1949年前的学生档案，经日寇烧抢本已残缺不全，之后潜藏在教职员工中的特务放火烧了教务大楼，本已残缺的档案更是只剩下断片残页，虽经修补，也无法成册。至于1943年前后的档案更是荡然无存。”正在教务主任感喟之际，一个愣头愣脑的小伙子推门进来。教务主任突然拍手连说“有了，有了”。他对两人说：“这小伙子的祖父是滨大的‘老土地’，不妨通过他打探一下，也许会给你们提供一些有用的信息。”

小伙子家的院子里摆满了一盆盆花草，虽是平常的草木，却棵棵郁郁葱葱，透出无限的生气。院当中，一位老人，皓发银须，坐在一张藤椅上晒太阳。小伙子快步走到老人跟前，喊着：“爷爷，来客了。”老人微睁双眼，瞧着两位不速之客，欠身道：“两位是……”刘队跨前一步，恭敬地说：“老人家，我们是宁海市公安局的，想向您打听一些事。”

老人连声说：“请，请。”说着引导两人走进客厅。客厅中几乎无一长物，仅有藤桌藤椅，但空落而不空寂，简单而不简陋。

刘队说：“老人家，听说您是滨湖大学的‘老土地’。我们想向您打听打听您的学生。”

“‘老土地’倒是不假，不过不知还能否记起你们要打听的人!”

“老人家您是否记得1943年以前，滨大中文系有位名叫施柏生的学生?”

“1943年的滨大，全校总共也只有百十号的学生，照理说如果有这么个人，我是应该认识的。”刘队和“闲云野鹤”满怀希望地等待着。老人想了想，终于无奈地开口：“施柏生我不认识，记不起来。”

刘队和“闲云野鹤”不觉失望起来。老人注视着两人由兴奋而转为失望的眼神，说：“不过我可以提供几个1943年在滨大读书，现在还住在滨湖的人。也许他们会知晓。”“闲云野鹤”马上拿出笔把老人提供的信息记了下来。

刘队和“闲云野鹤”穿梭在滨湖市的大家小户，最后在一个相当气派的小区门口站定。这个住宅小区处在滨湖市南端，大门口站着卫兵，里面云集了很多幽静、宽敞的宅院。它是滨湖市身份和权力的象征，滨湖有身份、有地位的人物几乎都住在这样的宅院中。刘队向门卫出示了证件，门卫用通话器请示后打开了大门。两人穿过林荫小道，来到一座宅院，走进客厅。一位老人端坐客厅正中，双目炯炯有神。刘队向老人出示证件，老人挥手示意让二人坐下。刘队说："首长，冒昧打扰您，实为向您打听当年曾在滨大读书的施柏生先生的一些情况。""柏生？"老人的眼中顿时露出一丝温和的神色，但随即又疑惑地问："柏生，柏生怎么啦？"刘队和"闲云野鹤"对视了一眼，说："首长认识施柏生！"

"当然认识喽！"老人点着头说，"何止认识，是老朋友喽，在滨大时就是朋友！"

"那首长能否说说施先生在滨大的一些情况？"

老人警觉起来："问那些情况为何？"

刘队向老人说了围绕《天地人和图》发生的一些事和来此的用意。老人点头道："《天地人和图》的事我不清楚。但柏生是个热血青年。记得他十分喜爱裴多菲的那首'生命诚可贵，爱情价更高'的小诗，这小诗几乎成了他的人生坐标。他就是为了追求自由，才投身于抗日烽火之中的。他还真实践了裴多菲的诗句，抛弃了爱情，奔去了前线。""抛弃了爱情？""闲云野鹤"双眼放光，追问起来："首长能否说说这个故事呢？"

老人顿时沉浸在回忆中："当时他同同系女同学左芙南相恋，但他们把恋情包得很紧，谁也不知道。在决定上前线的那几日，柏生一反常态，夕阳下、晨曦中，常常见他独坐滨大湖边，对着湖水，对着落叶，冥思苦想。一天，他拉着我不断地绕着湖边转圈，也不说话。最后柏生才把他同左芙南的恋情告诉了我。左家是滨湖有名的望族，左芙南的父亲又是国民党的高级将领。但面对纯洁、重情的芙南，柏生怎么也难以割舍，每次挣扎后，缠绵之情反而更增了几分。他马上就要成为一个军人了，在战场上很可能会同芙南的父亲对抗。该如何处理，他就像大海中的一叶小舟，对芙南的感情就像扑面而来的浪潮，只要稍不小心，小舟就会被浪潮吞没。他很痛苦，不知怎么办。我斩钉截铁地对他说：'柏生，你同芙南父亲走的是截然相反的两条路，虽然现在看来你走的路十分坎坷，而他的路似乎平坦，但不久你就会发觉，你走的路越来越宽敞，而他的那条路越来越狭窄，最后他一定会走进死胡同。你既然无法把芙南从她父亲身边带走，那又何必让她处于两个心爱的人相斗的痛苦中呢？为了你，为了她，长痛不如短痛，分手是你应该采取的最好方法。'柏生终于和芙南分了手。之后我也上了战场。开始大家还有书信往来，之后就逐渐失去了联系。前几年柏生回滨湖，打听到了我的住所，还来探望过我，并问过我芙南的情况，可惜我不知晓。”

离开老人住宅，刘队和“闲云野鹤”都十分兴奋。他们不仅打探清楚了施柏生的过去，还知道了他在滨大时曾同一左姓女子相恋。这女子又是怎样的人物？是否也同宝图有关系？

滨湖市公安局档案室里，侦查人员正在排查一个叫左芙南的女人。刘队、“闲云野鹤”紧张地注视着电脑屏幕。终于，“左芙南”三个字跳了出来，但是年仅30岁，显然不是。侦查人员继续排查，查到第十四个名叫左芙南的女人时，刘队突然喊“停”。照片上的这个女人40岁上下，清秀、文静，但眉宇间透出的却是深深的忧郁。照片右下角写着：左芙南，1924年生，滨湖人。父左国海，国民党高级军官。既没有曾从事何职、现居何地的记载，也没有一些重要社会关系的链接。

滨湖市敌特档案馆里，刘队和“闲云野鹤”伏案翻查一沓厚厚的卷宗，终于在其中中查到了左国海的条目。登载的内容仍然十分简单，但是其中的一行字引起了两人的注意。“闲云野鹤”很快掏出本子把它记了下来。

刘队和“闲云野鹤”来到左国海当年居住的宅子。看得出来，这座宅院经过时间的侵蚀，已经破败了。当年偌大的宅邸，现在住了许多小户居民，到处都是切割、堵砌的痕迹。一个青年推着一辆自行车正从院门走出。刘队跨前一步说：“先生，请问这里住有左姓人家吗？”“左姓！什么左姓，从来没有听过。”一个背着书包的孩子正从门外走进，听到青年人的嘟囔，朝里嚷着：“妈，又来了两个问姓左的人。”两人随声音看去，院内的一个井边，一个中年妇女正在洗晾衣服。两人向妇女走去。刘队说：“大姐，你知道附近有姓左的人家吗？”“姓左的，姓左的，一天到晚‘姓左的’，姓左的咋啦！”妇女声音很大，几乎是嚷着说话。“吱”的一声，侧楼的一个窗户被打开了，一个老妇人探出头来：“金宝，租，租什么，不是早租出去了吗？”“妈，你又瞎打岔了，不是租房，是又有人来问姓左的了。”“左国海早死了。”说着“呀”的一声，楼窗关上了。刘队无奈地取出证件：“大姐，实不相瞒，我们是为一个案子而来。”中年女子听说是案子，变了脸色。“大姐，不用惊慌，我们只是想了解一些左国海家的情况。如果你知道，还望相告。”“左国海，我不认识，只是听妈说他原是这大宅院的主人。他住在这里的时候，我还没出生，我实在不知道他家的情况。上次有个40来岁的女人也来问过他家的情况。后来我妈让她去东侧胡同找个姓傅的老人，听说当年她曾在左家当过女佣。”“傅姓老人。”刘队、“闲云野鹤”对望了一眼，谢过中年女子，离开了左家大宅。

东侧胡同，名实相符，处在滨湖市的东侧。据说这是该市规划中的一个重点改建胡同，一眼望去，黑黢黢的胡同两旁，像鱼鳞似的排满了用土砖、残瓦搭建起来的简陋住房。两人在民警的引导下，来到挂着231号门牌的一处陋屋前。“傅奶奶，有人来看您了。”随着民警的唤声，一位满头银发、精神矍铄的老人，清清健健地开门出来。看到刘队和“闲云野鹤”，她警觉地说：“先生，我不认识你们。”“奶奶，他们是想向您打听个人。”民警插嘴说。“打听人，向年轻人打听去，我耳聋眼瞎，知道个啥！”“奶奶，他们是要打听左国海。”民警继续说。“左国海早死了，有啥好说的！”“奶奶，听说左国海有个女儿叫左芙南，您可知道？”“宝生，早死了，死了。”“宝生？”“芙南的小名，可惜已经死了。”老人家的眼神黯淡下来。“她是怎么死的？什么时候死的？”“怎么死的，问施柏生去！”老人瞪着双眼，目光中充满仇恨的火焰。“施柏生？施柏生是谁？为啥要去问施柏生？”“这个无情无义的畜生，什么抗日、参军，完全是逃避责任。”“为啥说是逃避责任呢？”老人愤愤地坐在桌边再也不吭一声。“奶奶，你认识傅宏毅吗？”“闲云野鹤”突然插问。老人一语不发，站起身来，走进卧室，把“闲云野鹤”、民警和刘队关在门外。之后刘队和“闲云野鹤”又多次拜访老人，但老人始终门窗紧闭，不再接待他们。

来到刘队的办公室，“闲云野鹤”说：“宝图的事，眉目基本已清，我们不妨分头找施柏生、傅宏毅，来个单刀直入，想来定会有所斩获。”桌上摊着刘队的笔记本，翻开的页面上写着：“滨海市——滨海大学——施柏生——参军抗日——左芙南——留下续读？辍学？——傅老妪——傅宏毅。”刘队手指在两个问号间来回点击。片刻后，点了点头。

“闲云野鹤”推开大门，走进自己那间雅致的办公室。只见一位不速之客，背对他坐在客厅的沙发中。那人闻声回头，竟然是傅宏毅。“不请自来，想必汪大侦探不会见怪。”“怎会，怎会，久慕傅先生大名，甚恨相见之晚。”“汪大侦探滨海之行想必收获甚多。”“哈哈，不少，不少，但还得请傅先生指点开窍。”“不愧是大侦探。不过，大侦探可知我们早有交往？”“早有交往！是火车上！”“哪里，那是第二次。大侦探身手不凡哪！”“可惜不是先生的对手，但第一次，第一次……”“20多年前!”“20多年前？噢！那个万籁俱寂的胡同口!”“闲云野鹤”一个扫堂腿过去。眨眼间，来者侧身避过一击，抱拳作揖：“真是不打不相识。”“您就是当年抢图的野小子!”“惭愧，惭愧。”傅宏毅流露出一连串悲愤、沉痛、愧疚的神情。“所以您这次决定‘完璧归赵’?”“是。唯有这样，才能告慰先母亡灵于地下，也才能抚平我多年来心底的愧恨。”“您主动到我这里来，就是告诉我这些吗?”“否，我是想求助于你。”“求助于我?”“是，通过这段时间的认宝，我仔细观察了认宝者的神态，感到唯有第二天那位姓施的老先生，才是宝图真正的主人。”“何以见得?”“家母去世前曾告诉我，《天地人和图》本是我家所藏，后外祖父把此画赠给了一个他最喜欢的青年，并告知他识别此画的秘密。”“秘密?”“是，我外祖父怕此画一旦不幸流入社会，难免产生仿制。为辨真伪，外祖父在此画画轴上端的裱衣内层暗藏‘宝生’二字。凡知此秘密者，当然就是我应该奉归的持画人。”“啊！原来如此!”“这些日子，认宝者络绎不绝，但除施先生外没有一人知此秘密，因此我想施柏生先生才是家母所嘱应奉归宝画的人。”“有理，但施老先生一口否定他认识此宝。”“这就是我来拜访你，请你帮助的原因。”

宁海市一个较为偏僻的小区，虽非新建，但从周边建筑布局来看，应该是有一定品位的。一辆小轿车驰到小区门口，从车上走出的是刘队和“闲云野鹤”。

小区门口有一些卖光盘、水果、菜蔬的小摊，还有一个电话亭、一个书报亭。一个水果摊的摊主正悠闲地躺在破躺椅上四处张望，脖子上隐隐地露出一条疤痕。

“猫。”

“闻到鱼腥味了?”

刘队双眼一扫，刚一张口，“闲云野鹤”接口就说。远处又有一辆小轿车驶来，傅宏毅从车中走了出来。“闲云野鹤”上前一步与其握手，两人走到刘队前，傅宏毅向刘队伸出手：“傅宏毅。”“刘世涵。”三人走进小区大门。脖子上有疤痕的小摊主拿起了手机。

303室门前，刘队按响了门铃。一个40岁左右的女子打开房门，客气地把三人引进客厅。客厅的陈设简朴、素雅。施柏生似乎知道三人要来，早已恭候在客厅中。

施柏生说：“三位来到寒舍，定为宝图的事吧。”

刘队说：“正如先生所说。”

施柏生说：“宝图确曾被我所藏，但我并非宝图的主人。”

施柏生如此坦诚直言，实出三人之料。

安静片刻后，刘队说：“施先生如此坦诚实属可贵，能否再告其详？”

施柏生说：“宝图的真正主人实是拍主傅宏毅先生本人，想必傅先生早已心知肚明。”

说完，施柏生注视着傅宏毅。

傅宏毅说：“施先生所言差矣，宝图虽是外祖所藏，但外祖已转赠先生。当年学生无知，从施小姐手中夺取此画实属无奈。现物归原主，既完成家母遗愿，也了却我这些年来的愧恨之情。”

施柏生说：“愧对宝生深情。”

傅宏毅说：“先生一再提到‘宝生’之名，画中又藏有‘宝生’二字机密，能否请先生说说，这宝生到底是何人？为何受到如此珍视？”

刘队、“闲云野鹤”说：“傅先生竟然不知宝生是何人？”

傅宏毅说：“学生真的不知，难道你们知晓？”

刘队、“闲云野鹤”说：“其中详情，我们并不知晓，只有烦请施先生了。”

施柏生说：“回忆是沉重的山，宝生是我心中的坟。这山、这坟，本来深深地埋在我心底，谁知宝图牵出故人之子，迫使我挖出这段隐情。”

滨湖湖面，凉风习习，布满了各色游艇和划子。游艇中坐着滨湖的文人雅士、达官贵人。他们或品茶、听歌、下棋、吟唱，或天南海北高谈阔论。划子上大多坐着青年学生，他们有的任小舟在湖中优游闲荡，有的纵桨竞划，激水中流。突然一条大鱼跃上一只划子，船上一个少女竟然纵身跃起，扑向大鱼。划子受少女之力剧烈晃动起来，另一少女本拟以桨平衡划子，可是慌忙中施错了力，划子猛地向左倾侧，“扑通”一声，少女翻进湖中。人们被这一突发事件惊呆了，眼见少女就要被湖水吞没了，就在这时，“扑通”一声，一个青年从岸上跃进湖中，迅速向少女游去，终于将挣扎的少女救上划子。人们顿时由惊慌转为欢呼。

“自古英雄出少年！”老年人捻着胡子感慨着。

“英雄救美啊！”文化人点着头赞叹着。

“好样的，施柏生！”青年学生高声呼喊着。

施柏生救左芙南的事迹在滨湖市不胫而走。左家是滨湖的大户人家，左国海又是国民党高级军官，左芙南是左国海的独生女儿。左国海夫妇对施柏生万分感激，几番派卫兵去请，但都被婉言谢绝了。施家是祖辈传承的教员家庭。施柏生的父亲深受传统文化的熏陶，见义勇为、不受礼谢是他的家门之教。施柏生虽然出生在民国时期，但父亲的家门之教、力行之道，就像代代相传的基因那样，给他刻上了深深的烙印。因屡屡拒绝左国海的邀请，施柏生这个年轻人的形象在左国海一家人的心目中反倒高大了起来。左国海身为国民党高级将领，且是国父孙中山创办的黄埔军校第一期的学生，恪守三民主义之道，为人正直。他反对分裂，对汪精卫的降日，对蒋介石的假抵抗真内战，常拍案而起，但他又是一个谨记“一士不侍二主”的执拗军人，因此，对当时年轻人的激进思想和共产党的一些游说活动，总是感慨“道不同不相为谋”，“头可断，志不可屈”，他发誓献身于孙中山的三民主义。

如果没有下面的巧合，施柏生、左芙南也许永远只活在人们传颂的那个英雄救美的故事中。巧合的是两人竟然同时考上了滨大，而且是同系同班。左芙南出身豪门而不娇柔，虽美丽而不孤傲，就像一朵深谷幽兰，馨香馥郁而不刺眼惹目，这让她逐渐引起了施柏生的注意，两人渐渐产生了情愫。但是，他俩把这一切包得很紧，连和施柏生最知心的钟豪亮也不知道他们之间竟然有这样的恋情。待到施柏生日益靠近我党地下组织，他由这恋情而生的苦闷也日深，待到决定走上前线时，已发展到不能不分手而又两情难分的地步。由于左芙南不肯抛离父母，其结果必然是“杨柳岸，晓风残月”。

左国海对女儿的这个恋情是知晓的，对施柏生要走上抗日前线是支持的，对女儿依恋父母不愿离开父母是感动的，他还幻想有情人终成眷属，所以在施柏生临上前线时，他让女儿把家中珍藏的《天地人和图》赠给施柏生，并把左芙南的乳名“宝生”两字暗藏在画幅中。

“之后的事情你们应该都知道了。”

“‘宝生’，我母亲的乳名！我这个儿子却至今才知。”傅宏毅喃喃地说。

“芙南外柔内刚，她不告诉你，应该是有她的道理。”施柏生充满诚意地解释着，“不过令尊呢？他身体还好吗？”

“令尊?”刘队、“闲云野鹤”惊讶地对视了一眼。

“施先生，您不是派人去滨湖了解过左芙南的情况吗？难道您不知……”“闲云野鹤”直接问。

“是了解过，是让我女儿去了解的。可惜傅妈一听是我的女儿，连门都没让进。所以我是一无所知。”

“噢!”

“我奶奶个性有些固执，可能对施先生有些偏见。但她是个慈祥正直的好奶奶。我父亲在我1943年出生前就去世了。”

“1943年!”

“是，奶奶和妈妈从来没对我讲过父亲的事，虽然我常问，但妈妈只是笑着说我父亲是个英雄，而奶奶却好像不大喜欢他，只要我一问，就堵我的嘴，总是说谈他做啥，人已死了，不谈他。所以我至今对父亲的了解是一片空白。”

“一片空白!”施柏生沉吟着。

“傅先生，冒昧问您一下，您创办了很多企业，还是宁海集团的董事长。您奶奶怎么还住在滨湖破败、简陋的小屋中?”

“是啊，知道我的，都会提出这个问题来。但奶奶就是不听我劝。上次，就是火车上那次,”傅宏毅看了“闲云野鹤”一眼，“我带着拍得的宝图去祭扫我母亲。为掩人耳目，我和秘书坐在豪华包厢内，但宝图其实早就先我而行了，那次我对奶奶说：‘奶奶，原持宝图人很快就可以找到了，母亲的心愿也很快可了了。您还是跟孙子去宁海吧。’您知她怎么说？她说：‘傅儿，我生在这里，长在这里，一生的苦难都堆在这屋子里，你说我怎么能离开?’就这样，我又一个人回到了宁海。”

“想不到一个既没读过书，又没受过党的系统教育的老人，也懂得忘记过去就意味着背叛的道理。”

“施先生，谢谢您让我了解了我母亲的不少往事。现在是到我实践母亲遗愿的时候了。”

施柏生说：“应该是我谢谢你，你让我了解了故人深厚的情意，看到了故人之后的高风亮节。但原持画人的这个身份我是万万不能当的，宝图我是万万不能收的。”

“闲云野鹤”注视着再三推让的两人，说：“两位先生面对如此价值连城的珍宝而不收取，实在令人佩服。我想左国海先生将此图赠予施先生时，其寄予的愿望之一，是以天地人和之意祈祖国统一繁荣之愿。现在左先生的愿望基本实现了。两位先生既然都不肯收取，可否把此图献给国家，也使中国台湾那些同左先生抱有同一愿望的华夏子孙，从宝图的回归国家，看到不久的将来我中华大家庭融和祥瑞的景象？”

“好啊，真不愧为汪大侦探！”傅宏毅兴奋地击掌而起。

“如能如此，真是上不负故人之愿，下无愧我同傅先生之心。”施柏生由衷地说。

“此建议真是不错。虽说现在天地祥和，但觊觎此宝的还大有人在，由国家收藏比两位收藏安全得多。不过，我们还得向有关部门请示。”刘队说。

“那么，就请刘队将宝图带回局里先代为保存如何？”

“闲云野鹤”说：“我看可以。老刘，门外还有‘猫’呢？”

“猫？”

“‘猫’！”

“哈哈，对付‘猫’是刘队的拿手好戏！我们拜托了。”傅宏毅躬身作了个长揖，开怀大笑。

刘队手举画函，钻进轿车。引擎发动，轿车扬长而去。而在躺椅上躺着的那个水果摊摊主，慌忙中跳起身来，打开了手机。

2007 年季秋

外祖父的遗作

孙衷祐（1884—1963），我的外祖父，字若恒，江阴陆家桥八士尖人。儒生、居士、资深国文教师。清光绪年间就读江宁江苏高等学堂。热爱教育事业，先后任职于江阴青阳小学、无锡寨门严氏私立经正学校、江阴县中，为振兴家乡教育、兴学创校呼号奔走。在八士尖初级小学、陆家桥孙氏私立养根小学的建立过程中做出极大贡献。中年恪信佛教，研读佛经，著《读经心悟》一文；晚年学习共产主义，认为共产主义实与儒教、佛道相通，都主张去欲去私，求四海升平、万国欢腾。居家热衷书法、诗、文，写诗文游记颇多，惜渐次散佚，唯留有《乐天老人南游记》《读经心悟》两文。

外祖父孙若恒（1884—1963），八士尖孙氏第十四世孙

外祖父孙若恒、外祖母周慧信和大女儿孙惠芬全家

外祖父孙若恒、外祖母周慧信和儿子、二女儿、小女儿三家

乐天老人南游记

余于甲午年小除夕，送二孙女由沪到京，乙未元旦，到明初家，即寓

居研究院姚寓。

匏系都门，至今已二年三月矣。丁酉四月，为儿、媳调差到广东，因之，又随了他们南行。先期于十四日，约会姚潘二家作颐和园小集，以资纪念；嗣于二十一日，又约他们在六铺坑寓内，再度欢叙，四时分别，蔼芬大有依依不快之感，母亲很为之不安；到了二十八日，正式成行，两家都来送别。冯君光明亦来，十分情重。蔼芬最先到，母亲为之大悦。到了上午七点五十分，开车，各道一声珍重而别。

沿途风景，北方较迟，麦田初长，一片青青；桃李已开过，村边篱落只有榆叶梅正开，形如郁李花，而红色较深又似碧桃，而花较繁密，点缀乡村，增加景色不少。

八点十分，到丰台，二十分，到长辛店，二十五分，到良乡。良乡是处多栗园，盛产栗子，驰名遐迩，世俗所谓良乡栗子是也。太史公《货殖列传》称“燕秦千树栗，其富与列侯”等，或许过誉焉。

八点五十分钟，到琉璃河。是处即古桑干河，有卢沟桥跨河上，去宛平城西门，仅数武。桥为金时意大利人马可波罗设计所建，长六百六十尺，十有一孔，桥栏石刻大小狮子无数，京汉路大桥平衡而过，火车过时可以望见。宛平城在北京西，旧名拱极城，为古昔兵争要地。今京汉路之大桥、北宁路之丰台、平绥路之清河，各大站皆在焉。

过去，王冷斋县长任宛平县时，适逢日人七七启衅，有卢沟桥纪事诗五十首，所咏该县当日事变史实，足证当日东寇之蛮横。诗云：

雄峙京西拱极城，中原逐鹿几兵争。
而今三路纵横过，南北咽喉一宛平。
此咏宛平之关系
长虹万丈跨卢沟，马可波罗七百秋。
桥上睡狮今渐醒，似知匕首已临头。
此咏日人在该县之起衅
一声刁斗动孤城，报道强邻夜弄兵。
月黑星沉烟雾起，时当七夕近三更。

此是咏民国二十六年七月七日夜近十一时，枪声忽作于宛平城外，查知日人无端起衅。此咏日人“七七”事变发动之时刻。

全诗共五十首，兹录其三，以资证明日军阀之蛮横。那知天道好还，善战者之服上刑耶！八载滥杀狂屠，逞意一时，而今自食其果。当日人兵至湘桂其间，余偶得《易经·复卦》“上六”一节，曰：

“上六，迷复，凶，有灾眚。用行师终有大败，于其国君凶，至于十年不克征。”

当时申论其旨，不过悬空而谈，那知不久而日人投降矣！迄今已届十余年。而日人尚在帝国主义者监视之下，动也不得动。数千年以上之古书一言，而强暴者终不能逃出其例外。不学无术，其日人之谓欤！

九点钟，到永乐，十分，到涿县，九点半，到高碑店，五十分，到定兴，十一点，到保定，十二点，到定县，两点十分，到正定，两点半，到石家庄。

以上各地，过去军阀时代，如直皖之战、直奉之争，皆在是处。一转瞬间，当日之争权夺利者，而今安在哉！

六点半钟，到邯郸。邯郸是一小说上重要资料在焉。其谓：在昔唐代，有一卢生，入京应试，即到邯郸，逆旅中借宿。时旅店主人正在煮饭，即与卢生一枕头。卢生枕了不觉入梦。梦到京中，考中状元，一帆风顺，做了宰相，位极人臣；又出征外邦，大胜回朝，出为元帅，入为宰辅，娶得良好之闺秀，生了优良之子女；又乘势位，所生之子女，悉与藩镇联姻，真是势位煊赫。如是者四十余年，快意至极，不意一朝失宠，落职为民。一愤而觉，时逆旅主人所煮黄粱，尚未成熟。卢生至此，因之感悟，废然而返，不去应试。世称邯郸梦或谓黄粱梦。与庄子蝴蝶梦、南柯梦、蕉鹿梦并称四大奇梦。后人过卢生庙者，多有题咏，以资寄慨。有某，路过是庙，题诗云：

四十年间公与侯，虽然是梦也风流。

我今落魄邯郸道，要向先生借枕头。

可称游戏之至。

时已入夜，车行甚速，站名不甚了了。

午夜一时，到郑州。为春秋时郑国，介于晋楚两大国之间。时有郑子产者，郑之贤大夫也。折冲樽俎之间，不卑不亢，一部《春秋》，为他一人，生色不少。

黄河自三门峡东，经洛阳至郑州一片平阳，历来颇多水患；今者政府重视该河，决心治理，此后河患一平，河南一带之幸福未可量也。

翌日六点三刻，到信阳。即湖北界矣。信阳，为古楚国之方城，《左氏传》曰："方城以为城，汉水以为池，虽众，敌人无所用之！"其险要可知。

七点五十分，到鸡公山。八点半，到广水。一路杂花生树，群鹦乱飞，有良田美池、桑竹之属，仿佛世外桃源。放翁诗云：

老翁七十犹强健，后膝深泥夜叱牛。

大有田家乐的样子。

《左氏传》曰："楚先王熊绎，筚路蓝缕，以启山林。"而今则风景美丽，有非郑卫之郊原可比焉！人定胜天，两湖之人其有焉！

再过孝感、祁家湾等处，而汉口至矣。即到汉口必须下车过江，再搭粤汉路车而至广州。同人等大家下车，各顾行李。领导上租得一间客寓，以便同人等休息。既至寓所，适闻苏联主席伏罗希洛夫光临汉口，于是大家十二分地兴奋，杂在欢迎队中，共表欢忱。等至五点钟，而伏老至矣。伏老年已七十六岁的高龄，立在汽车上，一手高举礼帽，以答大众之欢迎，毫无倦容，精神矍铄、鹤发童颜，宛若天神一般。古云"奇逸人中龙"，信哉！据说伏老年轻时，百战百胜，身先士卒，为一员福将；大战结束，即为苏联第一位元帅。此次访问各国，仁慈和蔼，满面春风，则又元帅而为活佛矣。余观感所至，退而以诗记之：

百战健儿希世尊，苏联伏老信天神。
龙行虎步人中杰，鹤发童颜世轶伦。
领导群英成伟业，拓开万劫作完人。
此日汉皋欣相遇，毕竟英雄自有真。

伏老即过，欢迎人尽散，余等匆匆返寓，一起过江。既至江轮轮渡，适遇涵如弟家大侄孙钰，在郑州铁路管理局服务，此次出差到汉口，忽然相遇，真是喜出望外。他亦很是快感，因而原船再送我等到武昌。在轮渡上，遥望长江大桥，仅有一节未经合龙，真是伟大工程。过了江，他又陪同到车上，直至开车，方才握手而别。他乡遇故知，洵可喜也。至七点四十分，方才开车而别。

长江大桥在五月四日下午，全部合龙。一桥飞架南北，天堑变为通途。该桥钢梁全长1140米，重24000吨。在去年五月底，先从汉阳岸开始动工，十月中旬，武昌岸也随着开始，在那时起，两岸工程便日夜不息地向江心伸进，到今天才全部合龙，总计十一个月的时间。下午三点半工程局举行了8000人参加之“钢梁合龙庆祝大会”。此一节摘录报纸，以志纪念，又作俚言以记之：

大江天堑一朝通，万丈长虹气势雄。
四海九州联一脉，始知人力代天工。

火车既开时已入夜，所有岳阳楼、汨罗江等均未之见。四点半，到长沙，天已微明。昔年曾到过数次，今日在车中，不过自远望之而已。

六点半，到株州。株州为湘粤湘桂铁路纵横贯通之枢纽，又是一工业之重心。此刻正在大建设时代——正在建设中。

八点半，到衡山县。衡山县为南岳坐镇之所，昔年在抗战期间（民国二十七年）曾登祝融峰一次，当时与芳君等，曾有游记以记之。岳顶高十余里，联峰七十二，到长沙岳麓山而止。有奇文岳麓山碑，与贵阳安顺之红岩碑，均不易识，真古碑也。南岳坐镇巍巍，人杰地灵，代有伟人诞生，其间洵可贵也。

衡山一过便到衡阳，时已九点半矣。衡阳为湖南文化名区，清初大儒王船山先生，即是衡阳人。余少曾读过船山先生《读通鉴论》，益钦船山先生之为人。抗战时期，余曾三过其地，今日过此，不过在火车上遥望之而已。

衡阳即过，便到郴县。郴县一历史上重要纪念地也。当秦汉之际，项羽刘邦起兵攻秦，立楚怀王孙心以为盟主，号为怀王，因怀王入秦不返，楚人怜之，立孙心为怀王，从民望也。怀王既立，约定先入关者为王。刘邦先入，羽后至，致命怀王，王曰：“如约。”并尊怀王为义帝。羽不怿，乃谓义帝曰：“古之帝王，地方千里必居上游，乃徙义帝于郴，中途使临江王杀之于江中，葬于郴邑。”其墓地在县治西塔街之极西，衡郴汽车站之附近，距郴县车站约三里许。高冢成陵、古树丛生，近墓之地则小丘起伏、蔬圃纵横，颇足以资凭吊。余在车上怀思所及，无法到该处凭吊，因以俚言吊之，以志不忘。

一抔黄土路茫茫，想到衡郴公路傍。

弑主发丧同儿戏，伤心谁复吊怀王。

此外，则为文化有关之三绝碑。距郴城约五里许，苏仙岭之山麓有一地，名鹿洞，旁有三绝碑。三绝者，乃秦淮海词、苏文忠跋、米南宫书。后人做亭复其上，名曰：护碑亭。

秦词云：

雾失楼台，月迷津渡，桃源望断无寻处。可怜孤馆闭春寒，杜鹃声里斜阳暮。　　驿寄梅花，鱼传尺素，砌成此恨无重数。郴江幸是绕郴山，为谁流下潇湘去？

相传长沙有义妓爱秦词，名以身许之。秦寓郴因寄以词，秦谪岭海不返，竟以身殉，亦可为情痴之至云。

十点三十分，到耒阳。又是一历史上的重要纪念地。其地有蔡子池，为东汉和帝时，约当西历九十余年，耒阳县蔡伦，时为中常侍，始发明造成印书用纸。其法：用树皮、麻头、破布、渔网为纸，较之以前编竹为简、缣帛为书，便利实多。此乃文化史上一绝大发明，亦即一绝大纪念也。耒阳县治西南，有蔡氏故宅，宅之西隅，有石臼一，相传为当日蔡氏捣纸料之物；蔡子池亦在宅前，一泓清水，即当日蔡氏洗纸之所也。此外则有凤雏亭，为三国时刘备得庞统，统为耒阳令，《三国志》上有一段故事，后人因建亭以表之。又有饮马槽，谓张飞当日查庞统时，饮马于此。此外又有杜甫墓，为唐代一诗人，玄宗时为工部员外郎。后于代宗大历年间，出游瞿塘，下江陵，溯沅湘，以登沅山，嗣游岳祠，大水遽至，浃旬不得食，耒阳令具舟迎之，乃得还。一夕食牛炙，饮酒取乐，大醉而卒，葬于此墓。在县北三里许，即今之杜陵学校也。《耒阳十景》中有“杜陵烟雨”，即杜氏之公祠，耒河横其前，马阜枕其后，耒阳之县立小学即设于此。由此，经公平圩、棲凤渡、洞衔腊树，下而至邓家塘，悉在山中行，有的正在插秧，有的正在犁田，有的秧已梅青，诸葛车随流转动，盖湖南首夏之美景也。行行重行行，而太平里至矣，时约下午两点二十分。此处乃广东界矣！由此进行，火车则弯弯曲曲，随山而转，有山有水，至白石渡，经过四个山洞，第四个最长。至砰石站，风景更佳妙，有三巨石巍然道左中，一巨石如一大佛，端坐道旁，另一石如侍者样子，颇具庄严态度，因咏砰石诗以纪之：

砰石崔巍如世尊，巍然道左指迷人。

世间觉路应先觉，莫认歧途误作真。

由砰石到乐昌，山洞更多。依山傍水，即沿北江之上游武水东岸而行，大都车行万山中，遇山峰之陡绝处，则凿一山洞而行，山洞约有七八个，其山坡之高峻可知。上有高山，下有水滩，滩流湍急，浪花飞溅，与长江之瞿塘三峡相似，故有九泷十八滩之目，其中尤以韩滩、梅滩等处为最险峻。余因作俚言以记之：

重重叠叠过山峦，好景九泷十八滩。

绝似丹青微妙处，徐徐舒展碧云团。

四点一刻，到乐昌。有韩公庙，在县属武水上流，距砰石站约二十里路，隔武水与粤环路相望，后背峻岭，前临韩滩，风景甚佳，为古泷寺之遗址。唐代韩愈，以谏迎佛骨事，谪贬广东潮州刺史，尝泊舟于此，并亲题“鸢飞鱼跃”四字一匾，笔力遒劲，后人因将古泷寺改建为韩文公寺以记之。门有联云“史笔千秋传，佛骨寒流万古咽韩泷”。凡道经此处者，咸往吊之。惜余在车中，无以往谒，只有于文字上，聊致敬意云耳。

由此经韶关。韶关，广东通湖南之要地也。过韶关则到马坝，又是一重要纪念地，即六祖大师成道之南华寺在焉，距车站仅十五里。游斯寺者，过去恒由马坝乘肩舆或步行均甚便利，今日未知如何？该寺为岭南禅林之冠，六祖大师成道说法之所也。所宣讲佛法，具载于六祖大师坛经上。内有降龙塔、伏虎亭、飞锡桥、招隐岩、卓锡泉、拜石、坐石、腰石、避难石、花果院、雪涛泉诸名胜，均关于六祖当日成佛的故事。六祖真身及其黄梅所传之衣钵，与历代敕封赐册，至今犹存，而碑石记载尤不可胜数。异日有缘，还当去瞻礼焉！南华寺乃六祖成道之圣地，世有六祖大师，而后知人人皆有成佛之可能；有六祖大师之顿悟，而后知放下屠刀立地成佛之非虚！盖六祖大师一樵夫耳，识字无多，一经闻得金经上“应无所住而生其心”一句，顿时悟道，及参礼，五祖忍大师学作佛偈，神秀领班师，先作成四句“身如菩提树，心似明镜台。时时勤拂拭，勿使染尘埃”。自以为得之矣，及六祖大师作出四句“菩提本非树，明镜亦非台。本来无一物，何处染尘埃”。大家读了都为惊叹。至此始有“南顿北渐”之分。从此可知，佛道无上，圣凡不二，觉悟了便可成佛。禅宗到了六祖，益为简要，而为禅宗之正派也。

马坝即过，即到曲江。曲江名胜有九成台，在县治东北城上，宋代所建。靖国元年五月，苏子瞻由此北归，郡守狄咸亲饯之于台上，因定其名曰九成，苏氏即席为铭，并自书，刻台上。清乾隆年间，郡守陈淮登台，后题有五言律诗一首，刻石庋藏该处，诗体潇洒，字尤遒劲，其碑文云：

缥缥孤台寺，登临迥客心。
山云衔日落，江鸟堕烟深。
拟仗飞仙侣，相向鼓素琴。
七弦流水远，一为和韶音。

旅韶地者，均拓归，以资纪念之。

曲江过后，即到英德。英德南山内，有李藩碑，刻唐宪宗元和时，李藩《南岩亭记》，故名。此外，尚有北宋仁宗时，张俞广东路《新开峡山栈道记》，及北宋真宗时，英州太守刘仲堪《南山十咏诗序》，并宋米南宫《英石赞》，及苏子瞻南迁，舟过真阴留墨。诸碑均为艺林所宝，非仅游观而已也。余过乐昌，知有韩公庙；经曲江，有苏子瞻九成台等，于是知，自古以来圣贤之困顿于一时者，圣贤之不幸而千万年后，地以人名，名以人传，盖无穷尽，若湘之汨罗江，以屈原名；修文之阳明洞，以王阳明名；滇之杨家村，以杨用修名；盖屈于一时者，君子之厄，而伸于万世者，君子之天理也。不有屈也，其何以伸；不有伸也，其何以证明天道之无私，天理之所当然。若韩公之谪潮州，苏子之迁南海，当时略遭一些人事上之磨折；而今潮之韩公祠，海南岛之苏季子，经其地者，无不想见其为人。呜呼！一时之困厄，千万世馨香祷祝，名流之代价也。世之人观于此，亦当知所尚矣！而亦又何伤。

英德即过，未几，即到广州站。因随儿、媳及院中同仁到寓，时已十一点钟矣。寓在五山山半，树林茂密，风景绝佳。总计自首都四月二十八日上午七时五十分开车，一日一夜又半天到汉口渡江；再由武昌启行一日一夜又三时而到广州站，在车上两夜三天，共走五千六百里（两千八百公里），亦云速矣。在北京，虽在谷雨时节，气候尚与仲春无异，柳叶初放，麦浪微波；及至湖北界，则有的已经栽秧，有的尚在布谷洒种之时；

及至广东境界，则麦苗已黄，秧已梅青，盖在江苏正黄梅夏至节候也。三日之间，气候相差有三月之久，亦云异矣！因以俚言记之：

持杖燕京入粤疆，六千里路任翱翔。
三天两夜风云急，万水千山日月长。
世路崎岖终有路，他乡安定即家乡。
而今四海为家日，遑论南方与北方。

因忆少时，读孙嘉淦先生《南游记》，自京至广西等处，几近一年；而今日自京至粤东，仅不过三天，是非大时代之幸福，何以至此！在此长途历历，所过名山大川，旧时代之名胜，新时代之建设，又何可胜数！余以愚鲁之资，简短之时间，耳目又何以周遍，不得已，爰掇拾旧闻，聊写一二以资纪念。因而感觉到铁路一项，清季外人来华建造，一二顽固之执国柄者，认为非是，出资收购毁弃之，又有为了铁道，酿成风波者，历史上颇多。而今则蛮长之京汉、粤汉路，早已通车，国内之人，人人觉得非此，无以交通矣。长江天堑视为南北之天险，而今，则长江之大铁桥已成，行将通车，又成为千古未有之创局矣。天下一家，四海通途，《中庸》上所载，今天下车同轨，书同文，行同伦，在昔视为悬空之谈，而今日一一证明已成为事实矣。不特《中庸》语如是，即藏语所载预言的“香巴拉”出现，世界人民无疾苦，人人平等，有飞车出现天空中，今日又成为事实矣。天工人代，进化无已，世界文明何可限量！余在一九五二年祝愿世界进化俚言，兹抄录数首，以作游记之结束：

穷愁百结尽消除，舜日尧天乐不支。
人尽羲皇天雨粟，家家康乐说明时。

遈心如意福团团，衣食家家吃不完。
共爱升平歌大有，何来愁苦与弹冠。

也无陋巷与豪门，触处家家尽好村。
修竹茂林齐整整，宛如新阙一乾坤。

天堑邱山尽荡平，天开景运见文明。

连云阡陌无边际，乐土新开海宇清。

雨不泞泥旱不干，八方平定道途宽。
愁云倏忽成五彩，四海升平万国欢。

九州万国尽名贤，老幼家家乐万年。
笑眼一双齐无泪，果然鸿福已齐天。

全球到处是仙乡，岁岁年年乐未央。
佛说莲邦儒圣世，耶回天主说天堂。

人世如斯实喜欢，谢天谢地沥心肝。
预言克符“香巴拉，”我纵清贫心实甘。

1957 年 5 月，草于广州石牌五指山寄庐

跋

昔人云：读万卷书，行万里路。江阴乐天老人孙若恒先生，平日手不释卷，博览群籍。早年北游燕京，壮岁览胜西南、遍历湘桂，居昆明尤久。每至一处，辄广征载籍，稽古证今，留心文献古绩，与夫风土人情、物产工艺，或发为诗歌，或撰写札记。七旬以外，又从今日之首都，乘京汉、粤汉两路通车，而南游岭南，行程六千里，不可谓非壮游矣！兹篇详说沿途闻见、记载颇详，可以媲美陆放翁之《入蜀记》也。用敢敦促付诸石印，以贻友好之读之者。即不能至，心响往之矣。

同邑陈贯吾谨跋　一九六二年二月一日

1962 年国庆节洪念祖印于上海

2019 年 5 月 5 日外孙女益心、孙婿方孺康据洪念祖印本标点

后　记

2005年的仲夏，我写了《根》《驴子》；2006年的仲秋，我写了《故乡》（上、下）、《难忘的身影》；2006年的季秋，我写了《外祖父的藏书房》《大姐》《××的二姐》；2007年的孟秋，我写了《C君》《小仲》，同年季秋，我写了《宝图的故事》。后先生顽疾日深，2014年2月住进了华山医院，3月染上克雷伯氏菌，高烧近半月，于4月27日下午3时15分“走”了！那年10月8日，我写下了《灵台絮语》。再次动笔已是2017年季夏了。那年10月初，弟弟在党和政府的关怀下住进了家乡养老院，我写了《姐弟俩住进了“星级”养老院》，同年寒月写了《沈雯》。2017年和2018年，我花了近两年的时间写出了对《姚氏宗谱·陈墅支》“席儒公系”定周公、赞元公两支的述评——《离离原上草　青青子衿心》；2019年孟春，我终于写下了《父亲》，季春、孟夏，又补增了《母亲》，还写了《二姐》，同时和表妹夫方孺康合作标点了外祖父的遗作《乐天老人南游记》。

自2005年仲夏下笔，到2019年孟夏结稿，这部书稿前后经历了十四年。十四年中，人事、世事变化迅猛，我的心灵也受到了涤荡。追思时的酸甜苦辣、执笔时的心潮翻滚，我不得不压抑悲痛。待到掩卷搁笔，我释然、安然、宁静、舒心了。眼前春光灿烂、波光潋滟，一拨一拨的鱼儿在粼粼波光中奋力追逐；耳边，岸畔小草为鱼儿欢唱助威。我一个耄耋之年的老人，坐在湖边的长椅上，享受着春光下万物竞长的喜悦。

18篇文章贯注着我的心路历程。掩卷结稿，释然、安然、宁静、舒心的境界，是我一生追求的理想，也是我写作此书的动因。

历经风雨，才能见彩虹；经受苦难，才能创财富；尝遍五味，才能悟人生真味。感谢20世纪50年代那场大风雨，使我和父母、姐妹，历练成自食其力的劳动者；感谢历练中经受的种种苦难，使我和父母、姐妹，能迸发出一个个的闪光点。苦难是一种财富，历练是铸金的熔炉，五味是跳跃在五线谱上的音符，历尽五味，才能悟到人生真味。写这本书，也希望我的子辈们，能悟到其中之味，做读书明理的人，做坚忍不拔的人，经得起风雨，受得住苦难，在酸甜苦辣咸的人生五味中谱写动人的乐章。

书中《乐天老人南游记》是外祖父的遗作，他用游记文体写了1957年4月他随儿子、儿媳自京去广州，一路所见的山川形貌、人文古迹；叙说了在党的领导下，国家到处都是改天换地、激动人心的景象，写出了一个老知识分子在此情此景下“我纵清贫心实甘”的感慨。《宝图的故事》，以虚构的人物、故事，写出了我，一个中华人民共和国培养出来的知识分子，希望台湾回归、祖国统一的政治理想和人生追求。其余文章都是记事写人。但《驴子》和《根》，更多的是用直抒胸臆的手法，回忆20世纪80年代，学校分房、职称评定时自己的遭际和心态，描写了因先生顽疾日深而产生的焦虑和无根、少根、找根的茫然和痛苦。《C君》《小仲》《沈雯》写的是生活中看到、听到的一些故事，由于故事中人物的命运曾强烈地拨动过我的心弦，虽时过境迁几十年，但震动如初，所以我写下了它们。需要说明的是，这些只是故事，且有的还仅是耳闻，所以记叙中难免会有主观的虚构。再有就是写我的亲人：父母、姐姐、上辈祖先。或是他们的自述，或是叔伯姨舅、邻里乡亲的转述。写他们是回忆，是纪念，是感慨，是兴叹，更是一种沉重的反思！

我有两个故乡，一个是童年的故乡，一个是少年后一直定居的父亲的故乡。童年的故乡，是母亲的出生地，是我童年生活的地方。虽然它也有凄凉、败落的园角，也有令我痛苦、悲伤的往事，但它却是我的乐园、我的至爱。因此，当回忆如开闸的水流流淌出来的时候，我笔下的它，充满了喜笑和欢乐。

但是，我写父亲的故乡，却多次握笔难以成章。初见故乡，它留给我的是沉闷、乏味的生活，破旧、空荡的街道；再进故乡，眼前是母亲和农家夫妇讨价还价的情景；回家路上，田野的寒风吹得我瑟瑟发抖，母亲木然无语的神色更使我忧愁痛苦。人说“少年不知愁滋味”，我却在这少年的时光中，开始悟到了“愁的滋味”。之后是20世纪50年代前后那场历史性的制度性大变革，让我一想起故乡，一种深重的负罪感就涌上心头。我害怕故乡，但这个故乡却是父辈、祖辈生活的地方，我割不断它，然而我和它之间却横着一堵打不通、穿不透的墙，我和它无法沟通、交融。

2019年孟春、季春和初夏，我写下了《父亲》《母亲》《二姐》三篇文章。这三篇文章加上2006年仲秋的《故乡》(下)，是我这本书中最难产的四篇文章。在《故乡》(下)中，我只是因故乡的破旧、败落、乏味、凄凉而失望，而不喜欢；又因为故乡的根是“剥削”，而害怕，而想逃离。写《父亲》对我而言是忏悔。早在20世纪70年代，我手捧父亲骨灰泪落如线的时候，就有写父亲的冲动，但没有动笔。2014年，我先生逝世，整理遗物时看到儿子在1976年记的日记，万般滋味涌上心头，我又决定写一篇关于父亲的文章，但仍然没有动笔。直到2017年我收到《姚氏宗谱》，认真拜读后才终于写下了这篇《父亲》。在激烈的民族矛盾中，父亲无愧大节、不涉伪流的气节和行事，让我感到父亲在旧社会虽有旧习旧行，但在生死和大节面前，他无愧于国，无愧于民，宁死守节。进入新社会，对翻天覆地的制度性大变动，他理解，他拥护。在新制度下，他努力自力更生，在小学的讲台上工作了近十个春秋，离退休仅一年，因肺气肿病重，无奈病退居家。20世纪六七十年代，陋屋屡屡被征，可是他毫无怨言。他只希望能得到人世间的理解和原宥，他也的确获得了世人的理解和原宥。1973年，父母双双摘去了成分不好的帽子，政府让他们回归了人民的行列，但我这个女儿，却直到2019年孟春，才写下了这篇纪念、忏悔的文章——《父亲》!

父恩如山，母恩如海。母亲是我家的定海神针，是动荡的小舟的掌舵者。写《父亲》《母亲》，我都痛苦难抑。写父亲时我怀着沉重的负罪感和忏悔情，写《母亲》时却是满怀崇敬、爱戴、追思、感恩。我前后写了两篇有关母亲的文章，一篇以《难忘的身影》为题，成于2006年的仲秋一篇。以《母亲》为题，成于2019年季春。《难忘的身影》中，我对母亲怀有的是一种“幼女恋母，母护幼女”的感情，表达的是对母亲的依恋和感恩。写作时比较顺畅。待到13年后再次握笔，写母亲和家，写了弃，弃了写，总成不了文。4月4日的那天上午，我临案执笔，母亲的形、音不断在我眼前、耳畔盘桓，但我就是无法捕捉它们。焦虑和痛苦吞噬着我的心，突然左肩窝阵阵疼痛起来，从中午到午后3点，痛感愈益加剧，最后被送到华东医院。急诊检查花去了4月1日进卡的全部社保金。所幸无碍，只是焦虑、疲劳引发的假象，虽平安而归，但心跳过快、心律不齐折磨了我半个多月。自此，我才知道什么叫“刻骨铭心”。

奇怪的是，写完母亲，掩卷而思，我竟释然、淡然、平静、安宁了。问：何以如此？答：找到了根。我在宗谱中看到了父辈的“根”，认识了父辈的“根”，也体会到了这“根”强大的传承力量。我的精神升华了，我要像父辈、祖辈一样，做一棵原上的草，虽历尽艰难，其“子衿之心”永远郁郁葱葱！

2018年寒月，我完成了《离离原上草　青青子衿心——读〈姚氏宗谱·陈墅支〉“席儒公系”述评》。

陈墅姚氏祖籍安徽休宁塝下姚村，明末战乱，于崇祯十五年壬午（1642）迁江苏无锡怀仁陈墅，至今281年。一世始祖仲云，随祖见山（铃）迁陈墅时仅7岁一小儿，三年后，祖见山因闻祖籍她休宁将遭战火之灾，匆匆归视，仲云仅一10岁愿稚。籍祖见山留下的豆制作坊，在新地生根立业，“安居生聚”。传三世至孙席儒，家业始盛，遂遵姚氏传统之祖业习儒、应举，虽举业未遂，却因悉心关注迁地乡邑之发展，“增造房屋，召集乡邻”，使陈墅始有街道。（《姚氏宗谱》末卷第58页《族谱跋》）由此姚氏渐获乡望，席儒被“举乡饮宾”；乾隆乙酉，江苏督学部院李，给“望重乡邦”奖额。（《姚氏宗谱》卷三第8页《总表》）传四世至重孙定周、赞元，双双获国学生著籍。赞元积极处世、家业隆起，开馆延师，训子业儒，并偕二侄琴堂、运青，长子百川，建造了姚氏宗祠。至五世，姚氏男丁五人，始出庠生一名。传六世，男丁增至21人，虽有12人获国学生著籍，庠生仍仅有两人。但就在这两个秀才的带领下，姚氏完成了第一部《陈墅光裕堂宗谱》的编纂。至此，姚氏既建宗祠，又立宗谱，宗族规模已成，方圆已设，方雅之族已有宗规族矩之章。

陈墅仲云传至七、八、九世，仅席儒后代，就有男丁168人。其中产生了庠生17人，佾生3人，举人1人，庠生、佾生、举人占男丁总数之比为11.6%。这时政治上的大背景是：国内阶级矛盾尖锐，太平天国起义席卷全国；国外列强纷纷入侵，北京垂危。姚氏子孙常奔走于逃难、避难之中，族中宗庙被毁，家室、人丁受损，但就在这国难、家难之中，姚氏子孙的学养、兴趣、性格、爱好却呈现出百花齐放的动人景象。他们由学而思，而文，而著述；由文学而史学，而书画金石，而医学法算，并出现了父子、祖孙相继相承，有鲜明特色的文化世家。他们中也出现了中举而淡泊名利，择教职以泽乡邑的一代名师熙绩，在他的影响下，姚氏子孙积极关心家乡教育事业，纷纷捐资助学，获省长银质二等、三等褒彰奖励者甚多，成邑中名师、校长者亦不少，还出现了好几支父子、祖孙三代相承的教育世家。他们重建了姚氏宗庙，继修了第二部光裕堂《姚氏宗谱》，保留了1923年以前姚氏祖先珍贵的历史资料。总之，这段时期的姚氏子孙自信、自爱、自尊、自重，精神面貌积极亢奋。

十世男丁74人，他们大多出生在光绪末年、民国初年，经历过帝制、共和之争以及民族存亡、浴血抗战和20世纪四五十年代的大变革。

在帝制和共和之争中，他们读何书、走何路？在父辈的教诲和时代风潮的荡涤下，他们或选择实业救国，或选择投笔从戎，或选择游洋出海学习先进文化，或选择振兴本邑经济、文化教育之路。他们都没有在大浪淘沙中成为沙子，而是成为展翅的雏鹰，成为本邑肥沃土壤的开拓者。

这世子孙的青年、壮年期，都经历了烽火连天的抗日战争。陈墅姚氏虽只是积世布衣之族，他们的子孙也都只是一介草民，但当国家、民族处于生死存亡之刻，他们始终保持着忧国忧民、忠贞爱国的士子之心，没有人做叛徒，没有人假寇威而鱼肉百姓。他们是草民，他们也是中华传统文化教育出来的炎黄子孙。

这世子孙的壮年、老年期，是祖国大地有史以来翻天覆地的大变革时代。千年的封建制度被彻底推翻了，最底层的劳动人民当了国家的主人。陈墅姚氏，我们的父辈，由于历史原因，成了这场变革的对象。但他们没有站在对立面遭时代洪流遗弃，相反，时代洪流砥砺锤炼了他们，他们服从党的政策，听从党的领导，努力改造自己，做了新时代的合法公民。

我的父辈、祖辈，都经历了激烈的阶级斗争、民族斗争的残酷考验，与他们相比，我幸福得多。我只是在国家、人民全力探索如何使祖国更富庶、更强大，如何使人民更幸福、更安宁的大道上经受了砥砺、锤炼。读完《姚氏宗谱》，看到了父辈、祖辈的历史，也懂得了这近现代300多年的历史，从中我找到了“根”，并正确地评价了“根”，我看到了这“根”强大的传承力量。这就是我写完《父亲》《母亲》后释然、安然、微笑、安宁的原因。

2006年我写了《大姐》，如果说我写父亲、母亲、二姐、我先生姚汉荣都是严格遵循着事实求是，不虚构夸饰的史传取材构章的准则，那么《大姐》

却偏偏用了七分本事、三分虚构的写作形式。芳儿为小姨兰宝传递书信、蕴芳和阿根的恋爱、蕴芳被选进文工团，都只是张冠李戴，或纯属虚构。当然，除此之外，桩桩件件都是大姐亲身经历，亦我所亲见。所以会产生虚设和移花接木的情况，一是写《大姐》时，我对全书还没有统一的构思；二是，大姐在我心中沉得太深。八九岁时，当时学校女孩儿还很少有穿裙子的，我却穿上了漂亮的裙子，是大姐用她那件穿旧、穿小了的浅蓝色泡泡纱旗袍改制的。当我穿上这浅蓝色的裙子，走在去学校的小道上时，感到自己就像只美丽的蝴蝶；当大姐把亲手织的那件洋红色的外套套在我终年穿着的那件“路通土布”的罩衫上时，我感到我就是个天使，是个小公主。在大姐和大哥哥的那场恋爱中，我扮演了传递信息的“小青鸟”，虽然这次恋爱是一场悲剧，但在我的笔下，凄凉变成了凄美，软弱和缺少主张，也成了沉稳和温顺。我把她写成了凄美、沉稳的蒙娜·丽莎！

继写大姐后，同年我写了《××的二姐》。事隔13年我将其改写成了《二姐》篇。此书所写人物，除二姐，其他均为故人。二姐之所以在此文中享有这样的特殊性，是由她在我们这个大家族的地位和作用决定的。她是母亲的传人，是继母亲之后的“执政者”，是我们大家族的守护人。母亲生前对二姐的期望是做她的接班人，她屡次对二姐说：“你就是我，是我的接班人。”又屡次嘱托她：“守护好老家，照顾好弟弟。”二姐都去做了。母亲是个近于纯美的女子，既有很多美德，也有能跟上时代发展的思想。二姐也努力地继承着，却没有全继承下来，甚至在不少问题上，欠缺全局性、大局观、发展观，往往捡的是芝麻，丢的是西瓜。加上她的顽固、偏执、倔强，与陈旧、顽固，不讲卫生，以杂物、废物为宝的陋习，不合形体的衣着，让人一识就破的心计，经济改善后仍然天天白粥、萝卜干的苦行僧生活，这种长期被生活环境所扭曲了的性格，都让她被邻里亲戚视为“小镇之怪”。怎样才能让她醒悟，使她悔改，让邻里亲戚看到她的许多美德，改变先前片面的看法？怎样才能使她知道生命的珍贵，注意健康，享受人生最后的美好，过个平安的晚年？我决定写篇既为二姐“正名”，又能使她醒悟的文章。但我写得十分艰难。如果说写母亲而造成了一场“华东急诊”的“闹剧”，那么写二姐，我却实实在在经历了一次“未遂脑梗”的折磨。5月12日下午，我又被苦恼焦虑得无法下笔，我想借电视来松懈一下紧绷的神经，可电视机刚打开，天灵盖就晕眩疼痛起来。我关上电视，走向床边，天旋地转的晕眩使我无法睁开双眼，我只记着呕吐就得进医院。终于没有呕吐，第二天虽有晕感，却能爬起来自己做饭。险情又一次掠过，但余波让我停笔两天。之所以写这些，是希望我的二姐，能怜悯我的苦情，实实在在改变自己，做我们家族的好当家，成为妹妹们的好榜样。

《灵台絮语》写的是我先生姚汉荣。我之所以在此书中列入此篇，是因为他也是我们家族中的一员，而且是重要的一员。2014 年他走后，他的同学、亲友都纷纷帮助我、支持我、敦促我结集了一本近 40 万字的纪念文集：《纯朴农家子——姚汉荣先生纪念文集》，因此对他的评说，这里就不再重述。

遗憾的是我没有写弟弟，因为我目前还难以对弟弟做出肯綮的评价。

从 2005 年仲夏至 2019 年 6 月，断断续续历经 14 个春秋，写出了这本书稿。我之所以有勇气写出这本书稿，《姚氏宗谱》起了决定性作用。因为我在《姚氏宗谱》中找到了“根”，这是一条中华民族传统士子之心的“根”，它富贵而不淫，威武而不屈，贫贱而不移。感谢无锡陈墅、黄土塘《姚氏宗谱》编修委员会编修了光裕堂《姚氏宗谱》第三版，使我从中获取了信心和力量，完成了这部书稿的写作。

在书稿结集过程中，原光华出版社编辑周应诚先生，自 2018 年 11 月至 2019 年 12 月的一年多时间里，风里来，雨里去，收稿、送稿，倾全力为我打印、校核了这本 20 多万字的书稿，并协助对所选择、拍摄的照片进行了修整、配置和编排。

上海大学的吴小丽教授、三亚大学的朱国昌教授，在百忙中为我通读全稿，提出了中肯的修改意见。

表兄弟、表姐妹孙元、孙方、孙凯、孙辰，应允公开祖父遗作——《乐天老人南游记》，以最快的速度提供了遗稿，表妹夫方孺康先生主动承担了遗稿第一稿的标点工作。

同乡同学邹序欣先生的《地方志 · 古镇陈墅》给我提供了丰富翔实的珍贵资料。86 岁的二姐，在养老院没有案桌的情况下，以被子为桌，坐在床上写出了 12 页家庭、母亲和她自己的许多珍贵资料，为我的回忆提供了切实的佐证，并认真为我审核全书，纠正舛误。外甥女明伟，不仅为我提供了她珍藏的照片，还专程去老家拍摄了故乡近影。

于兹：

谨致谢忱，顺请安康！

2019 年 6 月 15 日